북촌 름녁

북촌탐닉

북촌 10년 지킴이
옥선희가
깐깐하게 쓴
'북촌' 이야기

푸르메

고풍스러운 한옥의 정취와 은행나무 가로수 길의 호젓함,
숨바꼭질하듯 이어지는 좁은 골목길의
아기자기한 풍경을 만날 수 있는 곳, 북촌.

사랑해, 북촌 ——

나는 올해로써 10년째 북촌에 살고 있다. 북촌은 작은 동네지만 골목에 따라 매일매일 다른 풍경을 만날 수 있는 곳이다. 지도를 들고 북촌을 찾아오는 외국인이나, 아이들을 앞세우고 북촌의 박물관을 순례하는 젊은 엄마들, 세련된 옷차림의 젊은이들 모두 서너 시간 둘러보는 것으로 북촌 순례를 마칠 테지만, 나는 종일이라도 북촌의 여러 골목에서 시간을 보낼 수 있다. 일례로 나는, 내가 일하는 인사동 사무실에서 지금 살고 있는 북촌 서향집까지 날마다 다른 골목을 택해 걷는다.

그런 내게 어느 날, 오랫동안 알아온 후배가 북촌에 관한 책을 써보면 어떻겠느냐고 제안을 했다. 북촌을 나만큼 잘 알고 나만큼 사랑하는 이는 없을 거라 자신했기에 쉽게 그러마 했다. 그러나 원고를 쓰면서 북촌의 속살을 제대로 들여다보지 못했구나, 나보다 더 북촌을 사랑하는 이가 많구나 하는 것을 새삼 깨닫게 되었다.

1부에서는 북촌에 대한 기본적인 소개와 함께 북촌에서 내가 즐겨 찾는 곳들에 대한 이야기와 감상을 삶과 더불어 풀어내고자 했다. 2부는 한마디로 북촌의 길들을 따라가보는 북촌 기행이다. 1750년의 도성도, 1892년의 수전전도 등 옛 지도와 현재의 지도를 비교해보면 계동길, 삼청동길, 창덕궁길 등이 옛 모습 그대로 유지되고 있음을 알 수 있는데, 이들을 비롯한 북촌의 아홉 개 길에 숨어 있는 명소들을 꼼꼼하게 정리했다. 그중 북촌길은 동에서 서로, 나머지 길들은 율곡로에서 안쪽으로 걸어 들어가며 소개했다. 안내한 순서대로 따라가면 가지 많은 북촌 골목에서 길을 잃는 일은 없을 것이다. 단, 북촌은 하루가 다르게 새로운 가게가 들어서는 곳이라는 점을 감안해주길 바란다. 3부에는 내가 걸어서 다니기를 즐겨 하는 북촌 주변의 몇몇 곳들에 대한 소개를 덧붙였다.

돌아보니 넋두리와 푸념이 많은 것 같아 아쉽기도 하지만, 10년 동안 북촌에 살면서 나만의 눈으로 보고 느낀 것들을 거짓 없이 진심을 담아 소개했다. 그렇다 보니 나만의 굴절된 시각이 들어가 있는 건 어쩔 수 없는 일이다. 그리고 이 책은 '완료형'이 아닌 '진행형'이다. 북촌에 더 오래 살고, 더 많은 것을 알고 있으며, 애정 또한 남다른 많은 사람들이 계속해서 더 나은 책으로 보완해주었으면 한다.

정보 위주의 글이 있는가 하면, 미주알고주알 감상문도 있다. 과격한 주장을 펼치기도 했는데 이는 북촌의 보존과 개발 문제로 인한 혼란스러움과 그로 인한 애증이 수시로 교차하기 때문이다. 학자도 건축가도 행정가도 아닌 내가 왜 이리 열을 내는지 스스로도 의아할 때가 있지만 이 모두가 결국 북촌에 대한 애정 때문이 아니겠는가.

글을 쓰는 내내 변함없던 것은 북촌에 살며 누리는 즐거움과 행복을 모두와 공유했으면 하는 나의 진심 어린 바람이었다. 내가 진짜로 하고 싶은 말은 바로, 북촌을 거닐어보세요, 북촌에 반할 거예요, 북촌에 홀릴 거예요, 북촌에 살고 싶을 거예요, 이다.

책을 쓰는 동안 나는 신나고 행복했다. 북촌의 역사를 비롯한 많은 것을 공부할 수 있었음에 감사한다. 무엇보다 지금 북촌에 사는 이들과

대화할 수 있어 좋았다. 북촌으로 나들이 온 사람들을 관찰하는 일은 즐거웠고, 옆에서 격려해주고 도와준 이들도 많아 매번 감격했다. 나의 부탁에 두말 않고 북촌 사진 찍기에 나선 브라이언과 희경이, 식음을 전폐했을 때 김밥을 손수 싸다준 희선 씨, 그리고 나를 위해 기도해주신 여고 시절 미술 선생님. 선생님 덕분에 이 책을 쓸 수 있었다. 내 선생님께 이 책을 바친다.

2009년 11월
북촌 서향집에서
옥선희

북촌탐닉

북촌 10년 지킴이
옥선희가
깐깐하게 쓴
'북촌' 이야기

북촌에
살다

BUKCHON
TRAVEL

첫 번 째
이 야 기

책장 넘기는 소리, 책 수레 끄는 소리, 에어컨이나 온풍기의 기계음, 의자 미는 소리, 소곤대는 말과 구두 발자국 소리들이 나직하게 떠도는 2동의 인문실. 한여름 무더위와 한겨울 추위를 피해, 혹은 마음이 소란스러워 아무것도 할 수 없을 때, 나는 인문실 창가에 자리잡고 종일 책을 읽거나 노트북 키보드를 두드린다.

001; 여기 서울 북촌이라는 곳

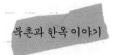
북촌과 한옥 이야기

1. 북촌의 유래

북촌北村, North Village은 원래 청계천 혹은 종로의 윗동네인 경복궁과 창덕궁 사이 일대를 이른다. 언제부터 이곳이 북촌으로 불렸는지는 알 수 없으나, 그나마도 1930년대에 창덕궁과 종묘를 관통하는 율곡로가 뚫리면서 허리가 끊겨, 현재는 율곡로를 경계로 한 북쪽 마을로 한정해 부르고 있다.

북촌이 거론된 사료를 보자면, 조선 시대의 인물 황헌黃炫은《매천야록梅川野錄》에 "한성漢城,서울의 종각 이북은 북촌이라 부르며 노론老論이 주로 살고, 종각 이남인 남촌은 소론少論 이하 삼색三色이 섞여 산다"고 썼다. 노론이 순조, 헌종, 철종을 거쳐 고종에 이르기까지 150여 년간 집권했으므로, 북촌은 하급 관리와 가난한 선비들이 모여 살던 남촌과는 극명하게 대비되는, 높은 경제력과 문화 수준을 자랑하는 '조선의 강남'이 될 수밖에 없었다.

풍수지리의 측면에서 서울의 최상지는 경복궁이고, 다음이 창덕궁이니 두 궁궐의 사이 지역인 북촌은 양기풍수^{陽氣風水}상 최길지^{最吉地}인 셈이다. 무엇보다 이곳은 도성의 중심인 데다 북고남저^{北高南低}의 지형으로 겨울에 따뜻하고 배수가 잘되었다. 남쪽이 넓게 트였고 안산^{案山}인 남산 전망도 좋아, 정침^{正寢 제사 지내는 곳},^{일을 보는 곳}이나 사랑^{斜廊}이 남향을 할 수 있기에 왕족과 왕실 고위관료, 권문세가와 팔도에서 온 양반, 육조 관아에 근무하는 관리, 이들에 딸린 하인들이 모여 살았다. 이런 곳이다 보니 전문 목수에 의해 설계 및 시공되고 건물 배치에도 여유가 있으며, 고급 자재로 지어진 커다란 전통 한옥이 많았다.

한편 옛 도성도를 보면 경복궁과 창덕궁 사이에 남북 방향으로 크게 네 개의 물길이 있었음을 알 수 있다. 백악^{문화재청은 일제가 경복궁 후원인 백악산의 의미를 낮추기 위해 북악산으로 불렀던 것을, 조선시대의 각종 고지도 및 문헌에 근거해서 백악산으로 부르기로 했다}과 응봉을 잇는 능선에서 골짜기를 따라 흘러내린 물길이다. 삼청동의 중학천은 경복궁 담장을 따라 수송동과 청진동으로, 안국동 물길은 인사동을 지나 탑골공원 옆으로, 가회동 물길은 계동 물길을 모아 운현궁을 지나 종묘 앞으로, 원서동 물길은 창덕궁을 거쳐 와룡동으로 흘렀다. 바로 이 물길과 골짜기를 따라 북촌 동네가 형성되었던 것이다. 그러나 인구가 늘고 도시가 개발되면서 물길은 메워졌고, 물길을 따라 형성되었던 마을의 경계도 점차 흐릿해졌다.

북촌의 고즈넉함이 좋아 북촌으로 이사 온 내가 특히 좋아하는 곳은 완서동 쪽이다.
이곳에는 궁의 일을 도맡아 하던 하급 관리와 서민들이 주로 살았다.

정치·행정 문화의 중심지였던 북촌은 1920년대 후반부터 변하기 시작했다. 관직을 잃은 북촌 주인들은 저택은 물론 식솔들조차 거느리기 어려워 행랑채 하인과 식객을 내보냈고, 돈이 될 만한 물건은 내다 팔았다. 우정국郵政局 주변에 골동품 매매 상점이 생겨, 인사동의 기원이 된 것도 이때다.

한 개 필지가 2천7백 평이었던 가회동 11번지를 비롯해 가회동 26번지, 계동 135번지는 1930년대에 건양사와 경성목재 등에 의해 50여 평 내외 필지로 쪼개져, 'ㅁ'자형인 도시형 한옥이 들어섰다. 북촌에서도 한옥이 가장 잘 보존된, 서울시 지정 한옥 보존 지구인 가회동 31번지는 1927년까지 한 개 필지가 5천 평이었지만, 1936년에 대창생업주식회사가 개발에 나서면서, 삼거리 교차 골목에 처마가 잇닿고 이웃과 담을 공유한 다닥다닥 한옥촌으로 바뀌었다.

1960년대 후반 강남 개발사업이 시작되면서 이사를 가는 북촌 주민이 많아졌고, 자연히 경기고등학교나 휘문고등학교 같은 명문 학교들도 강남으로 떠났다. 1980년대에 마지막으로 창덕여자고등학교가 이주했다. 경기고등학교는 정독도서관으로 바뀌었고 나머지 학교 터에는 현대 빌딩, 헌법재판소와 같은 큰 건물들이 들어섰다. 그동안 한옥 정책은 불합리하고 일관성 없는 규제와 허용이 오락가락했고, 그에 따라 한옥이 많이 헐리고 4층짜리 연립주택일명 빌라과 빌딩이 난립하게 되었다.

2. 북촌에 대한 여러 논의와 이런저런 생각

가회동 11번지와 31번지, 33번지, 삼청동 35번지, 계동 135번지 등에 남아 있는 한옥은 전통 한옥이 아니라고 주장하는 이들이 많다. 일제 강점기나 한국전쟁 때 지어진 개량 한옥 또는 '집장사집'으로 불리는 현재 한옥에는 유리와 함석, 타일 등 새로운 재료가 가미되었고 평면이 단순화, 표준화되었으며, 마당에는 일본 사람들이 좋아하는 나무를 심는 등, 서양식과 일본식이 가미된 변형 한옥이라는 것이다.

한편 전통 한옥의 불편함을 개량하고, 전기와 수돗물을 끌어들인 밀집형 소형 한옥을 근대화로 인한 인구 집중 현상으로 인해 나타난 절충 한옥으로 받아들여야 한다는 학자도 있다. 문화재로서의 가치는 없으므로 전통과 민속의 차원이 아닌, 근대 문화의 시각으로 북촌 한옥을 보아야 한다는 것이다.

그렇다면 현재 리모델링되는 한옥, 즉 시멘트 1층 기단에 유리창을 크게 낸 한옥을 올리는 걸 어떻게 평가해야 할까. 현재의 리모델링 한옥을 한옥이 아닌 한옥풍 현대 주택으로 보는 건축가도 있고, 한옥의 고유한 특성은 유지하면서 제대로 현대화시킨 한옥으로 보는 이도 있다. 마당의 유무, 자연과의 소통 여부, 영역의 구분과 성격, 외관과 스타일, 목조 건축 여부를 한옥의 조건으로 따져야 한다는 건축가도 있다.

북촌 한옥의 과거와 현재, 보존과 리모델링 문제는 아무리 생각해도 정답이 없는 것 같다. 나는 안전 문제로 수리하는 것은 어쩔 수

없다지만, 우리의 미의식이 한층 성숙할 때까지 휴지기를 가지며 차근차근 공부하는 건 어떨까 하는 생각을 갖고 있다. 하루가 다르게 바뀌는 북촌을 지켜보노라면 너무나 숨이 가쁘다.

서울시가 시행한 '북촌 가꾸기 사업'은 국내 최초로 유네스코로부터 '아시아 태평양 문화유산 보존상' Asia-Pacific Heritage Award 우수상에 선정되었다. 유네스코는 "재개발로 멸실 위기에 처해 있던 북촌이 서울시, 북촌 주민, 한옥 전문가의 협력과 재정 지원을 통해, 도심 속 전통 주거지로서 활력을 찾았다. 특히 한옥에 대한 일반인의 인식에 큰 변화를 가져와 문화유산 가치를 재조명하는 계기를 만들었다"고 수상 이유를 밝혔다.

서울시는 2001년부터 844억 원의 예산을 투입해 북촌 107만 6,302제곱미터에서 한옥 보존 사업을 벌였다. 한옥 1,022채 중 300채의 수선을 지원했고, 허물어질 위기에 처했던 30여 채를 매입해 공방, 게스트하우스 등으로 활용하도록 했다. 이에 힘입어 서울시는 2018년까지 3천7백억 원을 들여 4대문 안팎의 한옥 4천5백 채를 보존한다고 발표했다.

북촌 가꾸기 사업에 문제점이 없는 것은 아니다. 한옥의 가치를 재인식하게 된 것은 바람직한 일이나, 외지 사람들이 한옥을 사들여 나랏돈으로 내부를 현대식으로 고치고 주말 별장으로 쓰는 바람에, 북촌이 공동화된다는 우려를 낳고 있기 때문이다. 내가 지금 살고 있는 집을 소개해주신 북촌 터줏대감 복덕방 할아버지는 "밤이면 북촌이 더욱 을씨년스럽다"고 하신다. KBS 1TV 〈다큐멘터리 3일〉 '북촌' 편을 보니, 북촌에서 오래 사신 할머니들도 "이웃이 자꾸 쫓겨가 친구가 없어진다는 게 가장 힘들다"고 하셨다.

다 쓰러져가는 한옥이 번듯한 한옥으로 거듭나고, 지저분한 연립주택 1층에 근사한 와인 바와 아기자기한 공방이 들어서는 걸 나쁘다고 할 수는 없다. 덕분에 한옥 값이 가파르게 올랐다. 5년 전 4억 원에 사들인 한옥을 보조와 융자를 받아 리모델링한 후, 전통 찻집으로 운영하고 있다는 이는 지금 집값이 15억 원이라며 자랑이 대단하다.

연립주택에 사는 이들은, 이대로 버티면 북촌 한옥화 계획에 따라 아파트 분양권을 받을 수 있다는 '카더라' 통신을 주고받는다. 게다가 북촌에 살고 싶어도 매물이 없고 값도 비싸 발길을 돌리는 이가 내 주변에 얼마나 많은지 모른다. 그러니 불평은 복에 겨운 소리인지 모르겠다. 하지만 나는 아파트 분양권을 받고서 쫓겨나는 신세가 되고 싶지는 않다. 북촌의 고즈넉함이 좋아 북촌으로 이사 왔고, 북촌에 산 지 10년밖에 되지 않았으며, 늙어서는 더욱 역사가 깊고 문화 환경이 훌륭한 북촌에서 살고 싶기 때문이다. 내가 바라는 것은 오직 하나, 삼청동처럼 주택가까지 상업 시설이 파고들지만 않았으면 하는 것이다.

북촌에서도 내가 특히 좋아하는 곳은 원서동 쪽이다. 북촌이라고

낡은 한옥도, 새로 단장한 한옥도 내겐 모두 북촌다운 풍경으로 자리잡은 지 오래다.

다 같은 북촌이 아니어서, 가회동과 계동 쪽은 왕실 후손, 고위 관직을 가진 사대부들이 살았고, 창덕궁 서편 원서동 지역은 궁의 일을 도맡아 하던 하급 관리와 서민들이 주로 살았다. 원서동에서 52년을 살았다는 70대 할머니는 지금도 그렇지만, 시집 온 지 얼마 안 된 옛적에는 더더욱 가회동이나 계동 쪽으로는 걸음도 하지 않았다고 하신다.

이런 지역과 계급 차는 지금도 이어져, 가회로 양옆으로는 번듯한 한옥과 일본식 2층집이 제법 남아 있다. TV 드라마에서도 가회동은 뼈대 있는 집안, 부촌의 이미지로 등장한다. 반듯하게 손질한 한복을 입고 윤기 자르르한 한옥 대청마루에 앉아 거만하게 부채질하던 강부자 씨는, 전화벨이 울리면 두 눈을 지그시 내리깔고 두 볼을 한껏 부풀리며 "네, 가회동입니다" 하지 않던가.

북촌에 산다고 하면 대부분 사람들이 "북촌이 어디예요?"라거나 "부천이요?" 하고 되묻지만, "가회동 살아요" 하면 한결같이 "아 한옥 많은 부촌이요!" 하면서 사뭇 부러운 눈으로 바라본다. 그래서 나도 거듭 설명하는 게 귀찮아 북촌 대신 가회동을 끌어다 쓸 때가 많다. 이런 시각에는 물론 북촌에 대한 향수가 가미되어 있다. 북촌을 소개한 몇몇 TV 프로그램을 보면 북촌에는 북촌과 한옥을 사랑하는 천사들만 사는 것처럼 보인다. 그러나 여느 동네와 마찬가지로 북촌에도 고즈넉한 분위기를 보존해야 한다는 주민과 관광지로 개발해 집값을 올리자고 주장하는 이들이 함께 살고 있다. 나는 물론 주민들의 삶의 질을 최우선으로 하는 조용한 동네로 가꾸어야만 북촌을 좋아하는 이들이 더 많아질 거라고 주장하는 쪽이다.

창덕궁 쪽에서 바라보면, 원서동 언덕배기에 빼곡한 연립주택들이 한옥 마을 이미지와 스카이라인을 망치는 주범으로 보인다. 이쪽에는 번듯한 한옥도 별로 없다. 4층짜리 연립주택들 사이에 비닐로 지붕을 덮고 시멘트를 덕지덕지 바른 작고 허름한 한옥이 기생하듯 애처롭게 버티고 있는 모습을 원서동 골목 어디서나 볼 수 있다. 높은 공동주택들이 들어설 때 거기에 동참하지 못한, 혹은 그것을 마다했던 이 한옥들의 운명은 앞으로 어찌될런지……

창덕궁 쪽으로 눈을 돌리면 담 안쪽에 2층 양옥 한 채가 보인다. 궐내 적산가옥을 나라에서 사들이려고 했지만, 여의치 않았던 모양이다. 이 적산가옥에서부터 빨래터까지의 창덕궁길에는, 창덕궁 담을 내 집 담처럼 두르고 있는 2층 가옥이 올망졸망 이어진다. 궁궐 담을 무단 점유하고 있는 이 주택들을 철거해야 한다, 철거할 것이다 등 말들이 많았지만, 지금은 예쁘게 고쳐 쓰기로 결정이 난 것 같다. 한옥, 연립주택 할 것 없이 리모델링하는 경우를 자주 보기 때문이다.

잊을 만하면 북촌 개선 주민 설명회와 학자들의 포럼이 열리곤 한다. 북촌의 전신주를 지하로 옮기자는 등의 이야기가 오가고, 또 자치단체장이나 정권이 바뀔 때마다 매번 새해에는 이렇게 저렇게 달라질 거라는 발표가 있다. 하지만 북촌에 10년 사는 동안 북촌을 북촌답게 만드는 진짜 변화는 없었다. 연립주택과 일본식 주택을 모두 헐어 버리고 한옥으로 바꾸어야 한다는 주장도 있지만 이는 현실적으로 불가능할 뿐만 아니라, 돈이 없다는 이유로 거주자를 강제로 내모는 정책은 분명 옳지 않다. 나는 지금 그대로의 북촌을 우리 후손들도 볼 수 있었으면 한다. 도시형 한옥과 일본식 2층집, 그리고 4층짜리 연립주택의 부조화 속 조화를 워낙 오래 보아온 터라 익숙해진 탓도 있지만, 현재의 북촌 또한 우리 역사이며, 이를 인위적으로 없애고 허무는 것은 바람직하지 않다고 생각한다.

윤보선 고택 같은 전통 한옥들만 남아 있는 북촌과 집장사꾼이 지은 도시형 한옥이나 연립주택을 포함한 다양한 형태의 가옥이 뒤섞여 있는 북촌 중 하나를 택하라면, 나는 당연히 지금의 복잡한 북촌을 택하겠다. 그래야 다양한 계층의 사람들이 함께 살 수 있기 때문이다. 과거에도 북촌은 부자들만의 주거지가 아니었다. 아이 서넛 둔 아비와 어미가 문간방에 세 들어 살던 그 옛날처럼 모두가 어울려 살아야 진짜 북촌다울 것이다.

002; 인왕산 너머로 지는 해를 보다

북촌 서향집

서향집은 흔히 향이 나쁘다고들 한다. 그러나 서향집에 사는 나는 이보다 더 좋은 방위가 있을까 싶다. 더구나 나의 집은 인왕산과 북촌이 한눈에 들어오는 언덕 위에 있어, 놀러 오는 이들마다 "스카이라운지가 따로 없네"라며 부러워한다. 겨울엔 해가 깊숙이 들어 난방비가 적게 들고, 여름엔 앞뒤 베란다 문을 열어두면 원두막처럼 바람이 놀다 간다.

서향집의 가장 큰 장점은 해질 무렵 풍경에 있다. 인왕산 너머로 기우는 해와 노을을 감상하기 위해, 오후 다섯시 이전에는 반드시 집으로 돌아오려고 한다. 혼자 보기 아까워 연인에게 전화를 걸어본 적이 있는데, 그곳에서는 노을이 곱지도 한눈에 다 들어오지도 않는다고 했다. 같은 서울 하늘 아래 있어도 해의 기울기와 구름의 양이 다르니 이를 접하는 마음의 경사도 다를 수밖에. 하긴 노을이 완전히 사그라질 때까지 바라볼 수 있는 것은 내가 그만큼 나이가 들었기 때문이리라. 20대에 서향집에 살았다면 이처럼 마음 깊이, 그리고 오래도록 노을을 감탄하며 맞이하지 못했을 것이다. 그저 "아 멋지다!" 하고는 이내 창가를 떠났을 것이다. 나이 들어 좋은 점 중 하나는 스러져 가는 것의 아름다움에 흠뻑 취할 수 있다는 것이리라.

인왕산과 맞닿을 만큼 낮게 드리운 회색 구름, 파란 하늘에 하얀 선을 길게 남기며 사라지는 비행기, 바람에 미친 듯이 나부끼는 학교 교정의 아름드리 버드나무, 인왕산을 하얗게 뒤덮는 눈발, 유리창을 사정없이 때리는 빗줄기……. 서쪽으로 내달린 베란다에 서면 계절과 날씨와 풍경의 변화를 고스란히 안을 수 있다.

나의 북촌 서향집은 절간처럼 조용하다. 차가 드나들기 힘든 북촌 특유의 골목 안에 위치한 집이기 때문이다. 안국선원의 새벽 종소리와 안동교회 저녁 종소리는 마음을 차분하게 해주고, 먼 데 뻐꾸기 소리는 하던 일을 잠시 멈추게 하며, 지붕에 내려앉은 까치들 소리는 아침잠을 쉬이 깨운다.

북촌은 시내 한복판에 있어 공기가 나쁠 거라고 생각하기 쉽지만, 이는 북촌을 잘 몰라서 하는 말이다. 창덕궁과 경복궁 사이에 위치한 곳이라 북촌에 들어서면 가슴이 탁 트인다. 특히 내 집은 창덕궁 가까이 있어, 마을버스에서 내리면 비원의 싸한 숲 공기가 밀려드는 서향집의 가장 큰 장점은 해질 무렵 풍경에 있다. 인왕산 너머로 기우는 해와 노을을 감상하기 위해, 오후 다섯시 이전에는 반드시 집으로 돌아오려고 한다.

노을이 완전히 사그라질 때까지 바라볼 수 있는 것은 내가 그만큼 나이가 들었기 때문이리라. 20대에 서향집에 살았다면 이처럼 마음 깊이, 그리고 오래도록 노을을 감탄하며 맞이하지 못했을 것이다.

걸 느낄 수 있다. 동네 토박이들은 여름에 시원하고, 대신 봄이 조금 늦게 오는 곳이라고들 한다. 이곳으로 이사 온 후 피부가 고와졌다는 이들도 많다. 잘 보존된 고궁 숲 덕분에 일주일에 한 번 쓱 걸레질만 하면 청소가 끝나니, 이 역시 북촌에 사는 특혜다.

현대 빌딩 주변에 음식점이 많아서 밥 사 먹기 편하다는 것도 북촌의 좋은 점이다. 전통 궁중음식 전문점이나 20만 원짜리 주문 케이크를 파는 제과점 같은 고가의 음식점에서부터 플라스틱 의자에 걸터앉아 생맥주를 마실 수 있는 노상 술집까지, 입맛과 주머니 사정에 따라 뭐든 골라 먹을 수 있다.

한편 운현궁, 북촌한옥문화원, 정독도서관, 선재아트센터, 불교박물관, 일본문화원, 서울아트센터, 수운회관, 조계사가 지척이다 보니 강좌, 전시회, 영화제 등이 끊이질 않는다. 북촌에 대해 전문가의 강의를 들을 수 있는 북촌 투어가 열리기도 하는데 가끔씩 참가해 어느 거리, 터 하나도 유래가 없는 곳이 없는 북촌을 공부하기도 한다.

북촌 골목을 걷다보면 여염집이든 상점이든 화초를 내어 기르는 곳이 많아 걸음을 자주 멈추게 된다. 너른 마당을 갖고 살기 힘든 서울, 대단지 아파트 조경을 생각할 수 없는 북촌살이기에, 대문 앞에 화분 몇 개 내놓고 들고나며 물을 주는 심정이 애틋하게 와 닿는다. 어느 골목에서나 와인 상자 가득 채송화가 자라고, 하얀 스티로폼 상자엔 고추와 방울토마토가 주렁주렁 열려 있으며, 함지박 가득 토란이 자라고 있고, 집 현관에 매놓은 줄을 타고 나팔꽃이 올라가는 걸 볼 수 있다. 볕 한 뼘 들까 말까 한 땅만 있어도 배추와 상추를 심는 게 바로 북촌 사람들이다.

집앞에 나와 잠깐씩 볕을 쬐곤 하시는 우리 동네 할머니들은, 옥잠화가 필 무렵부터는 아예 삼삼오오 모여 담배를 태우거나 이야기를 나누다 해가 설핏해져야 집으로 돌아가신다. 옆집 방안이 훤히 들여다보이는 작은 공동주택에 사실망정, 나랏님계신 궁 가까이에서 평생을 사신 할머니들답게, 입성 흐트러진 모습을 보이지 않으신다. 한여름에도 빳빳하게 다린 모시 저고리와 치마 차림으로 나와 계신 곱고 단정하게 늙은 할머니들. 북촌 원주민이신 할머니들은 날마다 자식들 자랑, 쑤시는 무릎 타령을 하신다. 내가 옛날이야기를 해달라고 하면 "다 잊어버렸어" 하시면서도 두런두런 이야기 보따리를 펼쳐놓으신다.

"저 아래 오금문요금문曜金門을 이르시는 것은 나인들이 병들거나 죽으면 나오던 문이여. 거기서 오금을 펴지 못한다는 말이 생긴 거여. 병든 나인들이 여기 언덕 나무에 목을 맨 것도 많이 보고 그랬지. 그땐 여기 나무가 많고 길도 질었어."

왜정 때부터 나인들과 친구처럼 어울려 지냈다는 80대 할머니는 조그만 손목시계의 분침도 정확하게 읽으시고, 귀도 밝으신 게, 얼굴에 검버섯 하나 없으시다. 저녁 드셨냐고 여쭈면 "저녁 일찍 먹으면 허깨비가 보여. 나는 아들 며느리 들어오는 아홉시에나 식사 허지"라고 하시며 해가 이울 때까지 밖에 그대로 앉아 계신다.

자주자주 연립주택 앞 계단에 쭈그리고 앉아 물끄러미 화단을 바라보고 계신 할머니께 인사라도 할라치면 반색을 하며 이것저것 물으신다. 심지어 딸이 보낸 편지를 읽어달라거나, 수도 요금 계산을 해달라고도 하신다. 나는 되도록이면, 특히 홀로 계신 할머니께는 반드시 인사를 하고 말벗도 해드리려 한다.

노을이 내려앉기 시작하면, 트럭에 수채화 그림을 내건 멋쟁이 야채장수 아저씨가 나타나 "야채 1천 원"을 외친다. 평상에 앉아 계시던 할머니들은 트럭 안을 기웃거리다 옥수수 한 덩이를 사들고 힘겹게 계단을 오르신다. 등 굽은 할머니가 가파른 계단을 느릿느릿 오르는 뒷모습이야말로 가장 북촌스러운 풍경이지 않나 한다.

통치마 저고리 차려 입은 할머니들이 화장 곱게 하고, 양산 하나씩 쓰고서 나들이 가시는 모습을 나는 아주 좋아한다. 친구랑 앞서거

북촌 골목을 걷다보면 여염집이든 상점이든 화초를 내어
기르는 곳이 많아 걸음을 자주 멈추게 된다.

니 뒤서거니 걷는 할머니들을 볼 때면, 슈퍼에 우유 하나 사러 가더라도 할머니들처럼 입성을 반듯하게 해야지, 라고 다짐한다. 집에서 10분 거리인 정독도서관에 요가를 하러 갈 때도 슬리퍼를 신지 않는다. 왕족처럼 우아하게 차려 입은 일본 관광객을 만났을 때, 내 입성이 초라하면 북촌을 어찌 생각하겠나 싶어서다. 내가 치마를 즐겨 입게 된 것도 북촌에 살면서부터다. 나는 우리 동네 꽃 같은 할머니들과 함께 북촌 서향집에서 우아하게 늙어갈 것이다.

정독도서관

북촌에 '정독도서관'이 없었어도 이사를 왔을까? 아마 오지 않았을 것이다. 북한산을 바라볼 수 있는 구파발이나 공기 맑은 평창동, 나랏님 사는 청와대 근처를 뒤지고 다녔던 나는 정독도서관을 둘러본 후 북촌 이사를 결심했다. 결과적으로는 산, 맑은 공기를 모두 충족시키며 게다가 정독도서관까지 끼고 살게 되었으니, 주거지에 관한한 과분한 축복이라 하지 않을 수 없다. 내게 있어 정독도서관은 단순히 책을 읽거나 빌리러 가는 곳이 아니다.

인파에 시달리는 여의도 벚꽃 구경이 어리석게 여겨질 만큼, 봄의 정독도서관은 벚꽃 대궐이다. 도서관 입구의 200년 된 회화나무가 정독도서관의 상징적 보호수라면, 문화 3교실 입구의 아름드리 벚나

무는 정독도서관의 으뜸 비경이다. 이 고목에 붉은 기운이 도는가 싶
으면 어느새 꽃망울이 터지고, 파라솔처럼 우거진 나무 아래에서 꽃
비를 맞는 행복이래야 사나흘, 가는 봄비에도 낙화가 분분하다. 여름
녹음, 가을 단풍, 겨울 나목을 보는 시간이 길긴 하지만, 나는 봄의 한
주일 황홀한 슬픔을 선사하는 이 나무에게 안부 인사를 거르지 않는
다. 한편 정독도서관 입구에 있는 서울교육사료관의 벚나무는 가장
늦게 피고 져서, 벚꽃과의 짧은 만남을 아쉬워하는 내 마음을 달래준
다.

　　정독도서관에 장미꽃이 필 때면 이미 등나무 그늘이 짙어지고 분
수가 물을 뿜는다. 이맘때면 분수가에서 음악회가 열리고, 작가 초대
강연, 시낭송회 등이 연이어진다. 원두막과 물레방아가 있는 연못에
수련과 연꽃이 다투어 피면, 공부에 지친 젊은 연인들이 주변 벤치에
누워 머리카락을 쓰다듬어 주거나, 집에서 싸온 점심 도시락을 나눠
먹는 정답고 부러운 모습을 연출한다. 인근 직장인들이 커피를 마시

며 수다를 떨다 가기도 한다. 유모차를 세워두고 책을 읽는 젊은 주부나, 하얀 장갑과 모자로 무장한 아줌마들이 빠른 걸음으로 산책하는 모습 또한 볼 수 있다. 장대비가 지나간 후의 정독도서관 뜰 공기만큼 신선한 게 있을까.

각종 시험, 모집 공고문이 붙어 있는 1동과 2동을 연결하는 낭하마저 낙엽이 휩쓸 때, 화장실 창가에서 이력서에 붙일 사진에 풀칠하는 취업 준비생을 볼 수 있는 것도 이 계절이다. 건물 귀퉁이에 쭈그리고 앉아 담배가 타들어가는 것도 잊은 채 애꿎은 개미를 짓이기며 불안한 미래를 달래는 청춘 또한 늦가을에 부쩍 눈에 든다. 담배 냄새를 견디지 못하는 나는 도서관 뜰도 공공장소이므로 담배를 피울 수 없게 하고 싶지만, 저 시절과 이 계절의 담배만큼은 용서할 수 있을 것 같다.

겸제 정선[1676~1759]의 인왕제색도仁王霽色圖, 비 갠 후의 인왕산 그림이란 뜻으로, 화가로서의 절정기인 76세 때, 지금의 정독도서관 자리에서 본 것을 그렸다를 새긴 석비石碑와 종친부宗親府, 서울시 유형문화재 제9호.조선왕조역대 제왕의 족보인 어보御譜와 초상화인 어진御眞을 보관하고, 왕과 왕비의 의복을 관리하고 종실제군의 봉작, 승습, 관혼상제 등의 사무를 집행하던 관청. 옛 기무사 터에 있던 것을 1981년 정독도서관 구내로 이전했다의 경근당과 옥첩당 기와지붕, 식당 가는 길 화단에 놓인 석물 삼기에까지 흰 눈이 쌓일 때, 추위와 바람을 참으며 서있노라면, 이곳에서 뛰놀았던 경기고등학교 학생들의 웃음소리와 조선시대 유생들의 옷자락 스치는 소리가 들리는 것 같다.

북촌의 모든 터가 그러하듯, 정독도서관 자리도 예사 자리가 아니어서 곳곳에 기념비가 서있다. 조선시대 최고의 지성인이자 사육신의 한 분이었던 성삼문이 화동 23-9번지에 살았고, 도서관 뒤편 언덕에는 청백리로 유명한 맹사성이 살아 '맹현'孟峴으로 불리었다. 갑신정변의 풍운아 김옥균의 집은 정독도서관 잔디밭이 되었고, 독립신문을 창간한 서재필은 일곱 살 때 전남 보성에서 올라와 지금의 정독도서관 동쪽에서 살다가 열여덟 살 어린 나이에 갑신정변에 가담했다.

그런가 하면 화기도감火器都監, 1613년 광해군 때 명나라 누르하치의 기마병을 통해 화포의 중요성을 깨닫고 총포를 만들기 위해 설치한 임시관청이 이곳에 있었다. 1927년부터 1938년에 걸쳐 냉난방 시설과 음수대를 갖춘 최신식 교사가 지어지면서, 근대교육의 발상지인 경성제일고보현재의 경기고등학교가 되었다. 한국전쟁 때는 미군의 통신부대가 접수했고, 수복 후에야 다시 경기고등학교로 돌아올 수 있었던 그런 터인 것이다. 그러니 1976년 서울 강남구 삼성동으로 떠난 경기고등학교 자리에 들어선 정독도서관에서 공부를 한다는 것, 정독도서관을 드나든다는 것은 역사 속 인물들의 넋과 만나는 일이라 해도 과언이 아니잖은가.

안국역 근처에서 누군가와 만날 일이 있을 때, 나는 교과서에도 나오는 재동 백송白松이 있는 헌법재판소 뒤뜰이나 정독도서관 연못가로 청한다. 이는 비싼 커피숍에 가기를 꺼리는 내 취향 탓만은 아니다. 정독도서관에 개근하지 않으면 알 수 없는 이런 정취를 지인들이 맛보았으면 해서다. 단지 건물로만 존재하는 것이 아니라, 목청을 한껏 높여 여름을 실감하게 하는 매미 울음으로 가득한 너른 정원이 있고, 거기에 역사까지 켜켜이 쌓인 정독도서관 같은 곳이 서울에 과연 몇이나 되겠는가.

책장 넘기는 소리, 책 수레 끄는 소리, 에어컨이나 온풍기의 기계음, 의자 미는 소리, 소곤대는 말과 구두 발자국 소리들이 나직하게 떠도는 2동의 인문실. 한여름 무더위와 한겨울 추위를 피해, 혹은 마음이 소란스러워 아무것도 할 수 없을 때, 나는 인문실 창가에 자리잡고 종일 책을 읽거나 노트북 키보드를 두드린다. 엷은 선글라스를 껴야 할 만큼 볕이 잘 드는 자리를 독차지하고 있노라면 세상사와 개인사로부터 훨훨 놓여난다. 피곤한 눈을 들면 벚나무 가지가 손을 내밀고, 이어폰을 꽂은 날씬한 다리의 여학생이 무언가 열심히 적는 모습, 책을 잔뜩 쌓아놓고 졸고 계신 할아버지를 볼 수 있다.

사료관, 도서관 1, 2동, 휴게실 등 네 개 동이 근대건축등록문화재 제2호로 지정된 정독도서관은 끊임없는 보수와 관리로 쾌적한 공공도서관이 되도록 애쓰고 있다. 덕분에 인왕산이 바라다 보이는 서쪽에 깨끗한 좌식 화장실이 생긴 게 나쁘진 않지만, 그래도 나는 시모노세키의 무사들이 살던 저택의 화식和式 화장실처럼 어스름하고 눅눅했던 옛날 화장실에서 볼일 보는 게 더 마음 편했던 것 같다.

식당 건물에 대해서도 이런 이중의 감상을 갖고 있다. 정독도서관 도서영상선정위원인 나는 건설 현장 함바집처럼 낡고 소란스러운 식당 시설을 개선해줄 것을 건의한 적이 있는데, 이와 관련된 재정 문제는 무척이나 복잡한 모양이다. 하기야 시설이 좋아진다면 백반 한 끼에 3천 원이란 현재 가격을 유지하기는 어려울지 모른다. 아무리 그래도 미래의 대들보들이 이런 시설에서 식사를 하는 건 여간 안쓰럽지 않다.

그런 한편 내가 현재의 식당 건물을 좋아하는 것은 과거 체육관으로 쓰이지 않았을까 싶을 만큼 천장이 높고 유리창이 많아서다. 유리창 디자인은 간송미술관의 그것과 비슷하다. 녹이 슨 커다란 직사각형 철제 틀에 때 끼고 굴곡진 유리가 끼워져 있어 증기기관차 시절의 유럽 역사驛舍를 떠올리게 한다.

이 천장 높은 건물에는 참새들이 날아다닌다. 뒤뚱뒤뚱 비둘기라면 질겁했겠지만, 포르릉 날아다니는 참새는 정말 귀여워, 가끔 빵 부스러기를 나누어준다. 참새는 언제나 나로 하여금 폐를 앓던 국민학교 시절에 살았던, 구중궁궐 내 폐비 내당 같았던 수원의 한옥을 떠올리게 한다. 아침마다 장대를 들고 거미줄을 걷어야만 겨우 걸어다닐 수 있었던 나무 많은 정원과 오래되고 큰 한옥. 그 지붕 위, 수키와와 암키와의 굴곡을 스케르초scherzo 빠르기로 내달리곤 하던 참새를 얼마나 부러워했던가. 개나 비둘기는 무서워하는 나지만 참새만큼은 언제 보아도 사랑스럽다.

정독도서관 식당이 지금의 건물 원형은 그대로 유지한 채, 위생과 식욕을 고려한 시설로 바뀌었으면 한다. 물론 그때도 참새는 지금

1. 수련과 연꽃이 핀 연못 한쪽에서 물레방아가 돌아가고 있다. 2. 종친부. 옛 기무사 터에 있던 것을 1981년 정독도서관 구내로 옮겨왔다. 3. 도서관 1동 앞 분수대. 4. 겸재 정선의 인왕제색도를 새긴 석비. 5. 도서관 1동 아치 기둥 너머로 바라다본 풍경.

처럼 자유롭게 날아다니며 학생들이 남긴 음식을 얻어먹을 수 있으면 좋겠다.

장애인을 위한 엘리베이터 설치를 마친 정독도서관은 최근, 주차 요금 정산소 시설의 개선을 위해 도서관 입구에 있던 대나무를 뭉텅 베어냈다. 비오는 날 주차비를 내기 위해 차문을 열고 나와야 하는 운전자의 불편을 해소하기 위해서란다. 차가 없는 나는 잠깐 비 맞으며 주차비 내는 게 얼마나 번거로운 일인지 모르지만, 시원하게 맞아주던 꼿꼿한 대나무를 잘라낸 게 무척 아쉽다. 또한 1동 출입문을 회전문으로 바꾸고 있는데, 이는 문화재로 지정된 건물 외관과 전혀 어울리지 않는다. 미적 조화와 눈의 즐거움을 위해 작은 불편 정도는 감수했으면 하는 것이 나의 바람이다.

북촌 관련 토론회에 나가보면, 정독도서관은 학교 건물로 지어졌기에 책 무게를 더이상 견디기 힘들어 도서관 기능을 포기해야 한다는 이야기도 나오고, 뜰을 한국식 정원으로 바꾸고 지하에 주차장을 들이자는 의견도 있다. 나는 이 모든 것에 반대한다. 현재 건물과 한국식 정원이 어울리지도 않고, 주차장은 더더구나 가당치 않다. 더도 말고 덜도 말고 지금 그대로의 정독도서관이었으면 한다.

정독도서관의 장서량과 그 수준은 어디 내놓아도 빠지지 않으며, 회원이 원하는 신간은 도서영상선정위원의 검증을 거쳐 매분기마다 신속히 비치되도록 노력한다. 도서 대출 기간도 너그럽기 짝이 없다.

우수회원인 나는 도서는 2주일에 여섯 권까지, DVD는 일주일에 두 개까지 빌릴 수 있다. 안국역 부근에 도서 반납함이 있어 오가며 반납하는 편리함이 있는 데다, 대여 마감일 직전 휴대폰 문자 메시지로 알려주기까지 하니 연체료 낼 걱정은 안 해도 된다. 도서 대출은 전화나 인터넷으로 일주일 연장할 수 있으며, 예약도 가능하다.

사실 공공도서관에서 DVD까지 빌려준다는 사실에 나는 적지 아니 놀랐고 분노마저 느꼈다. 불법 다운로드 등으로 가뜩이나 영화의 부가산업 시장과 대여점이 줄어들고 있는데, 공공도서관이 대여점 역할까지 하는 것은 지나치지 않은가.

정독도서관의 DVD 대여에 항의했던 인연으로, 나는 이 도서관의 도서영상선정위원이란 감투를 쓰게 되었다. 이용자에게 오락을 제공하는 기능도 지식정보 제공만큼 중요하다는 도서관 측 설명을 듣기는 했지만, 영화의 부가판권 시장 붕괴의 전 과정을 안타깝게 지켜보고 있는 나로서는, 도서관은 책에 집중했으면 하는 마음이 여전하다. 일반 대여점이 구입하지 못하는 예술·독립영화가 많이 비치되도록 건의하는 것으로 위안을 삼고 있다.

정독도서관을 개인 서재처럼 이용하고 있는 나는 요가의 즐거움마저 이곳에서 알게 되었다. 일년에 두 번 문화교실 수강생을 모집하는데, 수강료 대비 내용이 충실하다. 서예, 세필화, 태극권, 퀼트, 영어 등의 수업 중 요가반이 가장 인기가 있어 모집 공고가 나기 전부터 준비하고 있다가 재빨리 돈을 내야만 20명 정원 안에 들 수 있다.

평생 운동이라고는 눈 운동과 손가락 운동이 전부였던 나는 정독 도서관에서 일주일에 두 번 요가 수업을 들으면서 인간의 몸이 이렇게 다양한 동작을 취할 수 있는 유기체란 사실에 감탄했다. 요가 수업을 마치면 몸이 어찌나 개운하고 즐거운지, 학원 수강증을 끊으면 반도 못 다니고 포기하는 내가 한 친구를 끌어들이고 그 친구는 여의도 성당 친구들을, 그 성당 친구들은 또 다른 친구를, 그렇게 우리는 정독도서관 요가반의 전도사가 되었다.

대를 이어 요가 교사의 길을 걷고 있는 정독도서관 요가반의 잘생긴 총각 형제 정승훈, 정승원 선생님은 《요가》라는 책을 펴내 우리에게 선물해주셨다. 나는 '정중동'을 몸으로 보여주시는 요가 선생님께 이따금 음료수나 사과 등으로 고마운 마음을 전했고, 선생님은 나의 일본 무용 수료 사진을 멋지게 찍어주시기도 했다.

그 외에도 정독도서관에서는 작가 초대 낭독회, 일본어 수업, 과학 카페, 영화 상영, 한 책 읽기 모임, 구민 결혼식 등 무료거나 실비만 받는 행사가 수시로 열리고, 갤러리에선 아마추어의 그림 전시회가 끊이질 않는다. 봄, 가을 두 차례 책을 무료로 나눠주기도 한다.

1995년에 개관한, 도서관 초입의 서울교육사료관은 우리나라 교육의 발전사를 한눈에 볼 수 있는 곳이다. 삼국시대부터의 교육 제도, 내용, 과정, 기관 등의 자료가 정리되어 있다. 교복이나 교과서 전시회 등으로 학창 시절 추억을 떠올리게 하는 곳이다.

엄마 손 꼭 잡고 오는 아기에서부터 교복 입은 여학생, 책 읽을 시간을 어찌 냈을까 싶은 가정주부, 머리 희끗한 어르신까지, 한 공간에서 지식을 탐구하던 이들이 마감 시간을 알리는 직원의 재촉에 부산하게 짐을 싼다. 무거운 책 보따리를 지고 나설 때 1동 아치 기둥 너머로 바라다 보이는 서울 도심 풍경은 황혼이거나, 네온이 명멸하거나, 비가 내리거나, 해가 쨍하거나, 한겨울이거나 할 것 없이 늘 사진작가의 작품마냥 멋스럽다. 나는 이곳에서 바라보는 풍경들을 정말 사랑한다. 건물 계단 난간의 투조透彫 장식들이며, 1동 3층에서 내려다 보는 정원과 서울 도심 풍광 등도 나만의 북촌 풍광에서 빠뜨릴 수 없는 것들이다.

정독도서관
주소 서울 종로구 북촌길 19번지
문의 02-2011-5799
홈페이지 www.jeongdoklib.go.kr

가회동 성당, 안동교회, 법륜사 등

초등학교 입학 전, 나는 크리스마스 파티와 선물, 그리고 유치부의 천상욱 선생님에 이끌려 교회를 다녔다. 여고 시절엔 미사포와 성모 마리아 상에 혹해 세례를 받았다. 대학은 불교 종단인 동국대학교에 들어갈 수밖에 없었고, 전공도 불교미술 외에는 선택의 여지가 없었다. 덕분에 대학 때는 사찰 답사를 많이 다녔고, 졸업 후 여행은 사찰과 폐사지로 굳어지다시피 했다. 정신적 방황이 잦았던 20대의 나는 이태원의 이슬람 사원을 기웃거리기도 했다. 터키 여행 때는 이처럼 다양하고 찬란한 역사와 문화의 나라에 뼈를 묻어야만 인간으로 살았다 할 수 있는 게 아닌가 하는 생각을 했을 만큼 정해진 종교가 없이 분방했다.

나는 요즘 아침저녁으로 '가회동 성당'에 들러 기도를 드린다.

1949년 명동 성당에서 분리되어 출발한 가회
동 성당은 작고 조용한 동네 성당이다. 언제
어느 때 가도 홀로 조용히 기도드릴 수 있는
나만의 성당.

새벽 미사에 나가보면 할머니, 할아버지가 대부
분이다. 저녁 학생 미사가 활기차기는 하지만
나는 어르신과 수녀님들이 함께해주시는 새벽
미사의 적요에 계속 동참하고 싶다.

근 30여 년 만에 만나 뵙게 된 여고 시절 은사의 권유로 성당을 다시 찾게 된 날, 어찌나 눈물이 나던지…… 완전히 기진한 나는 앉았다 일어서기를 반복해야 하는 의식을 간신히 치루었고, 걷기로 단련된 다리가 후들거려 평소 같으면 집까지 10분이면 족할 것을 30분이나 걸려 도착했다.

그 눈물 바람 속에서도, 복사服事하는 소년이 눈에 들어왔다. 제단에 가려 보일 듯 말 듯한 작은 소년의 얼굴에 깃든 천진한 미소와 진지한 자세는 '예수께서 이 땅에 다시 오신다면 저런 모습이 아닐까?' 하는 생각이 들게 했다. 성장을 거부하는 어린 소년 같은 저 아이를 보기 위해서라도 가회동 성당에 다녀야겠다고 다짐했다. 미사 후 또래들과 뛰어노는 소년에게 "아까 복사하셨지요?" 했더니, "네!" 하며 달려갔다.

가회동 성당 부근을 지나다 가끔 그 소년을 만나곤 한다. 1미터도 될까 말까 한 키에 커다란 가방을 메고 걷는 모습이 애처롭지만 소년의 발걸음은 씩씩하기만 하다. 북촌을 찾은 외지인들에게 "마을버스 서는 데는 거기가 아닌데요"라고 가르쳐주면 사람들은 공손하게 "고맙습니다" 한다. 동네 어른들에겐 "아저씨!" 하며 먼저 부르고 인사한다. 갑자기 폭우가 쏟아지던 여름 오후, 소년이 누군가에게 건네줄 우산을 품에 안고 달려가는 모습을 보았을 때는, 저 우산을 받는 이는 행복하겠구나 싶었다.

어느날 좁은 골목에서 중학교 교복을 입은 소년과 마주쳤다. 얼굴 가득 미소를 머금고 가벼운 걸음으로 다가오는 인형처럼 작은 소년에게 아는 체를 하려는 순간, 소년 키의 두 배는 됨직한 초등학생 두 명이 소년을 향해 손가락질하며 웃는 게 보였다. 게다가 웬 덩치 큰 아저씨와 뚱뚱한 아줌마가 '난쟁이' 운운하며 걸어오더니 두 초등학생에게 "쟤 몇 살이니?" 하고 물었다. "중학생인데요, 날 때부터 저랬대요" 하는 대답이 골목 안을 울렸다.

나는 집으로 돌아오는 내내 홀로 걷던 소년을 떠올리며 울었다. 내 안에도 난쟁이가 있는데, 아니 악마가 자라고 있는데, 왜 키 큰 초등학생과 뚱뚱한 어른은 나를 손가락질하지도 놀리지도 않는 걸까. 작은 몸 안에 갇힌 영혼으로 범접할 수 없는 경외감을 안겨주는 소년을 볼 때마다, 나는 나의 지옥을 잊는다.

가회동 성당은 1949년 6월, 명동 성당에서 분리되어 출발했다. 한국전쟁 때 인민군 인민일보 사무실로 사용되며 훼손된 한옥 성당 자리에 미군 민간 원조단의 도움으로 지금의 성당이 지어졌다. 1954년 12월 3일에 축성식을 가졌다니, 그새 50여 년의 세월이 쌓였다. 물자가 부족한 상황 속에 지어진 성당이라 부실을 오래 견딜 수 없어, 2010년부터 새 성당 건축에 들어가게 된다.

가회동 성당은 작고 오래된 동네 성당이다. '몬테소리 교육관'과 방과 후 학교 등이 있는 '노트르담 수녀원 교육관'의 수수한 정원이 가회동 성당에도 있으면 얼마나 좋을까 싶을 만큼 그 부지가 좁다. 그래서인지 북촌에 어울리는 전통미를 살린 성당 신축을 약속하셨던 주

노트르담 수녀원 교육관과 뜰의 모습. 여고 시절 미사포와 성모 마리아 상에 혹해 세례를 받긴 했지만, 천주교 예식은 그때도 좋았다.

임 신부님께서는, 현재의 마당이 두 배로 늘어날 수 있는 현대적인 2층 성당 설계로 마음이 기운다며 신도들의 투표에 맡기겠노라 하셨다. 어느 쪽으로 결정이 나든, 30년 만에 나를 다시 하느님에게로 이끈 지금의 가회동 성당은 사라질 것이다. 내겐 무척 서운한 결정이다. 언제 어느 때 가도 홀로 조용히 기도드릴 수 있는 나만의 성당이라 여기고 있는데 말이다. 내가 견진성사를 받을 때까지만이라도 지금의 가회동 성당이 유지되었으면 좋겠다.

가회동 성당 건너편에는 노트르담 수녀원 교육관이 있고, 대각선 방향에는 '안국선원'이 있다. 별궁길 윤보선가 앞에는 '안동교회'가 있고, 안동교회에 잇달아 '선학원 중앙선원'이 있다. 사간동길에는 승보종찰 해남 송광사의 서울 분원인 '법련사'가 있으며, 그 뒤편에는 태고종이 전통문화 전승관이자 총무원인 '법륜사'가 있다. 창덕궁길에는 원불교 서울대교구가 관리하는 '은덕문화원'이 있다. 한국 불교의 중심 '조계사'도 15분이면 걸어서 갈 수 있다.

모던한 외관의 안국선원은 간화선看話禪 수행 도량으로, 멀리서 오는 보살님이 적지 않다. 잿빛 승복 차림의 보살님들이 질서정연하게 앉아 큰 스님 말씀을 경청하는 모습을 보고 있노라면, 누구의 마음인들 경건해지지 않을까. 안국선원 뒤편에는 어찌 이런 공간이 숨어 있을까 싶은, 좁은 언덕을 잘 활용한 정갈한 요사채가 있다. 한옥의 멋스런 외관과 서양 집의 편리함을 내부에 접목시킨, 오밀조밀한 요사채 마당에는 큼직한 된장 항아리가 가지런히 놓여 있다. 종일 해를 받

안국선원 뒤편에는 좁은 언덕을 잘 활용한 정갈한 요사채가 있다. 한옥의 멋스런 외관과
서양 집의 편리함을 접목시킨 이 건물 마당에는 큼직한 된장 항아리들이 가지런히 놓여 있다.

고 익어가는 저 된장으로 만든 국을 언젠가 꼭 먹어보고 싶다는 생각을 하곤 한다.

이준 열사의 헤이그 평화회의 참석을 주선한 박승봉 등 당대 선각자들이 세운 안동교회. 1909년 3월에 설립된 대한예수교 장로회 소속 안동교회는 벽면까지 꽃으로 장식하는데, 교회에 딸려 있는 단아한 한옥 소허당笑虛堂, 하늘의 은총을 입고 허심의 마음에서 즐겁게 웃음 짓는 집이라는 뜻 주변에도 사시사철 꽃이 피고 진다. 교회를 아름답게 가꾸는 것 못지않게 선교 활동에도 적극적인 교회라, 그 앞을 지나는 것만으로도 마음이 즐겁고 씩씩해진다.

교회 본당에선 한 달에 한 번 꼴로 파이프오르간 연주, 남성합창단 공연 등이 열리고, 바로 앞 윤보선가에서 음악회를 열기도 한다. 배우처럼 잘생긴 프랑스의 파이프오르간 연주자 망투 교수의 연주를 들으러간 2009년 9월 1일 공연이 181회째였다. 일년 프로그램이 미리 예고될 만큼 준비가 철저하고, 연주가 끝나면 간단한 다과회를 갖는 가족적인 분위기가 좋아 연주회를 빠지지 않고 다니려 한다. 소허당에서는 각종 문화강좌가 열리고, 토요일 오후에는 초록 앞치마를 두른 여성 신도들이 허브티를 대접해준다. 밖에서 보면 작은 한옥인데, 살림이 없어서인지 생각보다 넉넉해 편히 쉬다 갈 수 있다.

안동교회 건너편의 튼실한 한옥은 안국선원 스님들이 묵으시는 곳이다. 나는 이 앞을 지날 때마다 발길을 멈추고 대문 틈새로 한옥 안을 들여다보곤 한다. 선학원 중앙선원도 일제의 사찰령에 맞서, 한국 선학의 정통을 잇기 위해 민족주의자들이 세웠다고 한다. 1923년에 낙성된 선종의 중앙기관이라지만, 역사성이 느껴지는 건축물은 아니다. 덕성여자고등학교 틈새에 더부살이하듯 끼여 있어, 외관상 아쉬움이 크다.

법륜사法輪寺는 한국 불교 전통문화 전승관과 총무원이 있는 태고종太古宗의 행정 중심 사찰이다. 2006년 12월, 연건평 1천6백여 평에 지하 3층, 지상 4층 규모로 완성된 건물에는 전통문화 전시관, 다도 시연관, 불교 전통문화 교육관, 전통문화 체험관, 법당 등이 자리하고 있다. 태고종은 중요무형문화재 단청장 보유자이자 금어金魚·불화의 최고수에 이른 이만봉 스님, 중요무형문화재 영산재 보유자 박송암 스님과 장벽응 스님 등을 배출한 종단이다. 그런 이유로 건물 1층에 무형문화재 제48호 단청장과 영산재 전승관이 들어서 있다. 조계종과 한 뿌리였던 태고종은 1954년 이승만 대통령의 불법 유시로 비구와 대처승帶妻僧 간의 분규가 발생하여 법륜사로 쫓겨나다시피 했다. 태고사 간판을 내리고 조계사 간판을 건 조계종 총무원에 반발한 대처승들이 1969년 3월 한국 불교 태고종을 창종하여 오늘에 이르렀다.

태고종 총무원은 법륜사가 비좁아 서대문, 성북동, 신사동 등으로 옮겨 다니다, 오랜 역사의 법륜사를 헐고 기와지붕 형태만 취한 현대식 건물을 지어 되돌아왔다. 법륜사는 한국 불교사에 가장 먼저 불교가 전래된 53불이 바다를 통해 모셔진 기록이 있는 금강산 유점사 말사 겸 경성 포교당이었다.

1. 법륜사. 2. 안동교회에 딸려 있는 단아한 소허당.   3. 안국선원 뒤편에 자리한 요사채 마당의 된장 항아리들. 4. 선학원 중앙선원.

태교종의 역사와 불교 문화의 전통 계승이라는 취지를 생각할 때, 이처럼 답답한 건물을 지어야 했을까 싶지만, 이웃한 법련사와 마찬가지로 좁은 터에 많은 기능을 하는 건물을 세울 수밖에 없는 어려움이 있었을 거라 짐작하고 있다.

새해 달력이 나올 즈음엔 법련사에 가서 고즈넉한 산사 풍경이 담긴 달력을 사고, 법당에 들러 절을 한다. 조계사는 내 사무실 바로 앞인 데다, 뒤편에 고려시대의 목은牧隱 이색李穡의 영정을 모신 사당과 레지던스 호텔 서머셋 팰리스의 정원, 오래된 2층 일본식 저택나는 사실 이 건물이 헐릴까 노심초사다. 부근에 있던 더 큰 규모의 일본식 저택이 헐려나가는 걸 마음 아프게 지켜봤기 때문이다 등이 있어, 광화문 쪽으로 나갈 땐 일부러 그곳을 관통해 가며 절을 드리곤 한다.

종교에 관한한 북촌만큼 너그럽고 사이 좋은 곳이 있을까. 그것도 역사와 전통의 총본산 격인 사찰과 교회들이 서로 이웃해 있으니, 이 또한 크나큰 축복이 아닐 수 없다.

종교 입문 계기는 각자 다르겠지만, 나는 아름다운 건축과 경건한 의식이 함께하는 종교를 권하고 싶다. 가회동 성당은 이렇다 할 장식이 없는 단출한 성당이지만, 성수를 손에 묻히는 순간, 여기 봉직하셨던 신부님과 수녀님, 그리고 북촌에 살았던 신도들의 믿음과 기도까지 함께 전해지는 느낌을 받는다. 여고 시절 미사포와 성모 마리아 상에 혹해 세례를 받긴 했지만, 천주교 예식은 그때도 좋았다. 30여 년 만에 미사를 드리자니, 기도문이 달라지고 특히 무릎 꿇는 의식이 없어져 몹시 서운하지만, 앉고 서고 나아가고 기도하고 찬송하고 축성하는 몸의 움직임을 통해 마음이 정화되는 것을 느낀다. 의식이란 이런 것이다.

가회동 성당 새벽 미사에 나가보면 할머니, 할아버지가 대부분이다. 뒷줄 두 세 줄을 수녀님들이 채워주시지 않는다면, 북촌 자체가 경로당이라던 복덕방 할아버지 말씀 그대로다. 저녁 여섯시 학생 미사가 활기차기는 하지만, 어르신과 수녀님들이 함께해주시는 새벽 미사의 적요에 계속 동참하고 싶다.

내가 30여 년 만에 교적教籍을 찾아 가회동 성당에 올렸다고 말씀드리자, 내 선생님은 엄하게 야단치시던 표정을 풀고 나를 안아주시며 "잘했다, 잘했다" 하셨다. 지금은 내 선생님의 칭찬을 더 많이 듣고 싶어 성당에 다니고 있는 바가 없지 않지만, 언젠가는 선생님의 칭찬 없이도 성당을 다니며 겸손을 배우고 마음의 평화를 얻고 싶다.

가회동 성당
주소 서울 종로구 가회동 30-3번지
문의 02-763-1570
홈페이지 www.kahoe.or.kr

안국선원
주소 서울 종로구 가회동 10-3번지
문의 02-732-0772
홈페이지 www.ahnkookzen.org

안동교회
주소 서울 종로구 안국동 27번지
문의 02-733-3395
홈페이지 www.andong_ch.org

선학원 중앙선원
주소 서울 종로구 안국동 40번지
문의 02-734-9654~6
홈페이지 www.seonhakwon.or.kr

법륜사
주소 서울 종로구 사간동 112번지
문의 02-739-3450
홈페이지 www.taego.kr

법련사
주소 서울 종로구 사간동 121-1번지
문의 02-733-5322
홈페이지 www.bubryun.com

005; 오랜 역사와 고즈넉한 분위기

중앙고등학교

요즘의 중앙고등학교는 개교 100주년, 3·1운동의 책원지, 독립운동가 노백린 장군의 집터가 있던 곳과 같은 역사의 무게보다 드라마 〈겨울 연가〉 촬영장으로 더 유명하다. '후유노 소나타' ^{겨울연가의 일본어 제목}에 빠진 일본 여성들 덕분에 안국역과 가회로에는 중앙고등학교 표기보다 배용준과 최지우 사진이 더 눈에 띄는 입간판이 섰을 정도다. 중앙고등학교 앞 문방구는 한류 스타들의 사진을 파는 게 주업이 되다시피 했다.

그러나 한류 열풍은 우리 스스로 찬물을 끼얹어 사그라지는 모닥불 신세다. 중앙고등학교 앞, 최지우의 집으로 나왔던 고아한 정취의 일본식 2층 저택도 밀어버린 지 오래니까. '오가며 그 집 앞을 지나노라면'으로 시작되는 노래를 절로 흥얼거리게 했던, 내가 무척 좋아했

중앙고등학교 본관은 역사와 전통을 자랑하는 유럽의 명문대학교를 연상시키는,
말 그대로 고색창연한 건물이다.

1. 중앙고등학교 붉은 벽돌 건물. 2. 6·10만세운동 기념비와 3·1운동 책원지 기념비가 나란히 서있다.

3. 중앙고등학교 주 건물. 4. 복도 한가운데서 한 학생이 벌을 받고 있다.

5. 한류 열풍을 타고 날아온 일본 관광객들. 학교 정문 앞에서 열심히 사진을 찍고 있다.

던 집이었다. 채소밭이 된 폐허^{하기야 중앙고등학교가 지어지던 무렵, 이 일대는 콩밭이었단다}에서라도 사진을 찍고 싶어하는, 안타까운 감탄사를 날리는 일본 아줌마들을 보고 있노라면, 내가 다 미안하다.

중앙고등학교 본관은 역사와 전통을 자랑하는 유럽의 명문대학교를 연상시키는, 말 그대로 고색창연한 건물이다. 2층 석조 건물인 본관은 1934년에 불탄 것을 박동진이 설계하여 1937년 9월에 준공했다. 붉은 벽돌 건물인 서관과 동관은 나까무라 요시헤이가 1920년대에 설계한 그대로다. 1983년에 각각 사적 281호, 282로, 283호로 지정되었다. 고풍스러운 건물과 창덕궁 후원을 끼고 있는 고즈넉한 분위기는 서울 한복판에 있는 학교라고는 믿기 어려운 빼어난 환경이다. 본관 앞뜰에는 세 개의 표지석이 있어 중앙고등학교와 그 터가 우리 근대사에서 얼마나 중요한 역할을 했는지를 말해준다.

◎노백린 장군 집터

안창호 선생과 함께 신민회에서 활동하였고, 3·1운동 후에는 상하이로 건너가 대한민국 임시정부 군무총장을 맡았으며, 미국으로 건너가 항일투쟁을 위한 비행사 양성 학교를 세우기도 했던 독립운동가 계원桂園 노백린盧伯麟 장군 집터가 본관 오른쪽 화단에 있었다. 그 당시에 비행 학교라니, 참으로 놀라운 일이지만 요즘 노백린 장군을 기억하는 이는 거의 없는 듯하다.

◎ 3·1운동 책원지策源地

중앙고등학교에는 1919년 당시 동경 유학생이었던 송계백이 찾아와, 현상윤과 송진우에게 유학생의 거사 계획을 알리고, 2·8독립선언서 초안을 전달함으로써 3·1운동에 관한 논의가 본격화된 것을 기리는 3·1운동 책원지 기념비가 있다.

당시의 숙직실이 바로 그 책원지인데, 강당에서 조금 떨어진 교정 동편 언덕에 예전 모습대로 복원되었다.

◎ 6·10만세운동 기념비

순종황제의 인산일因山日인 1926년 6월 10일, 대여大輿가 종로 3가를 지날 때, 자발적으로 나선 학생들이 '대한독립만세'를 외쳤다. 중앙고등학교 학생들이 많이 참여했고 100여 명이 체포되었다. 6·10만세운동을 기리는 기념비는 3·1운동 책원지 기념비와 나란히 서있다.

이 외에도 중앙고등학교는 한국보이스카우트 운동의 발상지로 알려져 있다. 1922년 10월 중앙학교 교사였던 관산冠山 조철호趙喆鎬 선생이 학생 여덟 명과 결성한 '조선소년군'이 한국보이스카우트의 모태가 되었기 때문이다. 또한 정문 좌측에는 '인문학 박물관'이 있는데, 이는 인촌 김성수 선생의 양부이자 중앙학교 설립자인 원파 김기중의 업적을 기리기 위해 1992년에 건립되었다. 이곳에서는 환경과 생활, 문화와 교육, 근대교육제도 등에 관한 자료를 볼 수 있다.

중앙고등학교 홈페이지에는 이런 역사에 대한 설명이 자세하지 않다. TV 드라마에서 학교 건물이 나온 부분을 편집한 동영상과 1회 ~20회 졸업생 중 자랑스러운 중앙인을 선정해 사진과 약력을 싣고 있을 뿐이다. 적어도 북촌에 있는 학교와 기관이라면 홈페이지와 정문 입구에 그 터와 건물의 역사에 대한 설명글과 사진 등을 전시해야 하지 않겠나. 북촌에서 그렇게 하고 있는 학교나 기관을 나는 보지 못했다.

1970년대 중반 고교 평준화가 실시될 때까지만 해도 휘문, 보성, 양정, 배재고등학교와 함께 세칭 5대 명문 사학私學 고등학교로 꼽혔던 중앙고등학교. 강남으로 이전한 다른 학교들과 달리 옛 자리에 그대로 남아 오랜 역사와 고풍스러운 교사校舍를 지키고 있고, 심지어 '학교 종이 땡땡땡'의 그 학교 종도 볼 수 있는 학교인데, 그런 노력들이 뒤따라준다면 더 좋지 않을까.

어떤 건물과 환경에서 공부하는가에 따라 인격, 성적, 능률이 달라진다고 믿는 나는, 이처럼 멋진 건물에서 공부한 학생들은 공부가 그리 힘들지 않았겠다, 판자촌 산동네 시멘트 건물에서 공부한 나와는 차원이 다른 인생을 살게 될 거야, 라는 생각이 들어 솔직히 샘이 난다. 중앙고등학교를 찾았다가 복도에 홀로 무릎 꿇고 앉아 손들고 벌서는 학생을 본 적이 있었는데, 그 조차 부러울 정도였다.

중앙고등학교 본관 뒤편 정원은 다자이 오사무의 《사양斜陽》에 나오는 집 뜰을 연상시킨다. 잘 가꾸지 않았다는 뜻이 아니라, 오래된 건물이 드리우는 그늘과 시간의 음덕이 내려앉아, 사방에서 볕이 드는, 이제 막 옮겨 심은 일년생 화초들로 알록달록 꾸며진 정원과는 다른 고즈넉함을 풍기기 때문이다. 특히 가을 정원은 나를 오래 머물게 했는데, 요즘 이 정원은 내가 처음 방문했던 10여 년 전보다 면적이 많이 줄어들었다.

이 정원을 지나면, 푸른 인조 잔디를 덮은 반듯한 운동장과 유리로 마감한 중학교 건물 등, 정문 쪽과는 사뭇 다른 분위기가 펼쳐진다. 개교 100주년을 맞아 새 건물과 잔디 운동장이 생겼고, 이를 기려 큰 잔치가 벌어졌었다. 머리 허연 어르신들이 안국역에서 중앙고등학교에 이르는 좁디좁은 계동길을 가득 메우는 장관이 연출되었고, 짧은 치마와 하이힐에 짙은 화장을 한 인근 여고생들도 삼삼오오 모여들었다. 동기별로 모여 교가를 부르고 사진을 찍는 중장년, 예쁜 여학생 휴대폰 번호를 받으려고 쭈뼛쭈뼛 다가서던 수줍음 많은 남학생, 시끌벅적한 소리에 이끌려온 주민들은 가수 소녀시대의 등장에 북촌이 떠나가도록 환호성을 올렸다. 기름진 전과 술 냄새까지 더해 그날 밤의 공기는 꽤 들떠 있었다.

운동장가에서 내려다보는 창덕궁 '신선원전'新璿源殿 1921년 순종이 지은 건물로 옛 선원전에 모셨던 어진을 옮겨 왔다. 신선원전에는 태조부터 고종까지의 어진이 있었는데, 한국전쟁 때 부산으로 옮겼다가 화재로 불탔다. 신선원전은 재실, 제기고 등의 여러 부속건물이 있고, 그 앞에는 몽답정 등의 정자가 있다. 일반인에게는 개방하지 않는다이 좋아서, 북촌 내 집을 찾은 이들은 반드시 이곳으로 데려온다.

군데군데 무너지고 내 보폭으로도 넘어갈 수 있을 만큼 낮은 창덕궁 후원 담. 정교하게 쌓은 옛 담에 듬성듬성 희멀건 새 담이 끼어 있는 걸 볼 수 있다.

중앙고등학교 뒤편에 있는 창덕궁 담을 따라 오르막에 이르면, 생전 해가 들지 않을 숲 그늘 아래 테니스장이 있었다. 그 테니스장에서 공 튀는 소리를 들으면, 테니스 시합하러 일본에 간다고 했던 첫사랑의 이별 선언이 떠오르곤 했다. 창덕궁 뒷담 검은 숲에 메아리를 남기곤 했던 그 테니스장은 서울디지털대학교 건물이 들어설 무렵 없어졌다. 지금은 서울디지털대학교 앞에 벤치와 파라솔이 생겨 잠시 쉬어갈 수 있는 걸로 위안한다.

군데군데 무너지고 내 보폭으로도 넘어갈 수 있을 만큼 낮은 창덕궁 후원 담. 정교하게 쌓은 옛 담에 듬성듬성 희멀건 새 담이 끼어 있는 걸 보고 있노라면 왜 이리 성의 없이 보수했을까, 미의식과 정성은 후대로 올수록 떨어지는 건가 하는 생각이 든다.

창덕궁 담 끝에서 엉성한 철조망을 제치고 오르면 '바람길'이 나타난다. 담을 따라 내려가면 성균관대학교 교내에 이르게 되고, 바위를 타고 오르면 성균관대학교 후문 주차장이 나타나는 이 갈림길에 서면 언제나 시원한 바람이 불어, 내가 그리 명명했다.

성균관대학교 후문 주차장에서 '와룡공원' 숲과 계곡을 이리저리 가로질러, 서울 성곽을 따라 성북동에 이르는 것이 나의 주 산책 코스였다. 한겨울을 제외한 대부분의 계절, 이 길을 걸으며 작은 풀과 꽃에도 감탄했고, 세상을 다 가진 것처럼 행복했었다.

우리 옛 미술의 보물창고인 '간송미술관', 만해 한용운 선생이 머무셨던 '심우장', 찻집이 된 월북 작가 상허 이태준의 고택 '수연산

방', 《무량수전 배흘림 기둥에 기대 서서》를 쓰신 최순우 선생의 옛
집, 요정 정치의 주역에서 이제는 숲 그늘이 아름다운 음식점이 된
'삼청각', 역시 요정 정치의 산실에서 법정 스님이 주재하시는 사찰이
된 '길상사'……. 이 중 한 곳을 꼼꼼히 둘러보고, 성북동의 대표 음식
인 설렁탕이나 돈가스를 먹고 되돌아오던 길. 요즘은 그 길을 혼자 걷
는 게 싫어, 삼청공원을 한 바퀴 돌고, 감사원 앞의 중앙고등학교 후
문으로 들어가 역방향으로 내려온다.

중앙고등학교
주소 서울 종로구 계동 1번지
문의 02-742-1321
홈페이지 www.choongang.hs.kr

북촌의 병원과 약국

　한 시간을 기다려 겨우 1분 진찰받는 종합병원 진료 시스템에 대해선 익히 들어왔지만, 막상 내가 당하고 보니 어이가 없었다. 한 종합병원 순환기내과 S의사의 병실 앞에 내걸린 아홉시 30분 예약 환자만 열 명. 이렇게 10분 간격으로 열 명씩의 예약 환자 명단이 병실 앞에 길게 걸려 있었다. 종일 이렇게 진료한다니 이게 물리적으로 가능한 일일까.

　더구나 특진비라며 동네 병원의 여섯 배를 받고는, 의사는 컴퓨터 차트에 난수표 같은 의학 용어를 쳐넣느라 내 얼굴은 한 번을 제대로 봐주지 않았다. 왜 약의 개수가 늘었느냐는 물음에 '어디 감히 질문이야!' 하는 속내가 얼굴에 역력한 중년 의사. 그 표정에 질려 지난번 검사 결과는 물어보지도 못한 채 쫓기듯 진료실을 나왔다.

진료실 문 앞에는, 임상실험에 참여하면 주치의가 직접 검진해준다는 안내판이 여전히 걸려 있었다. 그러나 나는 신약 실험 내내 이 특진 의사 이름을 계약 서류에서만 보았을 뿐, 레지던트와의 면담이 전부였다. 무료 임상실험이라는 건 특진 의사에게 환자를 몰아주기 위한 제약회사와 병원의 농간이구나, 이렇게 안하무인 불친절한 의사와 마주하면 없던 병도 생기겠다는 생각을 하며 집으로 돌아왔다.

북촌 '이운경내과' 할아버지 의사 선생님을 배반한 죄 값이라고 반성하며, 오늘은 건강이란 추상어에 신경 쓰지 말고 나 먹고픈 것 맘껏 먹기로 마음먹었었다. 그때 눈에 띈 것이 버스 정류장을 도배한 '멕구도나르도'^{이렇게 일본식으로 발음해야 진짜 맥도날드 같다}의 '언빌리버블^{unbelievable} 런치 빅맥 세트'였다. 그래 오늘은 언빌리버블하게 고열량에 고콜레스테롤 정크 푸드를 먹어주마. 빅 사이즈 콜라를 마시며 튀긴 감자에 토마토 케첩까지 듬뿍 뿌려 우적우적 씹으니, '의술보다 환자 이야기를 들어주는 공부부터 하시오!' 라고 쏘아대지 못한 분함이 어느 정도 가시면서, 맥박수가 정상으로 돌아왔다.

어느 겨울 나는 마음의 병에서 시작된 몸의 병이 너무 깊어 병원을 찾지 않을 수 없었다. 북촌에 유일하게 남은 내과인 이운경내과의 민헌기 할아버지 의사 선생님은 내 병이 스트레스 때문임을 단박에 알아주셨다. 물을 지나치게 많이 마셔 당뇨를 의심했던 내게 체중을 좀 줄이면 된다고 하시며, 혈압은 스트레스와 함께 가는 것이니 혈압기에 나타나는 숫자에 연연하지 말고 당분간 마음 편하게 약에 의지하라고 하셨다. 처방한 약의 효능에 대해서도 자세하게 이야기해주셔서 약 먹는 걸 극도로 꺼리는 나도 할아버지 선생님의 처방에는 마음이 놓였다.

한 달에 한 번 찾아뵙건만 번번이 '뉘신가?' 하는 표정이신 걸 보면, 대통령 주치의 경력은 박정희 시절도 아닌 이승만 시절로 거슬러 가야 하는 것 아닌가 싶다. 그러나 나의 진료 기록표를 보시면 바로 전문의로서의 소견을 내놓으신다. 책상 위에는 영어와 일어로 된 의학서가 쌓여 있고, 궁금한 것이 있을 땐 환자 앞에서도 책을 찾아 확인하신다. 나는 이런 자세에 무한한 신뢰를 느낀다. 의학과 약학의 발전도 IT산업 못지않게 빠를 테니 환자 앞에서도 확인하고 공부하는 게 당연하다.

비록 보청기를 끼고 계시긴 하지만, 얼굴에 검버섯 하나 없으신 깨끗하고 위엄 있는 얼굴. 의사라면 모름지기 이러한 얼굴이어야 한다고 생각한다. 의사의 정년이 언제까지인지 모르나, 이 할아버지 의사 선생님처럼 환자의 질문을 귀찮아하지 않고 다정하게 답해주시는 분이라면, 현역에 오래 계시는 게 주민들의 정신 건강에 도움이 되지 않을까.

가끔 다른 의사가 진료할 때면 난 혹시 할아버지 의사 선생님께 변고가 생긴 게 아닌가 염려되어 간호사에게 안부를 묻는다. 할아버지 의사 선생님이 헌법재판소 부근을 산책하시거나, 운전사의 안내를 받아 검은 승용차를 타고 나들이 가시는 모습, 혹은 환자를 기다리며 조간신문을 읽거나 퍼즐게임인 스도쿠를 하시는 걸 보면 든든하다. 내가 가장 젊은 환자가 아닐까 싶을 만큼, 의사도 환자도 고령인 북촌의 이운경내과가 간판을 내리는 일이 없으면 좋겠다.

계동길 작은 사거리에 있는 '최소아과의원'은 시골 읍내 병원 같은 외관을 고수하고 있다. 아담한 2층 붉은 벽돌 건물에 고졸한 검은 글자를 새겨 넣은 흰 나무 간판뿐, 진료를 받을 수 있는 병원이라기보다 TV 드라마의 세트장 같다고 할까. 78세 할아버지 의사 선생님이 지금도 진료를 하시는 이 병원의 건물과 집기들은 감고당길에 있던 45년 된 '화개이발관'처럼, 국립민속박물관으로 고스란히 옮겨두어야 할 것 같다.

근래 없어진 병원도 있다. 아마도 북촌 인구가 줄어서일 게다. 헌법재판소 건너편에 있던 '한국병원'은 원로 미술평론가 이경성 선생님이 장기 입원해계셨는데, 리모델링을 거쳐 이탈리아 레스토랑과 사무실로 바뀌었다. 풍문여고 인근, 옛 한성은행 자리에는 '안국병원'이 있었다는 기록이 있는데 기억하는 이가 없다.

치과는 서너 곳이 영업을 하고 있다. 2005년, 가회로에 문을 연 'e믿음치과 북촌점'은 한옥 리모델링의 바람직한 사례로 인테리어 잡지에 소개되기도 하고, 북촌 건축 기행 때도 빠지지 않는 곳이다. 오래된 한옥에 첨단 금속 의료 기기가 놓인 풍경이 의외로 잘 어울리고,

옆에는 '소나무'라는 작은 갤러리까지 있다. 한옥에서 입 벌리고 치료 받는다고 해서 공포심과 아픔이 줄어들까마는 그래도 고마운 배려가 아닐 수 없다.

이 치과는 '이 휘박는 집'이란 예스런 간판으로도 유명한데, 외벽에 붙인 두 장의 흑백 사진이 이를 설명해준다. 1926년의 순종 장례 행렬을 찍은 사진 배경에 '이 휘박는 집'이란, 우리나라 최초의 치과 간판이 보인다. 또 한 장의 사진은 조선 후기 것으로 한 여성이 또 다른 여성의 이를 실로 묶어 빼주는 모습을 담았다. 1903년, 고종의 독일인 주치의 리하르트 분쉬Richard Wunsch가 촬영한 사진이라고 한다.

미국 여행을 하면서 미국이 우리보다 역사가 오래된 나라라는 착각에 빠지곤 했는데, 100년 된 건물을 보존해 쓰면서 당시의 흑백 사진까지 찾아 장식해놓았기 때문이다. 중학천이 흐르던 구한말의 건춘문 주변 사진을 경복궁 담가에 전시해놓는 식이다. 북촌에선 e믿음 치과와 재동초등학교 뒷담에서 이런 시도를 볼 수 있다.

하루가 다르게 시멘트 건물이 들어서는 북촌. 한적하고 운치 있었을 북촌의 옛 모습을 문화재청 책자에만 가두지 말고 적절하게 활용하는 때가 언제 오려나 모르겠다. 하기야 건물은 흔적도 없고, 육중한 표지석만 즐비한 북촌 아닌가. 여기에 흑백 사진까지 덕지덕지 붙이면, '백 투 더 패스트'back to the past의 상상 공간이 되어, 반만 년 역사 운운하기가 더 창피할지도 모르겠다.

북촌에 살다 응급실에 못 가 죽는 일은 없을 것이다. 서울대학교

친절한 웃음과 상세한 설명으로 오랜 단골을 맞는 할머니 약사가 계신 돈미약국. 북촌에
서 오랫동안 살고 계신 할머니들의 사랑방 같은 곳이다.

병원도 지척에 있으니 말이다. 그래도 어두컴컴한 복도와 삐걱거리는 나무 계단, 크레졸 냄새 밴 작은 병원이 하나 더 있으면 좋겠다. 현대 빌딩 서남쪽 끄트머리 화단가에 제생원[세조 때 혜민국에 합쳐짐] 터 표지석이 있는 데서도 알 수 있듯, 이곳엔 조선 태조 6년부터 서민을 치료하고 지방의 약재를 모으고 미아 보호도 맡았던 의료기관이 있었던 곳 아닌가. 또한 우리나라 최초의 근대식 병원인 광혜원[제중원]도 헌법재판소 자리에 있지 않았던가.

약국은 '돈미약국'[敦味藥局]을 다닌다. 2006년에 종로세무서에서 '40년 이상 사업을 영위한 구내 납세자'를 선정했을 때 안국역 앞 재동약국, 인사동의 수도약국 등과 함께 꼽혔던 북촌의 터줏대감 격 약국이다. 돈을 넉넉히 모으라는 뜻으로 지은 돈미약국이란 이름은 전국 최초의 약국 이름으로 67년 역사를 자랑한다. 가회로를 넓힐 때 가게가 잘려나가 반쪽짜리 새 건물을 지었지만, 약국 앞에 내놓은 올망졸망한 화분들과 일간지에도 소개된 바 있는 정휘숙 할머니 약사의 처방은 여전하다. 그 옛날에 약사가 되셨으니 앞서가는 씩씩한 여성이셨을 텐데, 지금은 등이 굽으시고 걸음걸이도 불편해 보이신다.

할머니의 손녀뻘 돼 보이는 약사가 컴퓨터를 보며 조제해줄 때도 있지만, 어쩐지 할머니 약사의 처방을 받아야만 북촌 주민인 것 같은 느낌이 든다. 그래서 소화제 하나를 사더라도 돈미약국을 찾아가 할머니 약사가 나와 계신지 살피게 된다. 친절한 웃음과 상세한 설명으로 오랜 단골을 맞는 할머니 약사가 계신 돈미약국. 북촌에 30~40년씩 살고 계신 할머니들이 장시간 앉아 수다를 떨다 가는 사랑방 같은 곳이다.

그러나 외지인이나 관광객에게 돈미약국은 북촌과 종로를 연결하는 마을버스 정류장 이름으로, 혹은 돈미약국 골목으로 들어서면 북촌에서도 한옥이 가장 잘 보존된 '가회동 31번지' 서울시 지정 한옥 보존 지구가 나온다는 이정표로만 회자된다.

북촌에 사는 주민과 잠깐의 방문객 사이에는 이런 간극이 존재하는 것이다.

007; 우리 집에 머물다 가세요!
(일본 노처녀 3인방과 크나베 부부)

　　지도를 든 외국인 관광객을 볼 때마다 말을 걸고 싶은 충동을 느낀다. "May I help you?" 이 말을 건넨 이후엔 어떻게 응대할지 대책이 전혀 없으면서도, 외국인만 보면 그 말이 튀어나오려 한다. 길을 찾지 못해 헤매는 것도 여행의 추억이 될 수 있다, 먼저 부탁하면 그때 도와주면 된다, 라며 내 선생님은 야단을 치시곤 했다. 그래도 나는 여전히 지도 들고 두리번거리는 외국인 앞을 쉬 지나치지 못한다.

　　"내가 살고 싶은 도시는 도쿄고, 죽고 싶은 도시는 베니스야" "반도 반 쪼가리에서 산 것도 억울한데 죽을 때는 브라질처럼 넓은 나라에서 객사客死하고 싶어"를 입에 달고 살 만큼, 나의 외국 생활에 대한 동경은 유별나다. 엄마와 동생들은 객사라는 단어에 질겁을 하지만, 태어나는 건 내 뜻이 아니었으니 죽고 싶은 나라와 죽음의 방법만큼

은 내 의지로 선택하고 싶다는 생각을 자주 한다. 다키타 요지로 감독의 〈굿 바이^{おくりびと}〉(2008)를 본 후엔 일본식 장례 의식 절차를 따르고 싶다는 소망이 더해져, 러시아처럼 땅덩이 큰 나라에서 죽더라도 시신만은 일본인 납관사納棺師가 단장해주길 바라고 있다.

1988년 서울올림픽을 앞두고 해외여행이 자유로워진 직후, 여동생과 친구와 함께 한 유럽 배낭여행에서부터 최근의 터키 여행까지, 일년에 한 번은 비행기를 타려고 한다. 나의 홀로 떠난 알뜰 여행담을 들으면 다들 용감하다고 감탄하지만, 유학을 가거나 이민 가는 이들도 있는데 3개월 정도 미국을 혼자 여행한 것 가지고 용기를 운운할 수 없다. 미국을 조금이나마 알게 되었다고도 말할 수 없다. 그저 보고 싶은 것만을 골라 본 것뿐이니까. 그럼에도 이런 짧은 여행을 책으로 꾸미는 이들이 있으니 신기할 따름이다.

검은 눈, 검은 머리의 한민족만 보고 사는 게 몹시 지루한 나는 조카들에게 나의 꿈을 투사하고 있다. "너희 세대는 적어도 10년 이상 세계를 떠돌며 살아야 생존할 수 있는 글로벌 시대가 될 거야. 영어 하나만 잘해서는 안 되고 5개 국어는 해야 밥 먹고 살 수 있어. 결혼은 반드시 외국인과 해야 해. 한민족끼리 결혼해서는 너희 자식들 미래가 없어."

이런 세뇌 교육 덕분일까, 내가 가장 사랑하는 큰 조카는 중학생이 되자마자 "난 독신으로 살 거예요"라고 선언하더니, 외국어고등학교에 다니는 지금 5개 국어를 구사해 나를 기쁘게 하고 있다.

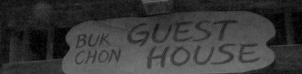

호스트와 게스트로 연결되는 건 그리 간단한 일이 아니다. 전생에 인연이 있지 않고서야 어찌 수많은 나라, 하고 많은 집 가운데 내 집에서 유숙을 하게 되었단 말인가.

한 나라에 일년씩 살아보는 게 꿈이지만, 그걸 언제 실천할 수 있을지, 그런 용기와 돈과 시간이 언제 주어질지 알 수 없는 현재로선 외국인과 생활해보는 게 나의 숨통을 트이는 데 도움이 될 것 같았다. 더구나 나는 한국을 방문한 외국인이 반드시 들르는 북촌에 살고 있지 않은가.

홈스테이를 검색하다 '홈스테이코리아'를 알게 되었고, 이 회사에 호스트로 등록하면서 나의 북촌 서향집에 외국인 손님을 맞게 되었다. 처음엔 단기 체류 일본 여성만 받기로 할 만큼 소극적이었지만, 지금은 국적과 성별과 기간을 가리지 않고 게스트를 받는다.

혼자 사는 여자가 생면부지 외국인을 집에 들이다니 겁나지 않느냐고들 하지만, 홈스테이를 원하는 외국인은 기본적으로 한국과 사람살이에 관심과 이해가 많은 데다, 깔끔하고 예의 바른 사람들이어서 말썽이 전혀 없었다. 홈스테이코리아 측에서도 한 번도 불미스런 일이 없었다고 하니, 낯선 외국인과 함께 지내는 걸 겁낼 이유가 없다. 게스트를 집으로 데려온 후 여권번호를 받아 적고 나면, 나는 바로 내집 열쇠를 내줄 만큼 마음을 놓고 지낸다.

게스트와 연결이 되면, 세금과 수수료를 제외한 비용이 입금된다. 아침 식사를 포함한 1박 요금이 3만 원이 안 되고 열흘 이후에는 그나마 장기 할인이 적용되기 때문에, 홈스테이가 돈 벌이가 될 수는 없다.

아침 식사는 토스트와 커피 정도면 되지만, 먹을거리 인심이 넉넉한 우리 정서상 그리 야박하게 내놓지는 못한다. 한국 요리에 관심이 많은 외국인들이다 보니 하다못해 떡, 떡볶이, 떡국, 떡라면 식으로 매끼니 다양한 한국식 일품요리를 준비하고 과일, 간식, 술 등도 나누어 먹게 된다.

관광안내 시엔 별도 비용을 청구할 수 있지만, 한집에서 한솥밥 먹고 이런저런 이야기 나누며 친해지다 보면 딱 선을 긋는 게 쉽지 않다. 게다가 북촌에 대한 애정과 북촌에 살고 있다는 자부심이 하늘을 찌르는 나는, 북촌 소개에 열을 올리다 매번 먼저 북촌을 안내하겠다고 자청하여 외화벌이 기회를 놓친다.

여기에 세탁기, 인터넷, 시내전화 이용에 온수와 전기 사용까지 감안하면 홈스테이는 투자비용 대비 수익은커녕, 노동력 봉사가 덤인 밑지는 장사다. 내 경우 홈스테이를 위해 새로 장만한 이부자리 값도 아직 건지지 못했다.

물론 게스트들도 인형이나 과자 등의 작은 선물을 준비해오고, 외식 시 비용을 분담하긴 한다. 그러나 이처럼 눈에 보이는 것보다는 여러 나라에서 온 다양한 사연을 지닌 이들과 나누는 이야기, 함께한 시간, 추억의 사진 등 돈으로 환산할 수 없는 것에 가치를 두고, 한국인을 대표한다는 마음이 우선해야만 외국인 손님맞이가 즐겁다.

한국인을 대표한다는 표현이 거창한 것 같지만, 홈스테이를 해보면 절로 애국자가 된다. 건강에 좋은 우리의 나물 반찬, 세상 모든 소리를 완벽하게 적을 수 있는 한글과 그것을 만든 세종대왕의 백성 사랑과 창의력, 이순신 장군의 탁월한 전술과 《난중일기》에 담긴 애국심과 문학적 향취는 눈물 없이는 읽을 수 없다는 것 등 우리 것을 전해주고 싶은 게 너무 많아 안달이 나게 마련이다.

홈스테이코리아 홈페이지에서 원하는 게스트를 골라 초대 메일을 보낼 수 있지만, 한국인 호스트는 넘쳐나고 외국인 게스트는 적은데다, 게스트 측과의 조건도 맞아야 하니 호스트와 게스트로 연결되는 건 그리 간단한 일이 아니다. 전생에 인연이 없지 않고서야 어찌 수많은 나라 하고많은 집 가운데 내 집에서 유숙을 하게 되었단 말인가. 그래서 나는 나그네에게 밥과 잠자리를 제공하는 것만큼 큰 보시는 없다더라, 이들은 내게 온 예수님이거니, 하는 마음가짐으로 대접하려 한다. 그런 자세 때문인지 생활의 불편, 즉 집이 넓지 않고 욕실이 하나이며 음식 솜씨 없고 영어와 일본어가 능숙하지 않아 미안하다는 점 외에는 마음의 짐을 져본 적이 없다.

판에 박힌 생활을 하다가 게스트가 온다고 하면 집안 청소를 하고 이부자리를 볕 좋은 자리에 내다 너는 등, 준비와 기대 속에 변화와 긴장이 생기는 것도 홈스테이의 장점이다. 굳이 잘 보이려고는 하지 않는다. 아침에 잠에서 깨면 누구나 부스스한 거고, 술 한 잔 들어가면 농담도 하게 된다는 정도의 편한 마음으로 외국인을 대한다. 그런 내 마음이 잘 전달되어서인지 북촌 서향집에 묵는 이들 역시 반바지 차림으로 편히 지내다, 헤어질 때면 나를 끌어안고 눈물을 보이기도 한다. 나 역시 게스트를 배웅하고 돌아와 한참을 울곤 해서, 다시는 홈스테이를 하지 말아야겠다고 다짐할 정도다.

첫 게스트 '미키'는 명랑하고 온순한 일본 아가씨였다. 일본 여성은 남성에 비해 엄청 못생긴 데다, 갈색으로 염색한 층진 헤어스타일에 하늘거리는 원피스, 부츠 차림의 안짱다리 일색이라고 비판해온 나로서는 키 크고 아름다운 미키가 여간 자랑스럽지 않았다. 미스 일본 같다는 내 말에 친구들이 우르르 몰려왔다가 하나같이 실망하여 '한국 여자가 더 예쁘다'를 외쳤지만, 나는 지금도 일본 여배우를 제외하고 미키만큼 예쁜 일본 여성을 본 적이 없다.

4월 말에 우리 집을 찾은 미키는 친구와 애인의 방문 때는 호텔에 가서 자고, 혼자일 때만 내 집에 묵으며 일주일을 함께 지냈다. 그때 미키는 직장과 결혼생활을 병행하는 것의 어려움, 직장 후배인 수줍음 많은 연하의 애인 이야기를 많이 했는데, 일본으로 돌아간 지 3개월쯤 되었을까, 임신했다는 이메일을 보내왔다. 내 집에 묵는 동안 생긴 일이라 무척 기쁘고 감사하게 생각한다며, 임신으로 인해 결혼을 결심하게 되었다고 했다. 조용하고 사려 깊으며 어른스러운 아가씨였으니, 엄마 노릇도 잘하리라 믿는다.

'사오리'는 애교 많고 귀여운 오피스 걸이다. 비음 섞인 음색으로 '언니!'라고 부르며 화과자를 내놓거나 생일 케이크를 사오는 등

외동딸답게 붙임성이 좋아, 외식 때 번번이 내가 돈을 내게 만들었다.

디자인 회사에 다니는 사오리는 두 달이 멀다하고 한국을 찾는데, 나고야에서 도쿄로 쇼핑하러 가는 비용이면 한국에서 그 이상으로 즐길 수 있기 때문이란다. 화장품과 옷을 사들이고, 찜질방 가는 걸 좋아하는 사오리와는 드레스 카페에 가서 사진을 찍고 청계천 야경을 즐기는 등, 한국에 올 때마다 함께 시간을 보낸다.

한국 드라마를 통해 한국에 관심을 갖게 되었다는 사오리는 한국 남성에 대한 판타지도 많아서 "여자 때리는 한국 남자도 많아"라고 충고해줄 수밖에 없었다. 사오리는 믿을 수 없다는 표정을 지으며 여전히 한국 애인이 생기길 바라고 있다. 최근, 오랜 직장생활로 인한 피로감으로 인해 사직서를 내고 긴 한국 여행을 계획하고 있다고 해서 나를 걱정시키고 있다.

'준코'의 첫인상은 너무 나빠서 '지금까진 운이 좋았는데 이번엔 된통 걸렸구나'라는 생각을 했었다. 긴 머리가 얼굴의 반을 가렸고, 그나마 고개를 반듯하게 드는 법이 없어 눈을 마주치고 이야기할 수가 없었다. 한마디로 영화 〈링〉의 사다코 귀신처럼 음울한 노처녀였다. 아침 식사만 마치면 서둘러 나가는 여느 게스트와 달리 준코는 집에서 뭉그적거리는 날이 많아, 집을 맡기고 나가면서도 마음이 편치 않았다.

오사카에서 온 준코는 사연이 많은 아가씨였다. 영어 학원^{아, 근대 영}

1. 애교 많고 귀여운 오피스 걸 사오리. 외동딸답게 붙임성이 좋았다.   2. 나의 홈스테이 첫 게스트 미키. 일본으로 돌아간 지 3개월쯤 되었을 때, 임신 소식을 전해왔다.   3. 락고재 한옥체험관의 담장. 4. 독일인 크나베와 중국인 칭 부부.

어 발음이 왜 그리도 나쁜지, 차라리 일본어로 말하는 게 알아듣기 편했다. 이런 발음으로 영어 학원 원장이 가능하다니, 일본인이 영어 못하는 이유를 알 것 같았다과 게스트하우스를 운영하며 집을 다섯 채나 장만할 만큼 열심히 살았지만, 행복하지 않다고 했다.

첫사랑으로 만나 현재까지 사랑을 이어오고 있는 남자가 유부남인 데다, 생활 능력 없는 그는 아이를 원치 않는다는 거다. 마흔두 살인 준코는 임신이 불가능한 나이가 되는 게 두렵고, 그래서 다른 연하남을 가끔 만나고 있지만 애인은 이 사실을 모르고 있으며, 혹 알게된다면 조용히 넘어갈 수 없을 거라고 했다. 나는 준코의 마음이 원하는 대로, 준코가 행복해질 수 있는 길을 택하라고밖에 말할 수 없었다. 그저 아무 일 안 하고 쉬고 싶어 왔다는 준코였지만, 역시 사업가답게 북촌에 한옥을 사두고 싶어 했다.

매섭게 추운 날, 창덕궁 정문을 배경으로 함께 사진을 찍고 한참을 포옹한 후 헤어진 준코에게 그날 찍은 사진을 보내주었더니 "내 얼굴이 음울하네. 옷차림 때문인지 임신한 거 같고"라는 답이 와서 나를 한참 우울하게 했다. 요즘도 준코는 잊을 만하면 메일을 보낸다. "모든 일로부터 떠나기 위해 곧 서울 네 집으로 가겠다. 그 방 그대로 있지?"라는 짧은 내용인데, 일 년 넘도록 오지 못하는 걸 보면 사업 규모가 만만치 않은가 보다. 혹은 그 유부남 아니면 연하남이 준코의 재산을 노리고 물귀신 작전을 쓰고 있거나, 어쩌면 유부남 여편네에게 머리끄덩이를 잡힌 게 아닐까……

그러고 보니 내 집에 묵은 일본 여성은 죄다 노처녀였다. 일본인은 속마음을 잘 털어놓지 않는다고 들었는데, 내 집에 묵었던 일본 노처녀들은 애인 사진, 가족 사진까지 보여주며 속내를 죄다 까발렸다. 아마 내가 이해관계가 없는, 떠나면 그뿐인 외국인이니 고민을 털어놓기에 편했을지도 모르겠다. 콧물 눈물 짜내며 털어놓은 한때의 실수와 고민을 마음속에 쟁여두고, 자신을 판단하는 기준으로 삼는 친구보다 타인이 더 나을 수 있으니까. 나 역시 외국 여행 중에 만난 이방인에게 알아듣건 말건 내 고민을 미주알고주알 털어놓은 적이 있다.

다양한 삶을 살 수 있어 배우란 직업이 좋다는 인터뷰를 종종 보게 되는데, 정신과 의사 역시 날마다 극단의 삶을 귀동냥하니 소설을 안 읽어도 되고 얼마나 좋을까, 하는 생각을 하곤 했었다. 지금 나는 내 나라를 찾아온 외국인에게 잠자리와 식사를 제공해주는 것을 넘어서 정신과 상담의 노릇까지 하고 있으니, 내국인만 상대하는 정신과 의사보다 더 큰일을 하고 있다는 자부심을 가져도 좋지 않을까.

근데 영어도 일본어도 하수인 내가 어떻게 이런 내밀한 사연을 들어주고 또 충고도 할 수 있는지 모르겠다. 하기야 미국 여행 때 L.A.에서 샌프란시스코까지, 하루 종일 달리는 기차 안에서 만난 노처녀_{왜 노처녀들만 내게 관심을 갖는지}의 인생 이야기를 들어주고 맥주 마시며 맞장구까지 쳐준 내가 아닌가. 엄마의 병간호로 20년을 보내고 난생 처음 홀로 여행을 시작했다는 미국판 효녀 심청은 나이보다 훨씬 늙어보였고, 남자를 만나도 두렵기만 하다고 했다. '아 그러게 왜 엄마 간호를 혼자서 맡나, 전문 요양원의 도움을 받을 것이지'라고 말하고 싶었지만 이미 흘러간 20년 세월 아닌가. 나는 그냥 참 잘했다고 했다.

일단 마음이 열리면 언어는 그리 문제되지 않는 것 같다. 나의 영어, 일본어 실력이래야 단어 나열 수준이지만, 게스트에게 "서브웨이 라인 넘버 쓰리, 오렌지 컬러 라인, 안국 스테이션, 엑시트 넘버 투"에서 만나자고 했을 때 3번 출구로 나간 사람은 한 명도 없었다. 나와의 접선에 실패하면 낯선 나라에서 미아가 될지 모른다는 절박감이, 그들로 하여금 나의 엉터리 영어를 알아듣게 하는 힘이 됐는지도 모르겠다.

나는 요즘도 가끔 '영어 잘했으면 팔자 고치지 않았을까'라는 생각을 하곤 한다. 2008년 연말과 2009년 새해를 함께한 독일인 '크나베'와 중국인 '칭' 부부를 생각하면 더욱 그렇다.

잘생기고 키 크고 날씬하고 친절하고 사려 깊고 지적인 크나베는 북경 여행 중, 그림 파는 아가씨 칭에게 반해 청혼을 했단다. 그러니까 칭은 영어를 잘한다는 이유 하나만으로 외국인을 상대하는 점포에서 일할 수 있었고, 게르만족의 장점만 모아놓은 크나베의 부인이 될 수 있었으며, 이제는 드레스덴에 살면서 독일어까지 유창하게 구사하게 된 것이다. 칭이 미인이냐 하면, 그리 말하긴 어렵다. 우디 알렌의 부인 순이가 한민족의 눈으로 보면 결코 미인이 아닌 것과 같다고나 할까.

더구나 칭의 영어는 도무지 알아들을 수 없는 중국식 영어라, 크나베의 반듯한 영어 통역이 없으면 단 한마디도 의사소통할 수 없었다. 유럽인의 영어는 대충 알아들을 수 있지만, 아시아인의 영어, 심지어 영어가 공용어라는 홍콩인의 영어도 억양과 발음 때문에 번번이 "원 모어 타임 플리즈, 모어 슬로울리"를 반복해야 한다.

아무튼 크나베는 초등학생처럼 작고 여린 몸에, 귀신도 울고 갈 만큼 머리카락을 치렁치렁 늘어뜨린 칭이 귀여워 못살겠다며, 세수도 목욕도 함께했다. 그 좁은 욕실에서 그게 어찌 가능했는지 모르겠다. 이 얘기를 들은 싱글인 한 후배가 "중국이 개방되니 잘생기고 지적인 서양 남자까지 싹쓸이 해가는구나"라고 한탄을 해서 한참 웃었다.

연말연시의 액운 막이용으로 독일의 어느 가정에서나 장만한다는, 커다란 독일병정 나무 인형을 선물한 크나베 부부는 크리스마스와 제야의 종 타종, 조계사에서의 새해 기원을 함께해준 걸 무척 고마워하며 다음 여행지인 일본으로 떠났다.

홈스테이 · 2

가장 기억에 남는 게스트는 홍콩 노총각 '브라이언'이다. 혜화동에 머물길 원했던 그는 결정된 호스트의 갑작스런 해외 출장으로 나와 연결되었다. 아침 한 끼만을 원했던 이제까지의 게스트와 달리 브라이언은 세 끼니를 원했고, 3주라는 긴 시간을 예약해 부담스러웠다. 더구나 남자 혼자 오는 건 처음인 데다, 해외 여행객의 신종 인플루엔자 감염 뉴스도 신경이 쓰였으며, 중국인은 지저분하다는데 노총각이면 더욱 그럴 거라는 선입견까지, 이래저래 썩 내키는 게스트가 아니었다.

그러나 브라이언은 이런 우려를 무색케 한, 남을 배려하는 자세가 몸에 밴 조용하고 사려 깊은 기특한 젊은이였고, 돈 버는 것보다는 정신의 고양과 휴식을 중시하는 탐구심 많은 인텔리였다.

홍콩의 인터내셔널 스쿨에서 조명을 가르친다는 브라이언이 일
년 휴가를 모두 모아 한국을 세번째 방문한 것은, 혜화동에서 커피숍
을 하는 한국 아가씨를 보기 위해서였다. 몹시 추운 겨울 밤, 단 한 군
데 열려 있던 커피숍이 혜화동 아가씨네 가게였고, 한눈에 젊은 여주
인에게 꽂힌 브라이언은 이듬해 봄과 여름에도 한국을 찾은 것이다.

해외여행 경험이 많지 않은 브라이언이 일년 새에 한국을 세 번
이나 찾게 만든 혜화동 아가씨는, 브라이언에게 마음이 전혀 없는 것
같았다. 저녁에 그녀를 만나러 간다기에 당연히 식사를 하고 오는가
했는데, 혜화동 아가씨는 식사 한 끼 함께하는 것도 원치 않는지, 브
라이언은 번번이 굶고 들어왔다. 혼자 식탁에 앉아, 알아듣지도 못하
는 한국 TV 뉴스와 드라마를 보며, 늦은 저녁 식사를 하는 브라이언
의 웅크린 뒷모습이 어찌나 측은해 보이던지.

브라이언은 홍콩에서부터, 10일간 한국 철도를 자유롭게 이용할
수 있는 바우처를 구입해왔다. 나는 가까운 부여와 공주, 경주 여행을
추천했지만 브라이언은 혜화동 아가씨가 가보라고 했다는 부산, 순
천, 강릉을 다녀오기 위해 밤 기차를 타는 고생을 마다하지 않았다.
사랑의 힘이라니.

근데 이 바우처는 인터넷 좌석 예매가 불가능했다. 직접 역에 가
서 다음날 타고 갈 열차 좌석 티켓을 받아야 한다고 했다. 나는 우리
나라 같은 인터넷 강국에서 있을 수 없는 일이며, 더구나 외국인 관광
객 유치 차원에서도 반드시 개선되어야 한다고, 코레일에 강력하게

늦은 밤에 도착해 이른 새벽에 떠난 브라이언.
남을 배려하는 자세가 몸에 밴 조용하고 사려 깊
은 기특한 홍콩 젊은이였다.

항의했다. 돌아온 대답으로는 "나는 담당이 아니라 잘 모르니 이 번호로 알아보세요"라는 말을 수도 없이 들으며 전화비를 날렸고, 담당 부서에 제대로 전달된 건지 알 수도 없다. 혹 전달되었다 하더라도 내 생전에 개선된 걸 확인할 수 있을지는 미지수다. 아무튼 브라이언은 사랑하는 여자가 사는 나라를 좀더 알기 위해 준비도 많이 했고 쉬지 않고 돌아다녔다.

독실한 기독교 신자인 브라이언은 목침보다 두꺼운 한문 성경책을 가져왔고, 내 집에 머무는 동안 성경을 완독하여 나를 감동시켰다. 일출과 함께 성경을 읽을 거라며, 강릉에 갈 때도 그 무거운 한자투성이 성경책을 지고 갔을 정도다. 내가 30여 년 만에 성당에 나가기 시작했고, 영어로 성경을 읽어볼 계획이라고 하자 영어 성경 사이트 www.o-bible.com를 일러주기도 했다.

브라이언은 북촌에 관한 책을 쓰기로 했다는 나를 위해 함께 북촌 구석구석을 다니며 사진도 찍어주었다. 좋은 카메라를 세 대나 가져온 데다, 외국인의 시각이라는 색다른 관점, 나를 돕겠다는 성실한 자세까지, 브라이언은 마치 하느님이 내게 북촌에 관한 책을 잘 쓰라고 보내준 천사 같았다. 이 말에 브라이언은 웃으며 천사는 아니고 도우미라고 했다.

컴퓨터를 잘 다루는 브라이언은 사진을 일목요연하게 정리, 저장해주며 사진 편집 기법 등을 가르쳐주었지만, 기계치인 나는 아무리 설명해도 알아듣질 못했다. 그래도 인내심 많은 브라이언은 사진 크기 등에 관한 조언을 해주며, 북촌을 쓰윽 둘러보고 사진 몇 장 찍고 가는 게 아니라, 자신처럼 북촌 구석구석을 돌아보며 한국을 생각해 볼 수 있도록 안내하는 책을 써서, 여러 나라 언어로 번역되면 좋겠다는 덕담까지 해주었다.

사실 북촌은 골목이 많은 데다, 북촌 주민이 아니면 알 수 없는 곳이 많아, 외국인이 관광 지도를 들고 몇 시간 돌아다니는 것으로는 참 멋을 알 수 없는 곳이다. 장마철 무더위에 쌀 한 가마 무게쯤 될 법한 카메라를 지고 다니며 사진 찍느라 고생했지만, 브라이언은 나의 안내로 북촌을 샅샅이 둘러보며 이곳에 사는 주민만이 알 수 있는 북촌을 들여다볼 수 있었음에 감사해했다. 나 역시 브라이언의 사진을 보며 일상으로 지나쳤던 공간을 다시 새겨볼 수 있었다. 일주일 남짓, 브라이언과 나는 북촌 기행의 좋은 파트너였다고 생각한다.

그 외에도 브라이언과 나는 많은 것을 함께했다. 브라이언은 클래식을 기본으로 재즈, 민속 음악, 미사곡 등 다양한 음악이 소개되는 홍콩의 라디오 채널 사이트www.rthk.org.hk/channel/radio4를 내 컴퓨터에 저장해주었다. 이 음악 사이트는 세계 뉴스, 일요일의 미사 중계 외에는 영어와 중국어로 곡목과 연주자를 소개할 뿐, 우리나라 라디오처럼 잔소리가 많은 채널이 아니어서, 아침에 눈 뜨자마자 클릭하여 컴퓨터 작업을 끝내는 밤까지 켜둔다. 우리나라보다 한 시간 늦은 홍콩이다 보니 시간을 버는 듯한 착각에다, 홍콩의 뮤직홀에 종일 앉아 있는 느낌이어서 대리 여행 체험 효과도 만점이다.

브라이언은 페이스닷컴에 개설한 홈피를 열어 가족과 친구와 집을 자랑했다. 아홉 남매 중 일곱째라는 브라이언은 만화가가 그린 과장된 중국인 캐리커처 상이랄까, 결코 잘생긴 얼굴이 아니었다. 그러나 그의 형제자매들은 《삼국지》에나 나올 법한 기골이 장대하고 형형한 얼굴의 장군이나 허리 낭창낭창한 서시^{중국 춘추시대 월나라 미인의 이름} 같아서, 같은 부모 아래에서도 조합이 이리 다르게 나올 수 있나 하는 의문이 들 정도였다.

브라이언은 구글 어스에서 그의 집과 나의 집을 찾아 보여주기도 했다. 그 외에도 내게 필요한 사이트와 툴을 찾아 컴퓨터에 잔뜩 깔아주었다. 나 또한 브라이언에게 매 끼니 다른 걸 먹이기 위해 메뉴 고민을 많이 했고 땀 흘리며 요리했다. 사랑하는 이에게도 제대로 해준 적 없는 음식을 무려 3주 동안이나!

요리를 못하는, 그보다는 요리하는 시간을 몹시 아까워하는 나는 게스트가 오면 "나는 한국의 평균적인 여성이 아니다. 한국 여자들은 다들 요리를 잘하지만 나는 예외다"라고 변명부터 하는데, 그럴 때마다 게스트들은 "괜찮다. 맛있다"고 했었다. 브라이언은 "평균적일 필요 없다. 일하는 사람이니까 자기 일을 잘하는 게 우선이다. 사과와 빵만 있으면 되니 신경 쓰지 않아도 된다"고 했다. 아, 이렇게 받아들이고 배려하고 답할 수 있구나, 나도 이런 태도를 배워야겠구나, 하는 생각이 들었다.

브라이언은 나를 따라 서울광장에서 오페라 〈카발레리아 루스티

카나〉를 보았고, 국립중앙민속박물관과 서울역사박물관을 돌아보았으며, 마릴린 몬로 사진전을 보았고, 광장시장에서 녹두 빈대떡과 막걸리를 먹었으며, 선유도공원을 산책했다.

브라이언의 한국 여행 체험을 넓히기 위해 내 시간을 많이 할애할 수 있었던 데는 브라이언의 지적 탐구심이 한몫했다. 국립중앙박물관에서 추사 김정희의 글씨를 보고 한눈에 반한 브라이언은 그 글을 해석해주었고, 명나라 이전 유물은 중국과 비슷한 것 같은데 이후의 것은 한국만의 독특한 조형미가 느껴진다는 평을 했으며, 중국의 경제 발전 속도에 비하면 민주화는 요원한 일이어서 후일 큰 문제가 될 거라는 등, 어떤 주제라도 성실하게 의견을 개진하는 젊은이였다.

내 생일 날 우리 집에 도착해 아름다운 차 도구를 선물했던 브라이언은 떠나기 전날, 스위스제 초콜릿과 남아프리카공화국의 스파클링 와인을 사왔다. 아, 이 다국적성의 즐거움이라니…….

나와 브라이언은 인왕산 너머로 기우는 해를 바라보며 천천히 저녁 식사를 했다. 한국 여행 성과를 묻는 내게 브라이언은 "한국에 머무는 동안 성경을 완독했고, 좁은 홍콩과 중국어의 소음에서 벗어나 쉬고 싶다는 뜻도 이루었다"고 했다. 그러나 사랑의 상처 때문인지 "Life is out of control"이라고도 했다.

사실 나는 혜화동 아가씨와 진전이 없어 풀이 죽은 브라이언에게 아가씨를 한 명 소개해주었었다. 후배와 홈스테이 이야기를 하다 "참한 아가씨가 있다"는 말을 듣고 브라이언의 의중을 떠본 건데, 브라이언은 "시리어스하지 않아도 된다면"이라는 단서를 달고 응했다.

헌법재판소 앞에 나타난 아가씨는 정말 고왔다. 뽀얀 피부에 긴 파마 머리, 청바지 차림이 어찌나 잘 어울리는지, 나도 저 나이 때 저 정도 피부 미인이었을까 하는 생각을 했다. 나는 재동 백송 아래 '미녀와 야수'를 남겨두고 돌아오며 '당장 집에 가서 오이 팩을 해야지'라고 결심했다.

저녁 식사까지 하고 온 브라이언은 기분이 엄청 좋아 보였다. 정말 예쁜 아가씨다, 혜화동 아가씨는 사업 이야기밖에 안 하는데 이 아가씨랑은 예술을 논할 수 있다, 이지적이고 책도 많이 읽었다, 그 아가씨도 나를 맘에 들어하는 것이 분명하다, 토요일에 만나기로 했다는 등 많은 말을 쏟아냈다. 나는 진중한 브라이언이 이렇게까지 확신하는 이상 "중매쟁이로서 참 보람을 느낀다. 축하해"라고 했다. 외모로만 보면 한국 아가씨가 완전히 밑지는 건데 싶으면서도, "내가 소개해서 결혼에 골인한 커플이 두 쌍이나 돼"라며 행운을 빌어주었다.

브라이언은 그 주일 내내 들떠서 "아름다운 아가씨를 소개해주었으니 한턱내겠다" "데이트 장소로 어디가 좋으냐" "선물을 하고 싶은데 선희 씨라면 무얼 받으면 좋겠느냐"고 했다. 나는 "데이트 해본 지 오래되어서 요즘 젊은이가 어딜 가는지 모르겠다. 우리 시대엔 덕수궁 돌담길과 삼청공원을 걸었는데, 거길 함께 걸으면 헤어진다는 속설이 있으니 약간 비껴서 정동길을 걸으면 어떨까. 시립미술관과 정동극장이 있으니 거길 들러도 좋겠고. 남자에게 선물이라는 걸 받아본 적 없어서 그건 자신이 없다. 나라면 꽃이 좋은데, 그녀에게 직접 물어보고 사주는 게 최선이겠지"했다. 브라이언은 서울 지도와 빨간 색연필을 가져와 정동길을 표시해달라고 했다.

심지어 "나는 어디서나 잘 적응하는 사람이어서 한국에 살아도 상관없지만, 한국 아가씨가 나랑 결혼해서 홍콩에 가서 살면 무척 쓸쓸해하겠지?"라고까지 했다. 나는 속으로 이건 너무 '오버' 아닌가 하면서, 옷이 추리닝밖에 없냐고 물었다. 아디다스를 누가 먹여 살리나 했더니 바로 브라이언이구나 싶을 만큼, 브라이언은 스판덱스 추리닝 외에는 가져온 옷이 없었다. 조명 작업은 위험하고 먼지를 많이 먹는 일이라 추리닝을 즐겨 입는다고 했다. 나는 토요일 데이트에 셔츠라도 한 벌 사 입고 나가라고 말하고 싶었지만, 브라이언의 개성이라고 생각해 차마 충고하지 못했다.

그나저나, 브라이언은 한국 아가씨와 맺어질 운명이 아니었던가 보다. 브라이언이 목요일쯤 전화를 하니, 아가씨는 지금은 바쁘니 이메일을 보내겠다고 하더란다. 브라이언이 수시로 메일함을 열어보는 통에 내가 컴퓨터 쓰기가 불편할 정도였다. 브라이언은 "갑자기 어머니가 오신다고 해서 만날 수 없다"는 답을 받았다고 했다. 나는 '브라이언이 김칫국을 마셨던 게구나' 직감했지만 내색하지 않았다.

브라이언은 꼬박 하루를 앓았다. 몸이 아니라 마음을 앓는 게 보였지만, 기도를 많이 한 덕분인지 적어도 표면적으로는 하루 만에 평온을 되찾았다. 그것이 얼마나 큰 인내를 필요로 하는 것인지를 알기에 나는 마음이 몹시 아팠다. 제 연애도 못하는 주제에 공연히 아가씨를 소개해 두 번이나 상처받게 하다니.

나는 브라이언과의 외식 자리에 동석했던 후배들을 다시 불러내 종로 삼일빌딩 스카이라운지에서 송별회를 베풀었다. 브라이언은 송별회 이야기를 듣고 초콜릿을 사와 내 후배들에게 나눠주었다. 아, 착한 브라이언, 그런 와중에도 선물 생각을 하다니.

한 여자 후배가 "한국에선 여자로 사는 게 너무 힘들다. 예뻐야 하고 남자에게 잘 보여야 하고……"라고 하자 브라이언은 "남자로 사는 게 더 힘들다"며 내 남자 후배의 동의를 구했다. 사랑에 상처받지 않는다면 이 세상에 비관론자는 없을지도 모를 텐데 말이다. 우리는 6070세대의 노래를 라이브로 신청해 들으며 서울 야경을 눈에 담았고, 카메라 앞에서 맥주잔을 높이 들어 건배했다. 브라이언은 홍콩에 오면 자기 집에 묵으라며 고마운 마음을 전했다.

사실 브라이언이 내 집에 머물 당시, 나는 내 삶의 허리가 꺾이는 아픔을 견뎌내고 있었다. 사랑했던 선생님 두 분을 떠나보낸 데다 마이클 잭슨의 죽음까지 더해져, 먹지도 자지도 못해 거의 실신할 지경이었다. 눈물을 너무 많이 흘려 이러다 실명하는 게 아닌지 무섭기도 했다. 생의 가장 어려운 고비를 넘는 와중에 성당에 다시 나가게 되었고, 독실한 기독교 신자인 브라이언이 내 집에 머물렀다. 나는 하느님이 브라이언을 보냈다고밖에 생각할 수 없었다.

늦은 밤에 도착해 이른 새벽에 떠난 브라이언. 지적 호기심이 강하고 성실한 그와 함께해 줄 동반자가 빨리 나타나길, 브라이언을 보낸 새벽, 미사에 나가 기도했다.

원고를 쓰다 허겁지겁 안국역으로 달려갔더니 자이언트 바바 같은 사나이가 햄버거를 우적거리고 있었다. 아, 저 불도그같이 생긴 사내랑 일주일을? 손님방에 들어나 갈 수 있을까? 가슴이 철렁했다. 다시 보니 머리를 박박 민 거한에겐 짐이 없었다. 그렇다면, 노란색 트렁크에 몸을 기댄 채 책을 읽고 있는 저 날씬한 금발 청년? 그가 바로 테리우스 같은 '클라우스'였다. 클라우스는 "한국인은 항상 늦는데 약속 시간에 정확히 와주었네요" 하며 기뻐했다. 이 사람아, 내 기쁨은

찻집 '차 마시는 뜰'에서 클라우스와 함께.

말로 다 못한다네.

클라우스는 도쿄 주재 독일인 회사에서 열두 명의 일본인 직원을 거느리고 있는 회계사다. 게스트가 결정되면 내가 먼저 메일을 보내 서로에 대한 기본 정보를 나누는데, 클라우스의 경우에는 그가 먼저 메일을 보내왔다. 그것도 한국어로! 알고 보니 그는 외국어 학습의 달인이었다.

교환 학생으로 프랑스에 3개월, 미국에 1년을 머문 적이 있다는 클라우스는 유럽인이 대개 그러하듯 프랑스어와 영어는 모국어 수준이고, 일본에 10년째 살고 있는 만큼 일본어 또한 쓰고 읽고 듣는 데 불편이 없으며, 한문 독해도 가능했다. 게다가 세계 각국으로 떠나는 출장이 잦아 "안녕하세요" "고맙습니다" "얼마예요?" 정도는 세계 어느 나라 말로도 할 수 있단다. 기본 인사를 배우고 가면 사람들 대접이 달라진다는 거다. 한국에서도 "돌솥밥 주세요" 하면 감격한 식당 아주머니들이 반찬을 더 갖다준다며 웃었다. 나 역시 게스트의 국적에 따라 아침저녁 인사는 그 나라 말로 하는데, 클라우스에겐 물론 "구텐 모르겐" "구테 나흐트"라고 했고, 클라우스는 "안녕히 주무셨어요" "안녕히 주무세요" 했다.

클라우스는 10년 전 한국을 여행한 이래 매년 방문해 안동, 경주, 설악산 등을 둘러보았다. 일년 반 전부터 개인 교사를 두고 한국어를 배우고 있는데, 회사가 끝나면 매일 한 시간 반씩 혼자 복습을 한단다. 이번 한국 방문도 한국인 선생님과 하는 여덟 시간짜리 한국어 프리 토킹을 위해서라고 했다. 에고 진작 알았으면 내가 수다 떨고 그 돈을 받는 건데……

밤에도 독일 본사로부터 연락을 받아야 하는 등, 업무에 따른 스트레스로 위장병이 도지곤 하는데, 한국어 시험으로 또 스트레스 받을 때는 '내가 왜 이걸 하나, 언제까지 해야 하나' 하는 회의가 들지만, 독일에는 취미로 외국어를 배우는 이들이 많단다.

"선희 씨가 글 쓰는 사람이란 걸 알고 있어요. 결코 방해하는 일 없이 옆에서 조용히 공부하겠습니다"라는 한국어 이메일에 "내 손님인데 그럴 순 없다. 북촌 안내와 한국어 공부를 최대한 돕고 싶다"고 영어로 이메일을 보냈더니 "그건 자살 행위에 가까운 스케줄 아닌가요? 크크" 하는 일본어로 된 답이 왔다. 나중에 우리는 'Sure'란 단어로 언어유희를 했는데, 그의 '정말?'이란 발음이 정말 웃겨서 나는 계단을 오르다 구를 뻔했다.

내가 골방에서 컴퓨터 자판을 두드리는 동안 클라우스는 거실에서 꼼짝 않고 한국어 공부를 했다. 책장 넘기는 소리조차 나지 않아, 들어가 자나 보다 했는데 반나절 내내 그 자세 그대로 공부하고 있었다. 노트 필기를 어찌나 잘했는지, 사전은 저리 가라였다. 우리말 단어에 영어나 독일어, 일본어로 주석을 달아놓았는데, 연필로 꼭꼭 눌러 쓴 그 작고 예쁜 글씨라니. 노트 빌려 달라는 사람이 많다는 게 과장이 아니었다.

독일 사람 무섭구나 싶으면서도 나의 모국어에 이렇게 열심이라니, "공부 잘 하려면 잘 먹어야 해요"라며 나도 열심히 간식을 챙겨주었다. 아침만 주기로 계약했기에 점심, 저녁 준비는 내 의무가 아니었지만, 때를 넘겨서까지 공부만 하는데, 나 배고프다고 혼자 먹을 수는 없는 노릇이었다. 호박과 부추를 넣은 칼국수와 빈대떡을 만들어주었더니 맛있다며 그릇을 깨끗이 비웠다.

물론 우리는 공부만 하지는 않았다. 북촌 산책은 기본이고, 경복궁을 가로질러 영화를 보러 갔으며, 교보문고에 가서 국악 CD와 한국 드라마 DVD를 샀다. 클라우스의 한국어 공부를 위해 중학생 국어 교과서를 권했는데, "철수야, 영희야" 하던 내 학창 시절 교과서는 더이상 없었다. 학습 도우미 없이는 도저히 따라갈 수 없는 교과서라니, 요즘 중학생들 정말 힘들겠다. 어쩔 수 없이 《어린 왕자》 영한대역판을 샀다. 클라우스는 "일본어는 워낙 쉬운 데다 단계별 학습 책이 많아 공부하기 힘들지 않았다"고 했다.

함께 청와대 앞길을 걸으며 나무 이름을 가르쳐주었고, 통인시장에 가서 찬거리를 샀으며, 서촌에서 삼계탕을 먹고, 전통 찻집에서 비가 그치기를 기다렸다. 광화문 광장의 천박한 디자인을 비판했으며, '오래된 나무는 옮기는 게 아니다'라는 독일 속담에 공감하며 붕대 두른 아름드리 은행나무의 이식을 아쉬워했다.

클라우스는 세계인으로 살아온 만큼 각 나라의 문화를 비교해 이야기했다. 찻집 '차 마시는 뜰'에 들렀을 때, 손님은 온통 일본 여성이었다. 우리가 마시는 차에 관심을 보인 일본 여성 유리와 명함을 주고

받았는데, 정원 설계사라는 유리는 클라우스와 내게 교토에 오면 꼭 연락하라고 했다. "클라우스에게 관심 있나 봐요. 꼭 연락하세요" 했더니, "저건 일본인의 예의다, 정말 연락하는 사람이 바보다"라고 했다. 일본인의 과한 인사치레를 비판하면서도, 한국 식당의 무뚝뚝한 응대에 실망한 클라우스는 두 나라의 정서를 합치면 좋겠다고 했다.

행복한 부부를 보지 못했고, 인간관계도 잘 맺지 못해 싱글로 살고 있다고 했지만, 클라우스는 세계 각국에 친구 혹은 어머니라 부르는 홈스테이 주인이 있었다. 도쿄에만도 언제든 여행, 오페라, 영화, 파티를 함께할 수 있는 각 나라의 친구가 수두룩했다. 게이와 레즈비언 친구가 있다는 게 정말 부러웠다. 독일에선 게이나 레즈비언 커플이 어떤 불이익도 받지 않고 특별한 관심의 대상이 아니라고 했다. 클라우스는 아침 일찍 일어나는 것과 요리하는 게 싫고, 종교의 보수성을 경멸하며, 선물 사오길 기대하는 일본인 부하들이 부담스럽다는 등, 자신은 결점 많은 사람이라고 했지만 그건 그의 겸손과 솔직함일 뿐일 것이다.

나는 클라우스에게 정서적으로 도움을 많이 받았다. 귀가하면 반드시 "오늘은 얼마나 진도가 나갔어요?"라고 물으며 나의 책 쓰기에 관심을 가져주었다. 글 쓰는 게 싫고 또 못 쓴다면서도 내가 커다란 지도에 표시를 해가며 글 쓰는 과정을 지켜보곤 했다. 그리고는 아무리 피곤해도 두 서너 시간씩 다리 뻗고 앉아 영화, 음악, 오페라, 책이야기를 해주어 내가 오히려 스트레스를 많이 풀 수 있었다. 원래는 일찍 잠자리에 드는 내가 졸음을 참으며 그 시간을 즐긴다는 걸 알고는 얼굴을 붉힐 정도로 좋아했다. 클라우스의 농담 덕분에 나는 소리내어 웃는 일이 많았다.

사실 다음 게스트가 클라우스란 이야기를 들은 짓궂은 친구들은 "연하의 독일 남성이라……, 유부남이 아니라면 네글리제를 입고 유혹해봐"라며 농담을 했다. 클라우스와 이메일을 주고받으며 화려한 이력에 기가 죽기도 했지만, 막상 한집에서 지내다보니 젠체하지 않아 편하게 지낼 수 있었다. 게스트와 호스트로 지내는 동안, 그 관계를 넘어서는 감정을 유발하는 것은 옳지 않다고 생각한다. 내 집을 떠난 이후, 좋은 인연으로 다시 만난다면 모를까.

클라우스는 일본에 사는 동안에는 일본인이라 생각하며 살고, 한국 여행 때는 한국인이라는 기분으로 지내지만, 그 어느 순간도 독일인으로서의 정체성은 잊지 않는다고 했다. 나는 그 말에 전적으로 동의하고 공감했다.

클라우스와 나는 도쿄에 오면 연락하라거나, 서울 오기 전에 이메일을 보내라는 등의 작별 인사를 나누지 않았다. 매일매일 새롭고 즐겁게 건강하게 살자, 언젠가 아프리카를 여행하면 좋겠다, 선희 씨 책이 독일어로 번역되면 읽을 수 있지 않을까, 위장병 조심하고 언제나 행운을 빌어, 그렇게 인사했다. 무엇보다 클라우스가 "나 가면 다른 외국인 손님이 곧 올 거니까 울면 안 되요"라고 해주어서 무척 고마웠다.

나는 지금 한국인 며느리를 맞은 미국인 부부와 태국 여성, 그리고 중국 남성을 기다리고 있다.

이처럼 많은 이야깃거리와 추억을 안겨준 게스트들이지만, 잠깐 동안의 만남 후에 남는 것은 함께 찍은 사진 몇 장과 이따금씩 주고받는 안부 이메일이 전부라 해도 과언이 아니다. 해외 여행지에서 의기투합했던 동포와 전화번호를 주고받으며 "한국 가서 꼭 다시 만나요!" 하지만, 계속 연락하며 지내는 경우가 드문 것과 같다고 할까. 더 많은 시간이 흐른 뒤에 내가 그들의 집을 방문하게 될지는 아직 모르겠다.

그러나 이쯤의 인연도 좋지 아니한가. 그 많은 별 중의 하나가 내 집 위에 머물다 간 것으로 족하다. 내 집에 묵었던 이들이 한국 여행 사진을 볼 때마다, 홈스테이하길 잘했다고 생각한다면 더 바랄 게 없다. 이제는 지구 저편의 일상으로 돌아간 게스트들을 추억하기보다는 새로운 만남, 기왕이면 세계 각국 사람들과의 만남을 기대하며 지내고 싶다.

북촌에는 계동길을 중심으로 한옥체험관^{주로 외국인 전용 게스트하우스}이 많이 있다. '티한옥체험관' '락고재^{樂古齋} 한옥체험관' '북촌한옥체험관' '서울한옥체험관' '우리집한옥체험관' '안국한옥체험관' '소피아게스트하우스' 등이 언론에 자주 소개된다. '李家'와 '유스패밀리'에서는

다도, 서예, 김치 만들기, 한복 입고 절하기 등의 체험도 할 수 있다.

서울시에서 낡은 한옥을 사들여 고친 후, 개방형 공방이나 게스트하우스를 운영하도록 세를 준 경우도 있지만, 1934년에 건립된 진단학회 한옥^{이병도 가옥}을 기초로 한 락고재처럼 개인이 뜻을 갖고 만든 아름다운 공간도 있다. 락고재는 인간문화재 대목장 정영진 옹이 참여하여 기와, 담장, 정자, 연못, 소나무 등 전통 한옥의 멋을 살리면서 목욕탕, 화장실, 찜질방 등 현대식 시설을 갖추었다. 덕분에 외국 언론에서도 자주 취재를 오고, 〈내 이름은 김삼순〉〈우리 결혼했어요〉〈영화는 영화다〉 같은 TV 프로그램과 영화의 배경으로 사용되는 등, 한마디로 그림이 되는 공간이다.

게스트하우스는 욕실을 공동으로 쓰는 경우 5만 원 안팎에, 개별 욕실이 딸린 방은 하룻밤에 10만 원 이상의 비용을 지불해야 한다. 그러나 이 정도의 돈을 지불하더라도 한옥을 체험하고 싶어하는 외국인이 줄을 잇는다.

우리도 일본에 가면 전통 료칸^{旅館}에서 자며 여주인이 무릎 꿇고 차려주는 가이세키^{會席料理, 일본 전통 코스 요리}를 맛보고, 유럽에 가면 고성에 묵으며 와인을 마시고, 몽고에 가면 게르에서 잠 깨어 아르히^{요구르트}를 맛보고 싶지 않겠는가. 색다른 체험을 위해 해외여행을 떠났는데, 세계 어디나 똑같은 호텔에서만 묵다 오고 싶은 사람은 없을 것이다.

북촌 전체를 외관만이라도 한옥으로 단장하고, 언어 소통이 가능하고 마음 자세와 제반시설이 갖추어진 세대에 외국인을 연결해준다면, 관광 수입은 물론 국가 이미지 제고에 이보다 좋은 게 없을 텐데 싶은 것도 이런 맥락에서다. 지금과 같은 한옥 게스트하우스도 나쁘지 않지만 보다 상업성이 배제된, 주민이 직접 외국인 한 두 사람만을 위해 요리하고, 우리나라 역사를 이야기해주며, 북촌 안내도 해주고, 친구와 친지도 불러 함께 술도 마실 수 있는, 아마추어 홈스테이가 좀 더 바람직하다고 생각한다.

2009년 봄, 종로구청에서 홈스테이 가정을 모집한다고 해서 신청했지만 감감무소식이다. 북촌의 홈스테이 유치는 주민 생활의 활력과 소득 창출, 관광 수입 증대, 북촌과 국가 이미지 제고 등, 도대체 잃을 게 없는 일석십조의 사업 같은데 왜 아직 추진 소식이 없는지 모르겠다. 아, 나를 북촌 홈스테이 촌장 시켜줄 분 어디 없나? 우리나라로 귀화한 이참 씨가 한국관광공사 사장이 되었다니 어디 한번 기대해볼까나.

홈스테이코리아
홈페이지 www.homestaykorea.com

티한옥체험관Tea Guest House
홈페이지 www.teaguesthouse.com

락고재한옥체험관
홈페이지 www.rkj.co.kr

북촌한옥체험관Bukchon 72 Guest House
홈페이지 www.bukchon72.com

서울한옥체험관
홈페이지 www.seoul110.com

유스패밀리
홈페이지 www.yoosfamily.com

우리집한옥체험관
문의 02-744-0536

안국한옥체험관
문의 02-736-8304

소피아게스트하우스
문의 02-720-5467

李家Lee's House
문의 02-762-4900

★서울시에서는 '게스트하우스' 대신 '한옥체험관'이란
명칭을 권장하고 있지만 아직은 두말이 혼용되고 있다.

009; 조화할 수 없는 것들이 조화하는 현장

공간종합건축사무소와 현대 빌딩

담쟁이덩굴로 뒤덮이지 않은 '공간종합건축사무소' ^{이하 공간 사옥}를 떠올릴 수 있을까? 공옥진의 병신춤을 보기 위해, 사물놀이의 탄생을 지켜보기 위해, 재즈 공연을 즐기기 위해 대학 때부터 공간 사옥 지하에 있는 공연장을 자주 찾았었다. 그때도 담쟁이덩굴은 공간 사옥 전체를 덮고 있었다. 수종^{樹種}이 나라와 건물과 집의 인상을 결정지음을 자주 확인하고 있는 나로서는, 공간 사옥과 담쟁이덩굴을 따로 떼어 생각할 수가 없다.

나는 공간 사옥을 설계한 건축가 김수근 선생을 '한국의 레오나르도 다빈치'라 여기며, 그에 관한 기사는 아무리 작은 것이라도 스크랩해두곤 했다. 크고 두꺼운 월간지 〈공간〉을 정기구독하며 미술과 건축에 조금씩 눈뜨게 되었으니, 그 잡지의 기자였던 연하남과의 연애에는 〈공간〉의 후광이 큰 영향을 미쳤던 게 분명하다. 그러니 김수근 선생이 돌아가셨단 소식을 듣고서 엘비스 프레슬리와 마리아 칼라스가 죽었을 때처럼 눈물을 쏟은 것은 당연한 일이었다. "김수근 선생이 설계한 건물은 다 비가 샌다"는 이야기를 들은 적이 있는데, 이는 우리 건축계가 선생의 이상을 구현해줄 기술도, 정성도, 아량도 부족했던 탓이라고 생각한다.

검은 벽돌로 지어진 구관과 유리로 마감한 신관, 그 사이에 작은 마당과 아담한 한옥이 자리하고 있는 공간 사옥. 2009년 8월, 〈공간〉 500호 발행을 기념하는 전시회가 열렸을 때 그곳을 둘러보며 젊은 날의 추억을 고스란히 되살려주는 변함없는 모습에 새삼 고마움을 느꼈다. 사옥 앞에 있는 석조 두 기가 시멘트 바닥에 파묻힐 지경이라 내 마음을 안타깝게 한다는 것과 이웃해 있는 현대 빌딩의 엄청난 크기에 짓눌리고 있는 듯한 느낌만 아니라면, 공간 사옥은 언제나 그 자리에 있어 위로가 되는 건물이다.

혹자는 공간 사옥은 한국 최초의 스타 건축가가 세운 의미 있는 건축물이며, 현대 빌딩은 박정희 대통령의 개발 독재기를 상징하는 건축물이라고 비교해 말하기도 한다. 나는 이에 공감한다. 공간 사옥은 1971년 구관이 완공된 데 이어 1977년 신관이 증축되었다. 현대 빌딩의 준공연도는 1983년이라는데, 어떻게 5층 높이의 겸손한 공간 사옥 옆에 어깨 넓은 깡패들이 한 줄로 버티고 선 것 같은 15층 빌딩을

허락할 수 있었는지 모르겠다.

해양수산부에 이어 보건복지부가 입주한 현대 빌딩 앞에는 현대 건설로 인해 피해를 입었다는 노동자, 보행권을 주장하는 장애인, 피부과 의사와 영역 다툼을 벌이는 피부관리사들의 시위가 끊이질 않는다. 반면 공간 사옥은 예나 지금이나 건축과 문화의 사랑방 역할을 하고 있고, 주변에도 문화 관련 시설이 대부분이다. 공간 사옥 옆에는 공간 사옥과의 조화에 신경을 써서 지은 듯한 볼재 빌딩이 있다. 독립 영화의 제작과 배급을 위해 애쓰는 젊은이들이 꾸려가는 '인디스토리'가 이 검은 벽돌 빌딩에 세 들어 있었고, 1층엔 다양한 전시회를 유치하고 있는 '바움아트갤러리'가 있어 그냥 지나치기 어려운 건물이다. 원서공원 뒤편 골목에는 1993년에 연극연출가 고허규 선생이 세운 '북촌창우극장'이 있고, 그 옆에 새로 들어선 3층짜리 붉은 벽돌 건물에는 현대미술을 소개하는 갤러리 '아트스페이스 H' 간판이 달려 있다.

현대 빌딩과 공간 사옥이 들어선 자리는 어떠한 자리인가. 현대 빌딩 자리에는 경우궁景祐宮과 계동궁桂洞宮이 있었다. 경우궁은 조선 23대 임금 순조의 생모 수빈 박씨정조의후궁의 사당이며, 계동궁은 고종의 사촌인 대신 이재원의 저택이다. 갑신정변 때 경우궁으로 옮겨 갔던 고종은 그곳에서 근신들의 참살을 지켜봐야 했고, 이어 계동궁에 머물다 겨우 창덕궁으로 돌아갈 수 있었다. 견딜 수 없는 일을 견뎌야

했던 기울어가는 나라의 왕의 심경, 그때의 긴박한 걸음과 피비린내를 창덕궁 고목들은 기억하고 있지 않을까. 창덕궁 담을 넘는 고목 위로 휘영청 보름달이 지나갈 때, 나는 그런 생각을 하며 걷는다.

경우궁은 1908년에 청와대 서쪽인 궁정동 1번지 육상궁 자리로 옮겨 갔다. 근래 일반인에게 공개된 칠궁의 하나가 수빈 박씨의 경우궁인 것이다. 계동궁 터에는 본래 승문원承文院이 있었다. 승문원은 중국, 일본, 여진과의 외교문서를 담당하고, 중국과 주고받던 문서에 사용되었던 서체의 교육을 담당했던 관청이다. 이 승문원 터에는 숙종의 왕자인 연령군과 그의 아들 낙천군이 살았고, 이후에 흥선대원군의 조카인 이재원의 집인 계동궁으로 바뀐 것이다.

1906년, 이 일대에 명성황후의 조카 민영휘가 세운 휘문의숙徽文義塾이 들어섰다. 휘문고등보통학교에서 휘문중학교가 된 이 학교 교정에서 해방 후 첫 정치집회가 열렸는데, 이는 일본이 연합국에 항복한 다음날인 1945년 8월 16일, 민족의 힘을 하나로 모아 건국 준비에 나설 것을 부르짖었던 첫 정치집회라 한다. 조선건국준비위원회의 여운형 선생이 모시적삼 차림으로 열변을 토하시던 모습은 현재 기록 영상으로 남아 있다.

휘문중학교와 휘문고등학교로 분리되었다가 휘문고등학교가 된 이 명문사립학교는 1978년에 72년간 자리했던 원서동을 떠나 강남구 대치동으로 이전하였다. 1983년, 학교가 떠난 자리에다 계동 140, 147번까지 수용하여 현대 빌딩과 원서공원이 들어서게 된 것이다. 원서공원 한복판에는 옛 교정의 교문 곁에 있었다는 느티나무 한 그루가 서있는데, 홀로 남은 이 나무는 여전히 싹을 틔우고 그늘을 드리우며 잎을 떨어뜨린다. 한밤중에 원서공원에 올라 거대한 느티나무를 우러러보고 있노라면, 창덕궁 고목들과 두런두런 옛 이야기를 주고받는 소리가 들리는 듯하다.

원서공원에는 현대가 빌딩을 지으면서 주민을 위한 공원으로 조성한 것이라는 내용이 담긴 표지석이 서있다. 그러나 현재 원서공원 주변은 창덕궁을 찾는 외국인을 싣고 온 대형 관광버스들이 뿜어대는 매연에, 공원 지하에 들어선 수영장의 소독약 냄새까지 더해져 '걷기족'을 괴롭히고 있다. 그래도 이만한 공원이나마 조성한 것이 고마워 보라색 맥문동 꽃이 필 때면 공원을 둘러본다.

공간 사옥과 현대 빌딩의 크기와 외관의 부조화를 워낙 오래 봐온 탓인지, 이제는 어느 한 쪽을 잘라낸 풍경을 상상할 수 없다. 두 건물이 늘 한눈에 들어오는 것은 물론, 길 건너편 가든 타워 빌딩과 래미안 갤러리까지 몸을 빙그르르 돌려가며 파노라마처럼 바라보는 게 익숙해졌다. 이는 북촌에 살며 절로 몸에 익은 습성이다.

가든 타워 빌딩과 래미안 갤러리 자리에는 왕을 호위하고 서울을 방어했던 군영軍營인 금위영禁衛營이 있었다고 한다. 삼환 기업, 원서공원, 창덕궁 담을 따라 불교박물관에까지 이르는 큰 관청이었다. 1971년 4월에 준공된 가든 타워 빌딩은 가파른 계단을 올라가야 입구가 나오는, 요즘은 흔치 않은 불편한 설계로 인해 향수를 자아낸다. 이 빌딩이 내게 각별한 의미가 있다면, 그건 1층에 있었던 일식집 '가고시마' 때문이다. 일본 크루즈 여행 때 들렀던 가고시마는 나가사키 못지않게 아름다웠고, 그곳에 대한 기억 때문에 어느 늦은 봄, 같은 이름의 그 가게에 들렀던 적이 있다. 어둡고 칙칙한 인테리어를 한 이 일식집에서 비싸고 맛도 없는, 하지만 마음만은 행복한 식사를 했던 기억이 아직도 생생하다. 그날을 어찌 잊을까마는 이젠 그 가고시마도 문을 닫고 말았다.

과거 학생 6거리로 불렸던 안국동 로터리 일대를 둘러보며, 학교들을 몰아낸 자리에 들어선 많은 건물 중 오직 공간 사옥만이 북촌의 역사와 의미, 그리고 스카이라인이 훼손되지 않도록 설계된 소중한 건축물임을 새삼 깨닫는다.

공간 사옥
주소 서울시 종로구 원서동 219번지
문의 02-3670-3500
홈페이지 www.space-arch.com

북촌을 거닐다

사간동길은 북촌에서 가장 걷기 좋은 길이다. 동십자각에서 시작하여 청와대 앞길과 삼청동 길이 갈라지는 지점까지의 얼마 되지 않는 길이지만, 좌측엔 경복궁 담이 우측엔 화랑이 줄지어 있는 역사적·문화적인 환경에다 은행나무 가로수가 우람하고, 인도 또한 넓기 때문이다.

001; 창덕궁 돌담 아래 옛 향기가 머무는 길

창덕궁길

창덕궁길은 창덕궁 정문에서부터 창덕궁 돌담을 따라 빨래터까지 이르는 원서동 일대의 주요 도로다. 이 주변은 관상감觀象監, 조선시대에 천문과 지리 등의 사무를 맡아보던 관청이 있어 '관상감골'로, 함춘원含春苑, 창경궁 홍화문 밖 동쪽에 있던 정원, 또는 정업원淨業院, 고려와 조선시대 때 도성 안에 두었던 여승방女僧房. 창경궁 서쪽, 지금의 중앙중학교 자리에 있었다이 있어 '원골'로 불리던 자연 마을이었으나, 일제시대부터 창경궁의 서쪽 지역이라 하여 '원서동苑西洞'으로 명명되었다.

근래 들어 원서동이란 동명 대신 원래 이름을 찾자며 공청회, 주민 찬반 투표 이야기가 있었지만 흐지부지 되고 말았다. 원서동을 버리고 새 이름으로 부르는 것은 지금의 북촌에서는 별 의미가 없다는 생각이 든다. 그러기에는 이후 축적된 과거가 많고, 북촌 전체가 그러하듯, 원서동은 계속 새집이 들어서며 변해가는 진행형 동네이기 때문이다.

창덕궁 담을 끼고 흐르는 천변에는 큰 한옥과 관청이 있었고, 언덕 쪽으로는 상궁과 내시들이 살았지만, 이 모든 것보다도 나무가 더 많았다고 한다. 원서동 일대가 일반 주택지역으로 바뀐 것은 1923년 이후부터이며, 특히 한국전쟁 직후 창덕궁에서 마구잡이로 베어낸 나무로 작은 한옥들을 지었다. 원서동 토박이 할머니 말씀에 의하면 창덕궁 담을 의지해 일단 집을 지으면 곧 내 집이 되었기 때문에 지금까지 살게 된 것이라고 한다.

한옥촌이 지금과 같은 4층 연립주택촌으로 바뀌게 된 것은 불합리하고 일관성 없는 북촌 규제와 허용이 반복된 까닭이다. 15층짜리 현대 빌딩이 들어서면서 거기 근무하는 이들의 잠자리를 해결해주기 위해 원서동 쪽만 유독 연립주택이 많이 들어섰고, 이 공동주택들이 북촌 한옥 풍경을 망치는 주범이라는 질타를 받고 있지만, 주민들 말은 조금 다르다. 전란 직후 지어진 한옥이 워낙 엉성해서 살기 위험했고, 그래서 연립주택 건축 허가가 나왔다는 것이다. 작은 한옥 터에 연립주택을 세우다보니 앞집이 훤히 들여다보이는, 볕도 들지 않는 연립주택촌이 되었고, 이런 꼴을 보고는 모두들 한옥을 허문 것을 후회했다고 한다. 30년 전부터 원서동에 살았다는 한 할머니는 대문을 열어두고 살아도 도둑이 들지 않았던 그때의 한옥촌이 그립다고 하신다.

이제 원서동은 서민들 삶의 풍경이 많이 남아 있어 드라마 촬영 빨래터 전경. 창덕궁 담장을 따라 물이 흐르고, 그 물가에서 빨래하는 여인네의 방망이질 소리가 울려 퍼졌을 옛날을 상상하면 할수록 천을 복개한 것이 속상하기만 하다.

장소로 사용되는 시절을 맞이했다. 최근 방영된 KBS 2TV 〈솔약국집 아들들〉의 드라마 속 배경은 혜화동이지만, 실제 촬영은 원서동 골목에서 많이 이루어졌다.

◎박인환 유년기 집터^{원서동 134-8}

원골에 살았던 시인으로는 촌은^{村隱} 유희경^{劉希慶}이 있다. 천인^{賤人} 출신이지만 유유자적하는 삶의 심경을 그린 한시를 잘 지었고, 상례^{喪禮}에도 밝아 사대부들과의 교류가 잦았다는 유희경은 부안의 명기 매창^{梅窓}과의 러브 스토리로도 유명하다.

유희경의 집터에 관한 기록을 보면 원골의 경치가 얼마나 아름다웠을지 상상할 수 있다. 정업원 아래로 맑은 물이 흘렀고 그 시냇가에 있던 유희경의 집앞에는 큰 바위가 있었다. 유희경은 이를 침류대^{枕流臺}라 부르며 거기서 바라본 북악 단풍 등을 시로 남겼다. 조선시대 한성의 역사를 서술한 《한경지략^{漢京識略}》에 보면 "창덕궁 요금문 밖에 촌은의 옛집이 있었는데, 그 뜰이 후에 창덕궁 담장 안으로 편입되었으니, 현재 창덕궁 규장각 뒤뜰에 있는 오래된 전나무가 바로 유희경이 심은 것이다"라고 기록되어 있다.

유희경의 집터는 빨래터 위쪽 부근이다. 따라서 그로부터 300여 년 후 〈목마와 숙녀〉의 시인 박인환^{朴寅煥}이 어린 시절을 보냈다는 원서동 134-8번지는 유희경의 집과는 떨어져 있지만, 그래보았자 조그만 원골 안이라 언덕 너머 5분 거리다. 근래 박인환이 살던 집에 대한 보존 이야기가 있었지만, 이미 1970년대에 없어졌다는 사실이 확인되었다고 한다. 그러나 내가 번지수를 찾아가보니 언젠가 인터넷 기사에서 보았던 다음 인용문과 비슷한 집이 있었다.

"너덜거리고 금이 간 시멘트 담 벽을 두른 대문을 지나면 낡은 한옥 한 채와 남쪽으로 큰 창을 낸 일본식 2층집이 자리하고 있다. 10평 남짓한 마당은 시멘트로 덮여 한옥의 정취를 잃었고, 한옥 건물 역시 추녀선이나 용마루의 아름다움을 찾을 수 없었다. 비가 새는 듯 지붕 전체를 천막으로 덮은 탓이다. 하지만 이곳은 〈목마와 숙녀〉를 지은 모더니스트 시인 박인환이 한때 살았던 집이다. 주인 유경남 씨는 "일본식 2층 가옥 서쪽 방에서 시인이 작품을 썼다고 들었다"고 했다. 삐걱거리는 좁다란 마루를 지나 시인의 방에 다가섰지만, 자물쇠로 잠긴 상태였다. 일본식 건물은 방마다 세를 놓았다."

덕수공립보통학교를 다닌 박인환은 청년기에 들어서는 원서동 215번지에 살았고, 세종로 147번지 교보빌딩 옆 주차장 부근에서 살던 1956년, 명동에서 술을 마시고 돌아와 서른살 나이로 요절하였다. 1950년대 한국 모더니즘의 대표 시인 박인환의 묘비는 망우리 공원묘지에 있다.

◎ **은덕문화원**원서동 129-5, 02-763-1155**과 싸롱 마고**

원래 이 터에는 1682년에 세워진, 창덕궁 서쪽 외곽 경비를 담당했던 금위영 서영이 있었다고 한다. 원불교 신도인 고故 전은덕이

각종 행사와 공연 및 인문학 위주의 강의를 꾸준히 이어가는 은덕문화원은 그야말로
창덕궁길을 빛내주는 곳이다.

2000년에 이 터와 한옥들을 희사하여 원불교 종로 수양원으로 쓰이다가 3년의 수리 끝에 2007년 10월 은덕문화원으로 개원하였다. 520평 대지에 법당인 대각전, 원불교 서울대교구 교수 숙소인 사은당, 1층 한옥 위에 일본식 집이 올라선 독특한 구조의 세심당, 사무실 겸 다실로 쓰이는 인화당, 멋지게 몸을 튼 소나무가 있는 정원, 능소화가 늘어진 꽃담 등을 볼 수 있다. 내외국인에게 원불교와 한국 문화를 알리는 사랑방 역할을 하며, 각종 행사와 공연을 펼치고, 주로 인문학 강의를 하는 소태산 아카데미를 운영하는 이곳은 그야말로 창덕궁길을 빛내주는 곳이다.

대목 정영수 선생과 윤흥구 선생의 손길 덕에, 어느 구석으로 눈을 돌려도 감탄사가 나오는 쓸모 있는 공간이 되었지만, 나는 어쩐지 10여 년 전 북촌에 이사 왔을 때 자주 들어가보았던, 낡았지만 오래된 운치를 느낄 수 있던 예전 그 모습이 그립다. 목조 주택과 한옥은 끊임없이 손질해가며 살아야 한다니, 18억5천만 원이나 들여 원형을 복구한 원불교 측의 정성에 감사할 일이지만, 낡은 옛 느낌을 조금은 살려두었으면 어땠을까 하는 생각이 든다. 이는 북촌 한옥이 지나치게 말끔하게 리모델링되는 데 따른 불만이 더해진 탓이리라.

그런 점에서, 예전에 살던 일본인이 한옥 위에 일본식 집을 얹어 지었다는 세심당을 허물지 않고 수리 보존한 것이 여간 고맙지 않다. 이를 없애자는 의견도 있었지만, 이 역시 우리 역사의 한 부분이라며 원형대로 수리했다니, 중앙청을 헐고 시청을 헌 이들이 본받아야 하지 않을까.

은덕문화원과 붙어 있는 '싸롱 마고' ^{麻姑, 우리나라와 동북아 신화에 나오는 생명, 창} ^{조, 평화를 상징하는 여신 마고 혹은 마고 할머니}는 원불교 측에서 시인 김지하 선생에게 내준 문화 사랑방이다. 반2층을 들였을 만큼 천장이 높아 소리가 울리는 데다 흰색 벽 마감, 환한 조명, 전통차 위주의 메뉴, 조용한 분위기, 짧은 영업시간 등으로 여느 카페처럼 편하게 웃고 떠들 수 있는 공간은 아니다. 문득 병원 휴게실에 앉아 있는 느낌이 들 때도 있다. 석학을 초청해 강연 및 토론회를 진행하는 학구적인 행사가 자주 열리는 곳이라서 더욱 조심스럽다.

◎ **한국불교미술박물관** 원서동 108-4, 02-766-6000, www.buddhistmuseum.co.kr

1993년 5월에 개관한 불교미술 전문 사립박물관으로 불상, 불화, 공예를 비롯하여 도자, 민속품 등 총 6천여 점의 유물을 소장하고 있다. 두 개의 전시실을 갖추고 있는 원서동 본관에서는 '미얀마의 삶 그리고 마음' 등의 기획 전시회에다 점심시간을 이용한 유물 설명회 등, 일반인에게 친근하게 다가가기 위한 노력을 하고 있다. 종로구 창신동에 사찰박물관 '안양암' ^{安養庵} 별관을 두고 있다.

원서동 본관의 탑이 있는 앞마당은 평범하지만, 건물 뒤로 돌아가면 가을 느낌이 나는 운치 있는 작은 정원이 있으니 반드시 둘러보길 권한다. 이 뜰을 바라볼 수 있는 찻집 '연암다원'이 있었는데, 외진 곳에다 손님이 적어서였는지 없어지고 말았다. 대한민국 국민 누구나 동사무소나 학교에서 투표를 하지만, 북촌 주민은 이 박물관에서 투표하는 특별한 혜택을 누린 적도 있다. 2009년 '서울문화의 밤' 행사 때, 미얀마 불상의 미소를 홀로 감상하던 밤 아홉시의 방문을 나는 또한 잊을 수 없다.

◎한국문화예술위원회 인사미술공간 원서동 90, 02-760-4722, www.insaartspace.or.kr

독립 큐레이터와 젊은 작가들이 활동하는 공간으로 '인미공'이라 줄여 부른다. 전시는 물론 아카이브archive, 공적기록 보관소, 출판, 워크숍, 큐레이터 양성 등, 대학로 마로니에 공원 내의 '아르코미술관'과 연계한 프로젝트가 이어지고 있다. 이 지역의 역사와 고풍스러운 분위기를 생각하면 지나치게 튀는 모던한 전시 공간이 아닌가 싶지만, 최근 창덕궁길에도 화랑, 건축사무소, 커피숍이 속속 들어서는 걸 보면 2006년에 이곳으로 이전한 선구안을 인정해야 할 듯하다.

건물 완공 무렵, 낮은 창덕궁 돌담과 비원, 금원, 북원으로 불리는 창덕궁 후원 깊은 숲을 애써 외면하려는 듯, 감옥 같은 3층 벽돌 건물이 이상하다고 생각했다. 누구나 이곳에 집을 지으면 창덕궁을 내 정원으로 끌어들이고 싶어 창을 크게 내게 마련인데 말이다. 처음부터 전시 공간을 상정하고 지어진 이 건물을 드나들며, 감옥 창처럼 작은 창을 통해 내다보는 골목 풍경이 의외로 나쁘지 않아 깜짝 놀랐었다.

밤에 창덕궁길로 들어설 때, 인미공 외벽의 둥근 싸인 보드가 초록, 주홍 등으로 색을 바꾸며 등대 역할을 한다. 창덕궁 고목이 든든하면서도 왠지 쓸쓸한 지킴이라면 인미공의 싸인 보드는 막내 동생의 귀여운 마중 같다고나 할까. 북촌에 사는 소소한 즐거움이 많다.

◎ **동네커피** 원서동 86-7, cafe.naver.com/dongneacoffee

외지인을 상대하는 점포가 없던 호젓한 창덕궁길에 최근 들어선 첫 커피숍이다. 복덕방, 슈퍼마켓, 미장원, 경로당, 세탁소, 놀이터, 식당, 정육점, 비디오가게 등 오래된 주민 편의 시설만 올망졸망 있던 이 길에서 장사가 될까 걱정스러워 들어가본 적이 있다. 그러나 밖이 훤히 내다보이는 통유리 앞에 앉아 창덕궁 담과 김옥균이 청군에 쫓겨 피신해왔다는 요금문曜金門, 구닥다리 미끄럼틀과 그네가 있는 놀이터를 바라보는 것도 나쁘지 않았다. 창덕궁길에서까지 외국인 관광객이 눈에 띄는 걸 보면, 이제 이 길의 상점들도 새 주인을 맞아 알록달록 단장할 날이 머지않은 듯하다. 1번 마을버스 정류장 빨래터의 한 뼘공원 옆에 들어선 건축사무소 'EAST4' 원서동 20-2, cafe.naver.com/east4korea 의 젊은 건축가들이 인테리어에 도움을 주었다 한다. 쿠션과 작은 조각품을 팔기도 한다.

◎ **미용실 오디션** 02-741-8145

정독도서관에서 만나 친구가 된, 북촌에서의 시집살이가 30년이라는 릴리에게 소개받은 미용실이다. 종각이 내려다보인다는 이유만

위는 한국불교미술박물관의 뒤뜰 전경. 아래는 감옥 같은 3층 벽돌 건물이 이상하다고 생각했었
지만 막상 그 안의 작은 창을 통해 내다보는 골목 풍경이 의외로 나쁘지 않았던 인사미술공간.

으로 종로의 비싼 미용실을 다녔는데, 수수한 듯 세련된 부잣집 마나님 릴리가 소개하기에 20년 만에 파마라는 걸 해보았다. 낡고 오래된 미용 기구, 구슬을 단 요란하고 다소 지저분한 인테리어 등, 위생적이라거나 멋진 공간이랄 수는 없지만, 마샬 미용실 출신이라는 주인 아줌마에게 머리를 맡기기 위해 정릉에서 자가용 타고 오는 15년 단골이 있을 정도다. 아줌마는 북촌 주민보다 외지 단골이 많다며 "손님이 나를 오디션한 미용실"이라고 자랑한다. 혼자 일하기 때문에 하루 여섯 명 정도, 예약 손님만 받는다.

싱글 남녀와 예술가가 주 고객이라는 카페 '나무요일'을 가르쳐주고, 머리 손질법도 알려주는 등, 가을 볕 좋은 날 요금문과 창덕궁 숲을 바라보며 아줌마랑 두 시간 동안 수다 떨며 머리를 말았다. 어깨까지 내려오는 내 머리 마는 비용으로 5만 원을 냈다. 401호 아줌마는 동네 미용실이 2만5천 원이면 되지, 너무 많이 받는다고 입을 삐죽거렸다. 20년 만에 한 파마다보니 이게 잘 나온 건지 아닌지 결과는 나도 모르겠다. 아줌마는 파마와 염색을 함께 하면 머리가 많이 상한다며, 일주일 후에 와서 색을 입히면 동안인 내 얼굴이 '화악' 살 거라고 했다.

◎ **임규 집터** 원서동 54

3·1운동 때 48인의 한 사람으로 참여했던 우정偶丁 임규林圭 선생의 집터다. 임규는 익산 군수의 아전으로 일하며 어깨 너머로 《사서삼

경》을 깨치고 1882년, 일본으로 건너가 게이오의숙慶應義塾을 졸업한
후, 육당 최남선 선생과 함께 귀국했다. 서울의 여러 사립학교에서 일
본어를 가르치며 1909년, 일본어 문법서 《일문역법日文譯法》을, 1912년
에는 《일본어학문전편日本語學文典篇》과 《일본어학음어편日本語學音語篇》을
출간했다. 1941년에는 시집 《북산산고北山散稿》를 펴냈다.

최남선이 3주에 걸쳐 독립선언서를 작성한 곳이 바로 임규의 일
본인 부인이 살던 집이었는데, 독립선언서를 일본 정부 요로에 전하
다 일본 경찰에 체포되어 수감생활을 한 공적을 기리기 위해서 1963
년 독립유공자 표창, 1977년 건국훈장이 추서되었다.

◎송진우 집터원서동 74

중앙고등학교 교장, 3·1운동 48인의 한 사람, 동아일보사 사장,
한국민주당 수석 총무 등을 역임했던 정치가이자 언론인인 고하古下 송
진우宋鎭禹 선생이 사신 집터다. 신탁통치를 반대하는 임시정부 사람들
과 생각을 달리했던 그는, 당시 살던 집에서 암살당했다.

◎노수현 집터원서동 75

동양화가 심산心汕 노수현盧壽鉉이 살던 집터다. 간송澗松 전형필全鎣弼
선생의 후원으로 1944년에 이곳에 화실을 마련했고, 1956년 6월까지
거주하였다. 당시 화실 신축을 축하해준 김영한의 칠언시가 걸려 있
었다니, 그대로 남아 있었다면 건너편 고희동 가옥과 함께 우리 근대

화단의 주요 장소로 길이 기억되었을 것이다.

노수현은 1913년 보성소학교를 졸업하고 서화미술회에서 동양화를 전공했으며, 1921년 동아일보사에 입사하여 도안과 삽화를 맡아 한국 신문의 4단 만화를 개척했다. 1949년 서울대학교 미술대학 교수가 되었고, 은관문화훈장을 수상했다.

◎고희동 가옥 원서동 16

우리나라 최초의 서양화가 춘곡春谷 고희동高羲東 선생이 살았던 고택이다. 고희동은 1908년, 동경미술학교에 입학해 서양화를 공부한 한국인 최초의 미술 유학생으로, 1915년에 귀국하여 북촌에 있던 휘문, 보성, 중동 등의 학교에서 서양화를 가르쳤다.

원서동 집은 1918년에 고희동이 직접 밑그림을 그려 지은 저택으로는 외부는 한옥, 내부는 서양식과 일본식이 섞여 있는 네 개의 단층집이다. 고희동 화백은 죽기 전 6년을 제외한 41년 세월을 이 집에서 살았다.

붉은 벽돌담을 두른 고희동 가옥은 내가 북촌으로 이사 온 10여 년 전까지만 해도, 여기저기 허물어지기는 했을망정 원형을 짐작할 수 있는 집이었기에, 자주 놀러가 다락과 마당을 기웃거리며 한참을 앉아 있다 오곤 했다. 그러나 고희동의 친일 행적에 대한 논란으로 보존 가치가 있는가 하고 한동안 왈가왈부하더니, 근대 문화유산 대부분이 그러하듯 예산이 없다는 이유로 방치되어, 이제는 귀신이 나올 것 같은 흉가로 전락했다.

2004년에 등록문화재 제84호로 지정되었고, 1996년에 소유주인 (주)한샘에서 복원한다는 이야기가 있었지만, 한샘 DBEW 연구소 공사 중 콘크리트 작업과 토사 작업을 위해 고희동 가옥을 가로지르는 관을 설치하는 바람에 오히려 훼손을 가속화했다는 고발이 있었다. 뜻있는 이들과 주민의 원성이 자자하자 철제 펜스를 둘러 흉한 모습을 대충 가려두었다. 이제는 구경조차 할 수 없는 흉가임에도 창덕궁 길 초입에는 고희동 가옥 안내판이 서있다.

◎**리기태 전통연공방**원서동 41, 02-383-3000

'한국연협회'를 이끌고 있는, 한국 전통 민속연 명인 초양 리기 태 선생의 한옥 공방이다. 다락을 그대로 두는 등 한옥 구성을 그대로 유지하고자 노력한 'ㅁ'자형 한옥이다. 벽면과 천장을 가득 덮은 다양한 모양과 문양의 우리 전통연을 감상할 수 있으며, 특별한 행사 때는 연날리기 체험도 할 수 있는 곳이다.

A.D. 647년에 김유신 장군이 연을 날렸다는 《삼국사기》의 기록과 고려 말 최영 장군이 목호의 난을 연으로 평정했다는 야설을 비롯해 이순신 장군이 전술연으로 임진왜란을 극복했고, 영조께서도 연날리기를 즐겨 구경하셨으며, 이승만 대통령도 연날리기 대회에 나와 인사말을 하고 연을 날렸던 적이 있다는 이야기를 전에 들어본 적 없다 해도, 어린 날의 즐거운 놀이였던 연에 관한 추억은 누구나 있을 터이

다. 이제 공방에서나 연을 보게 되었고, 실내 장식을 위해, 외국인에게 선물하기 위해 연을 주문하는 시대가 되었다.

◎**궁중음식연구원** 원서동 34, 02-3673-1122, www.food.co.kr

국가중요무형문화재 제38호로 지정된 조선왕조 궁중음식을 전수하고 교육하는 곳이다. 의궤 연구를 바탕으로 한 궁중의례의 재현과 전시, 드라마 〈대장금〉을 비롯한 각종 방송 자문, APEC 만찬과 남북정상회담 상차림, 음식 관련 도서 출판, 음식 개발 및 컨설팅 등을 하고 있다.

조선시대 마지막 수라 상궁인 한희순과 그에게 궁중음식 조리법을 전수받은 황혜성, 그리고 황혜성의 딸로 현재 궁중음식연구원장인 한복려가 대를 이어가며 조선왕조 궁중음식의 맥을 잇고 있다. 크고 화려한 꽃문양을 넣은 담이 눈에 띄는 정갈한 한옥에 들어서면, 창덕궁 담을 병풍처럼 두르고 있는 2층의 조리실과 사무실, 장독과 우물이 있는 안마당이 한눈에 들어온다. 한옥의 장점을 살린 공간 활용이 들고 나는 이 많은 곳임에도 사람의 마음을 차분하게 해준다. 연구원이 개원했을 때, 봄가을 연수생 음식 발표회 때 얻어먹은 떡과 차가 무척 맛있었던 기억이 난다.

궁중음식연구원 부설 기관으로, 전통 떡과 과자 전문 기능인을 양성하는 '궁중병과연구원'이 가회로 가회동 성당 건너편에 있다. 황혜성가의 궁중음식을 일반인이 맛볼 수 있게 한 음식점 '궁연'은 가회

크고 화려한 꽃문양을 넣은 담이 눈에 띄는 정갈한 한옥의 궁중음식연구원.
3대에 걸쳐 조선왕조 궁중음식의 맥을 잇고 있는 곳이다.

동 성당 아래쪽에, '지화자 삼청점'은 삼청동길에 있다.

그리고 보면 아직도 그 명맥을 유지하고 있는 낙원동 떡집들, 창덕궁 앞 동네인 돈화문로에 있는 한국전통음식연구소의 떡박물관과 떡 카페 질시루까지. 북촌에서 궁중음식, 떡, 한과를 맛보지 못한다면 대체 어디서 이런 호사를 누리겠나.

궁중음식연구원과 한국전통음식연구소의 중간 지점이 되는 원서공원에는 궁중에 쌀과 곡식, 각종 장醬 등을 공급했던 '사도시'司䆃寺가 있었다 하니, 어쩌면 두 연구소가 지금 거기 자리함은 필연적 운명이 아닐까.

아쉬운 것은 이들 연구소에서 공부하는 비용이 만만치 않으며, 떡 카페의 떡 케이크와 떡 도시락 가격도 녹록지 않다는 것. 우리 음식이 손품 많이 드는 건강식인 데다, 나랏님 자시던 것이라니 그만한 돈은 준비해야겠지만, 이왕이면 널리 보급되어 저렴한 가격에 즐길 수 있으면 좋겠다.

◎한국국제봉사기구 원서동 32, www.kvo.or.kr

한국국제봉사기구Korea International Volunteer Organization, 약칭 KVO는 1988년, 볼리비아에서의 의료봉사활동에 기원을 두고 있는 국제민간봉사단체다. 저개발국가를 대상으로 의료, 복지, 교육, 긴급 구호 활동을 하는 국제부와 국내의 복지, 문화, 환경을 위해 사회복지시설 등을 위탁 운영하는 국내부가 있다. 아프리카와 아마존 정글 어린이들이 하루 한 끼라도 제대로 먹을 수 있도록 지원하는 '500인의 식탁' 등의 사업을 벌이고 있어 많은 사람들의 지원과 자원봉사의 손길을 필요로 하고 있다.

예전에는 북촌에서 시민단체 간판을 쉽게 볼 수 있었다. 그만큼 집세가 쌌다는 뜻이다. 그러나 최근 종로경찰서 건너편에 있던 대표적인 시민단체 '경제정의실천시민연합'이 이사를 가는 등 시민단체 간판이 내려지고 그 자리에 옷가게, 커피숍, 갤러리 간판이 올라가고 있다. 원서동 막바지에도 시민단체가 더 있었는데, 이젠 빨래터를 내려다보는 낡은 2층 양옥에 자리한 KVO만이 홀로 남아 있는 것 같다.

◎ 빨래터

창덕궁 서쪽 담 끝, 신선원전 담장과 맞닿아 있는 곳에 창덕궁을 돌아 나온 물이 흐른다. 궁의 여인들이 세수할 때 쌀겨나 조 등을 사용했더니 옷의 때가 잘 빠져, 궁의 나인과 주민이 이곳에 모여 빨래하면서 어울려 놀았다고 한다. 심지어 가마솥을 걸고 궁의 빨래를 전문으로 삶아 빨아주던 이도 있었다.

창덕궁 담장을 따라 흐르다 창덕궁 내부를 지나 와룡동으로 흘러갔다는 물길은, 창덕궁 담을 안으로 밀어내고 길을 내면서 빨래터 부근만 남겨놓고 복개해버렸다. 몇 년 전까지도 빨래터에서 남정네들이 등목을 했고, 지금도 맑은 물이 흐르는 빨래터를 찾으면 주민들이 간단한 빨래를 하거나 제사 음식을 두고 가는 걸 볼 수 있다. 또한 이 부

1. 창덕궁 요금문. 2. 전선이 어지러운 원서동 주택가. 3. 한샘 DBEW 연구소.

근 담장이 허술하여 창덕궁 후원으로 들어가 버찌를 따먹은 추억이
있다는 어르신도 계시다.

　창덕궁 담장을 따라 물이 흐르고, 그 물가에서 빨래하는 여인네
의 방망이질 소리가 울려 퍼졌을 옛날을 상상하면 할수록 천을 복개
한 것이 속상하기만 하다. 도심 복판에 작은 천을 그대로 놔두고, 주
변을 쉼터로 꾸며 배가 오르내렸던 옛날 사진과 설명을 함께 붙여둔
일본이 정말 부럽다. 창덕궁 내 하수관을 밖으로 빼고, 창덕궁길 전선
을 지하로 묻기 위해 창덕궁 담 밑을 파는 공사 '가회배수문구 하수관거 정비공사'라
는 알아듣지 못할 현수막을 걸어놓았다 가 한창이던 2009년 9월, 나이든 인부들조차
이곳에 천이 흘렀다는 사실을 알지 못했고 내 설명을 듣고서야 "아 그

래서 모래가 많이 나오는가?" 했다.

동대문운동장을 부순 것도 모자라 성터 발굴과 복구도 성가셔하고, 서울시의 옛 청사도 부순 서울시니, 이제는 작은 흔적만 남아 있는 빨래터도 조만간 시멘트로 덮어버리는 건 아닐까 심히 우려된다.

◎**북영 터**^{원서동 1}

창덕궁 홍북문 밖은 선조 26년에 설치된 훈련도감의 '북영'이 있던 곳이다. 임진왜란을 계기로 훈련도감을 설치했는데, 북영은 수도와 창덕궁을 지키는 책임을 맡던 곳으로, 군사 훈련도 담당해 훈국^{訓局}으로 불리기도 했다. 북영 폐지 이후 무관학교와 유년학교로 사용되다, 1934년 조선 시가지 계획령이 실시되면서 주택지로 바뀌었다. 235칸짜리 북영이 그대로 남아 있다면 얼마나 좋을까.

◎**한샘 DBEW 연구소**^{원서동 9-4}

부엌과 인테리어용품 전문 회사인 한샘의 연구소로 2004년 6월에 개관했다. 동서양의 만남을 통한 새로운 디자인 트렌드 형성^{Design Beyond East and West}이라는 기치를 내건 연구소여서인지, 창덕궁 담 끝 막다른 골목 언덕에 세워진 건물은 창덕궁을 내려다보는 층층 기와 한옥에, 유리로 마감한 독특한 외관을 하고 있다. 지세와 주변 환경을 거스르지 않으면서 한옥과 현대 건축의 장점을 취한 5층 건물로, 창덕궁의 별채 같다는 평을 받으며 2005년 한국건축문화대상 특선에 뽑

했다.

　이 연구소는 경비 아저씨가 나서 구경꾼을 물리친다. 디자인을 연구한다는 회사가 너무 폐쇄적인 것 아닌가 싶기도 하다. '서울문화의 밤' 행사 때라도, 지하의 디자인 박물관을 공개하면 북촌 주민들의 안목을 높이는 데 도움이 될 텐데. 이 건물을 조망하려면 건너편 궁중 음식연구원 사무실 베란다에 서면 된다. 한샘은 주민들로부터 고희동 가옥을 방치하고, 집이 나오면 재빨리 사들여 주차장을 만드는 등, 이 일대를 사유지화하고 있다는 원망을 듣고 있다.

◎**백홍범가** 서울시 민속자료 제13호, 원서동 9-5

　창덕궁길이 끝나는 지점, 한샘 DBEW 연구소와 맞붙어 있다. 창덕궁 신선원전 일대 정경이 한눈에 들어오는 이 한옥은 '장희빈집'으로 불리었는데, 동네 사람들 전언에 의하면 여기서 장희빈이 사약을 받았기 때문이란다. 이후엔 궁을 나온 상궁이 주로 기거했다.

　1910년대에 지어진 소규모 한옥의 기본 조건을 잘 간직한 'ㄱ'자 형인데, 후일 이 별채를 수리하면서 현대적인 재료와 수법이 가미된 것으로 추측된다. 안채 자리엔 양옥이 들어섰고, 현재 소유주는 한 식품 회사의 회장으로 알려져 있다. 비개방 가옥으로, 까치발로 높은 담장 너머를 기웃거리며 상상만 하던 집인데, 최근 이 정자가 있는 너른 저택을 내려다볼 수 있는 '나만의 장소'를 발견했다.

◎ 창덕궁길

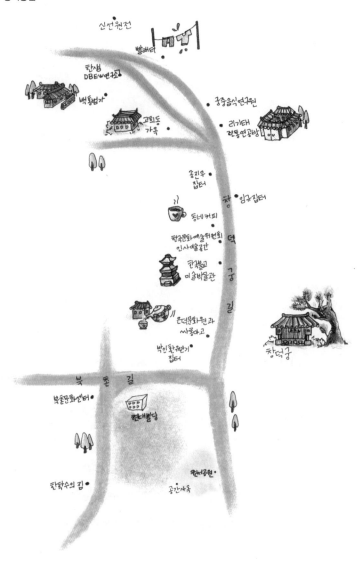

신선원천

빨래터

탄생
DBEW연구소

백홍범가

고희동
가옥

궁중음식연구원

리가타
전통면공방

송진우
집터

임규집터

창
덕
궁
길

동네커피

한국문화예술위원회
인사미술공간

한국불교
미술박물관

은덕문화원과
싸롱마고

박인환휘편기
집터

북   촌   길

북촌문화센터

현대빌딩

탄핵수의 길

원서공원

공간사옥

안국역 3번출구

002; 숨바꼭질하듯 이어지는 아기자기한 골목길

계동길

계동길은 안국역 3번 출구로 나와, 현대 빌딩을 오른쪽에 끼고 중앙고등학교에까지 이르는 일직선 길이다. 현대 빌딩 왼편으로는 사람 한 명 지나 다니기도 힘든 좁은 골목이 얽혀 있는데, 지금은 사라진 종로 피맛골의 축소판 같은 모습이다. 현대 빌딩 근무자들이 쉬는 '놀토'에는 대부분의 식당이 문을 닫을 만큼, 현대 빌딩과 운명을 같이하는, 샐러리맨을 위한 밥집촌이다.

이 상업 지구를 지나면 북촌 주민을 위한 구멍가게들이 나타난다. 길가에 장작을 쌓아놓은 40년 된 목욕탕인 '중앙탕'을 비롯해, 중앙중고등학교와 대동세무고등학교 학생들이 등하교 길에 들르는 '이모네분식'과 '왕짱구식당', 주로 참고서를 파는 '문화당서점', 고소한 냄새가 진동하는 '대구참기름집', 옛날 방앗간을 추억하게 하는 '계동

떡방앗간', 만물상에 다름 아닌 '경기철물건재'까지.

이 길에서 내가 자주 이용하는 곳은, 망가진 가전제품을 잔뜩 쌓아놓고 수리해 파시는가 하면, 직접 가가호호 방문해 자잘한 수리도 해주시는, 재활용과 아이디어의 달인 할아버지가 계시는 '서울종합수리센터'이다. 주인 할아버지는 정릉까지 불려간다며 자부심을 드러내신다. 이 가게 바로 옆에는 어떤 옷을 맡겨도 꼭 맞게 고쳐주시는 리폼의 달인 할머니의 작업장이 있다. 열쇠 수리점, 담배 가게, 쌀가게가 함께 있는 농협계동직매장 한 구석에서 할머니는 재봉틀 한 대 놓고 작업을 하신다. 믹서기가 망가져도, 청바지가 작아져도 두 분이 정정하게 일하시는 한 나는 걱정이 없다.

계동길에는 3·1운동을 논의한 역사적 장소가 많고, 사찰 두 곳에 시민단체까지, 뜻밖의 공간이 많다. 현재는 한옥을 리모델링한 게스트하우스에 이어 커피와 수공예품 등을 파는 가게들이 속속 들어서고 있다. 북촌이 좋아 들어오는 이들이라 믿지만, 그만큼 주민을 위한 공간이 사라져야 하니 아쉽다. 게스트하우스의 외국인들이 밤새 떠들며 노는 통에, 시끄러워 이사 갔다는 주민 이야기를 들으면 이건 아니다 싶은 생각이 들기도 한다.

그래도 북촌에서 내가 가장 좋아하는 길은 바로 이 계동길이다. 계동길 옆으로 잎맥처럼 뻗어나간 좁고 막다른 골목까지 일일이 들어가 볼 것을 권하고 싶다. 숨바꼭질하듯 이어지는 골목, 언덕에 아슬아슬 걸쳐 있는 금방이라도 무너질 것 같은 헌 집과 방금 리모델링을 끝

북촌에서 내가 가장 좋아하는 길이 바로 계동길이다. 현대 빌
딩과 운명을 같이하는 현대사옥을 지나면 북촌 주민을 위한 구
멍가게들이 나타난다.

낸 번듯한 한옥들을 구경하노라면, 이런 땅에 이렇게 집을 짓기도, 번 지수를 일일이 매기기도 얼마나 힘들었을까 하는 생각이 든다. 북촌 에서 가장 아기자기하고 재미있는 곳이다.

◎ 홍문관 터 ^{계동 146}

고려 성종 14년에 숭문관을 '홍문관'이라 바꾸었는데, 이곳에서 는 궁중의 경서經書와 사적史籍의 관리, 문한文翰의 처리 및 왕의 자문에 응하는 일을 했다. 사헌부·사간원과 더불어 삼사라 불리었는데, 세 기관 모두 왕에게 조정의 옳고 그름을 간언하는 역할을 했다. 그중 홍 문관이 최종 진언하는 기관이었다니, 서점 이름에 홍문관이 많은 이 유를 알겠다. 그러나 이제 북촌에 서점이라고는 한학수의 집 외부 행 랑채의 '문장사' 한 곳뿐이고, 그나마도 여성 월간지를 팔아 세를 내 는 듯하다.

◎ 향운요가문화원 ^{계동 146-1, 02-741-0079, www.yogamind.org}

정독도서관에서 요가를 가르치는 두 총각 선생님이 스승이자 부 친인 정강주 한국요가문화협회 회장과 함께 요가를 가르치는 본부 아 쉬람이다. 50평 규모의 수련실 두 개와 탈의실, 휴게실이 있고 입문 반, 일반 수련반, 중급반, 요가 교육사 과정, 어린이를 위한 웰빙 요 가, 임신부를 위한 태교 요가 교실이 개설되어 있다. 남자 요가 선생 님이 드물고 제대로 요가를 배운 선생님도 드문 현실에서, 엄격한 교

육을 받을 수 있는 곳이다. 인터넷 사이트 cafe.daum.net/yogashram
과 cafe.naver.com/yogaspace에서도 이곳과 관련된 요가 자료를 찾아
볼 수 있다.

◎한학수의 집^{계동 146-1}

조선 후기의 무신인 한규설 대감의 손자 한학수가 살던 집이다.
1945년 8월 18일, 이 집 사랑방에서 우익 진영 최초의 정당인 고려민
주당이 결성되었고, 8월 28일에는 조선민족당 발기인 총회가 개최되
었다고 한다. 현재 마당 넓은 한옥 안채는 '산내리 한정식'으로 바뀌
어 상견례, 결혼식 피로연, 회갑 등 많은 손님을 치르는 대형 음식점
으로 30년째 영업중이다. 나는 여기서 삼계탕을 먹고 체해 무척 고생
한 기억이 있지만, 일본무용 수료 공연을 마친 후엔 즐거운 회식 자리
를 갖기도 했다. 칸칸이 나뉜 외부 행랑채에는 문방구, 복덕방, 화원
등 10여 개 상점이 세 들어 있다. 이런 한옥 상점이 신기한지 창덕궁
을 오가는 외국인들이 자주 카메라 셔터를 누른다.

◎조선건국준비위원회 창립 본부^{계동 84-2}

여운형, 안재홍 선생 등이 치안 유지와 건국 준비를 위해, 좌우익
세력을 연합하여 출범시킨 조선건국준비위원회 본부로 썼던 집터이
다. 1930년대에 땅 부자 임용상이 지어 소유하다가, 해방 뒤 여운형
선생에게 기증했다.

처음 이 집을 보았을 때 굳게 닫힌 대문과 높은 담 너머, 하얀 타일을 바른 멋진 2층 일본식 저택과 측백나무와 향나무를 심은 넓은 뜰이 보여, 보통 집은 아니거니 했었다. 오가며 이 운치 있는 저택을 눈동냥하며 자랑스러워했건만, 2003년 4월 철거되었다.

이후 400평 대지에 꽉 차게 지어진 짙은 회색의 보헌 빌딩엔 골프용품점과 사무실이 들어서 "아니 겨우 골프용품점 들이려고 그 멋지고 역사적인 저택을 헐었나?" 하는 볼멘소리가 절로 나왔다. 대나무 심은 뜰을 중앙에 둔 'ㅁ'자형 빌딩은 2005년 한국건축대상 우수상을 탔다고 자랑하지만, 아무리 좋게 보려 해도 전에 있던 일본식 2층 저택보다 못한 답답한 건물이다.

◎ **북촌문화센터** 계동 105, 02-3707-8388, bukchon.seoul.go.kr

북촌을 둘러보려면 먼저 이곳에 들르는 게 좋다. 서울시에서 운영하는 곳으로 북촌의 역사와 가치를 홍보하는 전시관, 한옥 수리 관련 정보 제공과 상담을 하는 상담실, 주민 사랑방 등의 시설이 있다.

북촌 골목 기행을 하려는 이들을 위한 팸플릿도 구비해놓았고 국악, 다례와 다도, 매듭, 염색, 조각보, 서예, 민화, 칠보, 한지공예 등을 배울 수도 있다. 국악 공연 등도 자주 열리는데 그때마다 떡 잔치가 열려 얻어먹는 재미가 쏠쏠하다. 이곳에서 강의를 듣는 이들과 가르치는 이들의 커뮤니티 카페 cafe.daum.net/pukchon 에서도 좋은 정보와 자료를 얻을 수 있다.

북촌문화센터가 입주한 한옥은 조선 말기 탁지부 재무관을 지낸 세도가 민형기의 며느리 이규숙이, 서울로 시집온 후인 1921년에 지어 1935년까지 살았다 한다. 민 재무관댁, 혹은 계동마님댁으로 불리던 이 집은 대궐을 지은 목수가 창덕궁의 연경당을 본따 지어, 제대로 된 한옥 배치와 담의 구성 원리를 확인할 수 있다. 이 집에 살면 아들을 낳는다고 해서 한 부자가 이사를 왔다가 딸만 일곱을 낳았다는 이야기가 전하기도 한다. 서울시가 한옥 매입의 첫 사업으로 사들여 안채, 바깥채, 앞 행랑채, 뒤 행랑채, 사당 등으로 구성된 집의 원형을 살려 수리했고, 2002년 10월 문화센터로 개관하였다.

◎ 엄마학교 계동 101-3, 02-766-1963, www.momschool.org

이른 아침, 곱게 단장한 중년 여성들이 작은 한옥으로 줄지어 들어가기에 따라가보았다. 두 아이를 기르며 '한살림공동체'에서 농업, 환경, 가정교육 등에 관한 운동을 하고 글을 쓰며 강의를 해온 서형숙 씨가 2006년 9월에 문을 연 학교란다. 이름표를 달고 온돌에 앉아 강의를 듣는 엄마들. 엄마가 되려면 이렇게 공부도 해야 한다는 것을, 노력이 필요한 일이라는 것을 새삼 깨달았다.

◎ 히말라야 명상센터 계동 140-41 2층, 02-747-3351, www.sanskrit.or.kr

1974년부터 인도 명상을 공부했고 《바가다드기타》《요가란 무엇인가》《우파니샤드》《스트레스 풀기》 등의 책을 펴낸 박지명 원장으로부터 인도 요가와 명상을 배울 수 있는 곳이다.

◎ 밀양손만두 02-7441-3272

직접 빚은 김치만두, 고기만두 등을 파는 작고 허름한 동네 식당이다. 옥호와 달리 밀양식이 아니라고 실망하는 분도 있던데, 밀양식 만두가 어떤 건지는 몰라도 가격 대비 충실하여 현대 빌딩 직원과 주민들이 즐겨 찾는 곳이다.

◎ Reminis Cake 계동 120-1, 02-3675-0406, www.reminiscake.com

생일, 파티, 결혼을 위한 주문 케이크를 만들어 팔고 또 프랑스 제과 기법에 따른 홈베이킹과 케이크 데코레이션을 배울 수 있는 곳이다. 잡지, 언론에 많이 소개된 앙증맞고 비싼 케이크를 만드는 곳이 이 허름한 골목에 있어서 깜짝 놀랐다. 매장에서 컵케이크, 슈가 케이크 등을 사먹을 수 있지만, 수업과 제작 때문에 문을 열지 않을 때가 많다.

드디어 계동길에도 크림 스파게티와 토마토 스파게티를 먹을 수 있는 곳이 생겼다. 젊은이들이 이름을 잘 지었다 싶은데, 이 글을 쓰는 시점에는 개업 준비중이라 맛을 보지 못했다.

◎ **청원산방** 계동 79-12, 02-715-3342, blog.naver.com/sungsim26

궁궐, 사찰, 한옥 등의 창호^{창과 문} 제작을 40년 넘게 해온, 서울시 무형문화재 제26호 소목장 장인 청원 심용식 선생이 정성들여 수리한 한옥 공방이자 전시장이다. 자귀와 손도끼만으로 창호를 만드는 장인의 모습을 볼 수 있는 것은 물론, 시대별 사용처별로 다른 창호의 다양한 문양을 감상할 수 있다. 장인이 쓰는 대패를 가지런히 정리해놓은 것조차 예사로 보이지 않는다.

썩은 한옥 기둥을 거북이와 연잎 모양 나무 조각으로 가리는 등, 기둥 하나도 원형을 훼손하지 않고 수리했다. 그런 한편 작은 미닫이 한쪽을 밀면 양문이 다 열리도록 도르레를 단 편리한 설계 등, 좁은 공간을 활용한 짜임새가 북촌에 있는 공방들 중 으뜸이다. 마당엔 굵은 모래를 깔고 돌을 놓아 여유를 느끼게 했고, 나무를 심는 대신 솟대 모양 장식을 두었으며, 반듯한 다탁에 이르기까지 장인의 손길이 미치지 않은 곳이 없다며, 집을 안내하는 사모님 얼굴에 웃음이 떠나지 않는다.

빈틈없는 집에 감탄하면서도 부러운 생각에서인지, 한 방문객이

"한옥은 허술한 구석이 있어야 하는데 너무 깨끗하고 예쁘네요" 했다. 최근 리모델링한 한옥을 보면 허투루 버리는 공간이 없고, 청결하고 반듯함이 지나쳐 드라마나 영화 세트 같다는 느낌이 드는 것도 사실이다.

나 역시 쇠꼬챙이로 담을 장식하고, 외벽엔 흰 타일을 붙이고, 바람이 불 때마다 양철 홈통이 덜컹거리며, 녹슨 철 대문을 열 때마다 요란한 소리가 나는 낡은 절충 한옥이 더 정답게 느껴지곤 한다. 그것은 아마도 내가 본연의 모습대로 잘 가꾸고 보존해온 규모가 큰 정통 한옥보다, 문간방에 세 들이고 마당엔 수돗물을 끌어들인 도시 한옥을 더 많이 보고 자랐기 때문인 듯하다. 최근 북촌에 일고 있는 단정한 리모델링 한옥에도 세월의 흔적이 쌓이면, 나의 어린 조카들이 훗날 그 아름다움에 감탄을 하겠지.

친절한 대접을 받으며 한옥 원형과 리모델링에 대해 많은 생각을 하게 한 집 구경이었다. 그나저나 북촌의 멋진 집을 보면 볼수록 눈만 높아져, 내 집이 초라해 보이니 이도 못할 노릇이다.

◎ 이준경 집터^{계동 128}

선조 때 영의정을 지낸 이준경李浚慶이 살던 집으로, 김성수 고택 못 미처에 위치한다. 영의정답지 않게 검소하게 사는 그의 집은 멀리서 보면 창고처럼 보여, 동고東皐라는 호 대신 '동고'東庫라 불렸고, 주변 또한 이동고 터로 불리었다. 과거 급제 후 착착 승진하여 우의정, 좌

위는 정치가이자, 교육자, 언론인이었던 김성수 선생의 고택 전경, 아래는 옻칠과 황칠 작품을
디자인 및 제작하는 나성숙 선생의 공방이자 전시관인 봉산재의 내부 모습이다.

의정을 거쳐 영의정까지 오른 분의 집이 그러하였다니, 팔도에서 올라온 내로라하는 이들이 거들먹거렸던 북촌에선 오히려 눈에 띄는 집이었겠다.

◎ 김성수 고택^{계동 130}

중앙학교 교장, 경성방직회사 창립자, 동아일보 창간자, 보성전문학교 인수자, 미군정청 수석 고문관, 한국민주당 수석 총무, 1951년 2대 부통령 취임자 등으로 화려하게 기록되는 정치가이자 교육자, 언론인인 인촌^{仁村} 김성수^{金性洙} 선생이 살던 집이다. 친일 행각 논란 등이 있지만, 3·1운동 직전 이 저택에서 이승훈과 송진우가 화합하여 천도교계와 기독교계가 3·1운동에 동참하는 계기가 마련되었다.

1918년 김사용으로부터 매입하여, 1923년 무렵부터 김성수 부자가 살았으며, '인촌기념관'으로도 쓰이는 현재는 유족이 살고 있어 아무 때나 드나들 수 없다. 새벽과 일몰 직전까지 주민에게 운동장을 개방하고 있는 대동세무고등학교 교정을 산책하며 내려다보는 것으로 만족해야 한다. 대지가 900여 평에 이른다는 저택답게 넓은 사랑마당, 연못과 팔각정 등이 내려다보여, 한옥이라면 이 정도는 되어야지 하는 감탄을 자아낸다.

이태리면사무소 맞은편 골목에는 '원파선생구거'^{圓坡先生舊居}란 문패를 단 큰 대문이 보이는데, 김성수의 큰아버지이자 양부인 원파^{圓坡} 김기중^{金祺中}의 집이었음을 이르는 것이다.

◎ 대동세무고등학교 ^{계동 630, 02-763-1630, www.daedong.kr}

1925년 수송동의 대동학원에서 시작되었다니 벌써 80년이 넘는 역사를 자랑하는 학교이다. 내가 이사 왔을 때는 대동정보산업고등학교였는데, 2006년 10월 세무 분야 특성화 고등학교 지정을 받아 대동세무고등학교로 바뀌었다. 교문을 들어서면 너른 운동장이 펼쳐지지만, 언덕 위 연립주택들과 특색 없는 학교 건물로 인해 오랜 역사를 지닌 학교 같지가 않다. 그러나 창조관 뒤쪽으로 들어가면 '비비드 가든'으로 불리는 뜰이 있는 등, 오래된 학교 분위기가 물씬 난다. 최근 성실관 옥상에 둥근 지붕의 체육관을 올려 북촌 스카이라인을 망친다는 주민들의 불만이 적지 않다.

일요일에는 각종 자격시험, 입사시험을 치르는 이들이 줄을 잇고, 운동장에선 동호회 축구 시합 등이 열린다. 북촌 주민을 위해 운동장을 개방해주어, 새벽이면 운동장을 도는 할머니들이 10여 명쯤 되고, 한여름에는 후문 쪽 나무 그늘 아래 정자에서 쉬었다 가는 주민도 쉽게 볼 수 있다. 나 역시 이 학교 덕을 많이 보고 있다.

◎ 봉산재 ^{계동 73-6, 02-766-6649, www.bukchonart.com}

옻칠과 황칠 작품을 디자인하고 제작하는 나성숙 선생의 공방이자 전시관이다. 작품을 감상하며 전통차를 마실 수 있고, 옻칠과 황칠 작품 만들기 체험 및 강의를 들을 수 있는 한옥 공간이다.

1. 80년이 넘는 역사를 자랑하는 대동세무고등학교. 2. 석정골 보름우물. 우물물이 15일 동안은 맑고 또 15일
동안은 흐려져 보름우물이라 불렀다. 3. 청원산방의 소목장 장인 심용식 선생의 손때 묻은 대패들.

◎ **배렴 가옥** 계동 72, 02-748-8530, www.bukchon72.com

산수화와 화조화로 일가를 이룬 동양화가 제당(霽堂) 배렴(裵濂)이 살던 집이다. 등록문화재 제85호로 지정된 이 집은 현재 '북촌게스트하우스'로 쓰이고 있으니, 소리 소문 없이 사라진 여느 한옥과는 달리 운이 좋은 집이다. 아담한 전통 목조 기와집으로 세 동의 건물이 'ㅁ'자형 구조를 이루고 있다.

◎ **중앙탕** 계동 133-5, 02-763-1491

1968년에 문을 연 북촌 최초의 목욕탕이란 사실이 알려지면서 매스컴을 꽤 많이 타고 있는 곳이다. KBS 2TV 드라마 〈솔약국집 아들들〉에서 백일섭과 네 아들이 목욕을 하고 나오는 장면을 여기서 찍었고, KBS 1TV 〈다큐멘타리 3일〉 '북촌' 편에도 소개되었으며, 일간지 등에서도 추억의 목욕탕으로 자주 소개하고 있다. 북촌을 찾는 젊은이들도 경쟁하듯 사진을 찍어 블로그에 올리고 있다.

궁궐에 드나드는 고급 관리와 팔도에서 온 부자들이 살던 부촌, 독립과 개화사상을 깨우친 선각자들이 이웃해 살던 동네답게, 목욕탕과 이발관도 가장 먼저 들어온 게 아닌가 싶다. 1970년대만 해도 중앙탕 인근 500미터 내에 목욕탕 여섯 곳이 더 있었다니, 북촌 전체가 사대문 바깥 동네의 동 하나 크기밖에 안 되는 점을 감안하면 대단한 숫자다. 그때는 타 지역에서 북촌으로 목욕 원정을 오지 않았을까 하는 생각도 든다. 이제는 북촌 주변 빌딩마다 수영장, 피트니스센터를 갖

춘 사우나와 찜질방이 들어서, 일간지에 광고 전단을 끼워 북촌 주민
을 유혹한다. 그러니 감고당길에 있던 '복수목욕탕'은 '아라리오 서
울'로, 화개길에 있던 한 목욕탕은 '코리아다이어트단식원'으로 바뀐
것은 어쩔 수 없는 일이겠다.

가끔 장작을 때는 바람에 북촌 주민은 그 매캐한 냄새로 숨이 막
혀 창문을 닫아야 하지만, 중앙탕의 옛 목욕탕 분위기가 좋아 이사 간
후에도 찾아온다는 아저씨, 아줌마, 할머니들이 적지 않다. 400환으
로 시작한 목욕비가 4천 원으로 올랐지만, 40여 년 단골 성원에 유지
되고 있는 동네 목욕탕. 언젠가는 화개이발관과 마찬가지로 깨진 욕
조 타일, 낡은 수도꼭지, 이 빠진 머리빗도 국립민속박물관으로 옮겨
가지 않을까. 비오는 날, 몸이 찌뿌드드할 때만이라도 부지런히 드나
들려고 한다.

◎ **격외사** 계동 38-3, 02-747-4177, cafe.daum.net/seontemple

중앙탕 골목으로 들어가다 오른쪽으로 꺾어지면 단청을 하지 않
은 한옥 사찰을 만나게 된다. 대한불교 조계종 사찰로 선 수련을 하는
곳이라 크게 알리지 않고 있다는데, 그 정갈함과 고요함은 뜻밖의 선
물을 받은 느낌이다. 내가 방문했을 때는 작은 마당에 호두와 찻잎을
말리고 있었는데, 한 번 거른 찻잎이라도 말렸다 다시 끓여 물처럼 마
시면 좋다고 한다.

◎ **믿음미용실**02-763-0766

창덕궁길의 오디션미용실과 함께 북촌 주민들이 실력을 인정하
는 오래된 미용실이다.

◎ **한국알트루사**계동 48-1, 02-762-3977, cafe.daum.net/altrusa

여성의 우울증 상담, 주말 대안교육 프로그램 운영, 종교 공부방,
목욕과 뜨개질 봉사, 계간지 〈니〉를 발행하는 여성 공동체 모임이다.
수연홈마트 맞은편 골목으로 죽 들어가면 계단 꼭대기 막다른 곳에
한옥 건물이 나타난다.

◎ **꽃피는학교**계동 65-1, 02-766-0922, peaceflower.org

제천, 대전, 하남, 부산에서 유치원, 초등, 중등, 고등의 15학년제
각각 3년, 5년, 4년, 3년로 운영되는 대안학교로, 계동길의 북촌 학교는 고등 과
정의 터전이다.

◎ **유심사 터**계동 58**와 한용운의 거처**계동 43

유심사 터는 만해 한용운1879~1944 선생이 일제의 한국불교 왜색
화에 맞서고 불교의 대중화를 위해 세웠던 출판사 '유심사'에서 월간
지 〈유심〉을 펴던 곳이다. 〈유심〉은 1918년 9월에 창간되어 같은 해
12월 3권을 끝으로 발행이 중단되었다. 또한 유심사는 이승훈과의 회
합을 통해 천도교계와 기독교계의 일원화를 성사한 최린이 한용운을

찾아가, 3·1운동에 불교계의 참여를 권유한 장소이기도 하다.

중앙탕 옆 골목 두번째 집은 장규식 선생^{연세대학교 국학연구원 연구교수로《장}^{규식의 서울역사산책》등을 썼다}, 소설가 오인문 선생 등에 의해 한용운 선생이 성북동 심우장으로 이사하기 전까지, 15년을 살았던 집으로 밝혀졌다. 한용운 선생은 이 집에 사는 동안 중앙고등학교 학생들을 가르쳤으며, 백담사에서 집필을 시작한 대표 시 〈님의 침묵〉을 탈고했고, 기미독립선언문 강령을 작성했다. 집의 규모가 줄고 몹시 낡은 데다, 한용운 선생이 거처하시던 곳이라는 사실이 밝혀진 지금도 아무런 표지석조차 없다.

◎ **석정골 보름우물**^{계동 25-1}

유심사 터 바로 앞에 있는 이 우물은, 우물물이 15일 동안은 맑고 또 15일 동안은 흐려져 '보름우물'로 불렸단다. 물이 차고 맛이 좋아 궁에서도 길어갔으며, 이 물을 마시면 아들을 낳는다는 속설도 있었다고 한다.

중국인 신부인 주문모가 1794년 12월 17일에 압록강을 건너와, 계동의 신도인 역관 최인길 마티아 집과 여신도 회장이었던 순교자 강완숙 골롬바의 집에 숨어 살면서, 이 우물물로 영세를 주었다. 천주교 박해 당시 많은 순교자가 발생하자 갑자기 물맛이 써져 한동안 사용되지 않았다는 이야기도 전해 내려오고 있다. 김대건 신부 역시 이곳에서 도피 생활을 하며 이 우물물을 마셨다니, 천주교와의 인연이 각별한 우물이다.

　북촌에는 보름우물 외에도 물맛과 역사적 사건으로 유명한 우물이 많았다. 궁에서 군인을 보내 지키게 했다는 '복정우물'은 코리아다이어트단식원 입구에 있었고, 종친부 터 우물은 국군서울지구병원 서쪽 북촌길 입구에 있었다고 한다. 보름우물은 1987년에 복원하여 표지석을 세웠지만 쓰레기를 버리는 이도 많은 버려진 우물 신세고, 복정우물은 표지석으로만 남아 있으며, 종친부 터 우물은 그나마 아무런 표지석 조차 없다.

◎ **한국옻칠연구소 칠원**계동 25, 02-764-5775, www.ott.or.kr

　옻 관련 유물 300여 점, 국내 작가 공예 작품 200여 점, 옻칠화 30여 점이 전시되어 있고, 옻칠 회화전 등이 열리는 아름다운 한옥 공간이다. 문패 만들기 등의 일일 공방 체험에서부터 옻칠화 고급 과정까지 다양한 교육을 받을 수 있고, 옻칠 문화 답사도 갈 수 있다. 연필, 종이칼, 합죽선, 유골함 등 옻칠이 얼마나 많은 곳에 응용되는지를 확인할 수 있고, 옻공예품, 옻차, 옻한과도 살 수 있다.

　보름우물 골목으로 들어가면 왼쪽에 바로 나타난다. 여기서 더 올라가다 왼쪽으로 꺾어 막다른 골목집에는 '임화숙 한지공예관' 간판이 걸려 있다. 대문 앞 꾸밈에도 정성을 기울였다.

주택 한복판에 있으며, 계단 높이 올라야 나타나는 대승사는 왠지 일본 절의 느낌이 나는 곳이다.
아담하고 정갈하며 또한 조용한 분위기가 감돈다.

◎ **대승사** 계동 15-14, 02-747-5589

오래된 한옥 나무 기둥 하나 버리지 않고 새 나무를 덧대어 보강한 흔적이 역력하지만, 묘하게도 일본 절의 느낌이 나는 곳이다. 주택가 한복판에 있으며, 계단 높이 올라야 나타나는 것하며, 현판과 주련이 모두 검은 나무판에 흰 글씨라거나, 아담하고 정갈하며 또한 조용한 분위기 때문이기도 할 것이다. 대청 유리문에 새겨진 대나무와 매화 그림은 어릴 때 살던 한옥 유리창 문양을 떠올리게 하고, 붉은 흙담과 감나무, 마당의 돌까지 어염집 치고는 꽤 큰 편이다.

친절한 보살님 설명에 의하면, 문대사 집으로 불리던 한옥에 사시던 분들이 방이 많은 이 큰 집을 팔고 강남으로 이사 가, 이제는 학승 학담 스님이 14년째 주재하시는 조계종 사찰이 된 것이다. 스님은 '큰수레출판사'를 통해 불서도 많이 내시는 분이라 학자와 시인, 소설가가 이 절을 많이 찾는다. 감나무 아래에서 쉬었다 가도 나무라지 않으니, 북촌 탐방 길에 꼭 들러보길 권한다.

계동길의 갤러리들 • • •

• 그림창고
계동 77-1, 02-765-4556

저예산 갤러리라는 기치대로 신진작가, 학생,
장애인 등의 그림을 전시하고 판매한다. 중국
어 회화 공부도 할 수 있다는 안내문이 늘 붙
어 있다.

• 지노공간
계동 2-50, 070-8112-3565, www. zeeno.net

대승사 맞은편 골목에 있는 'ㄷ'자형 한옥 갤
러리로, 돌 조각가 최진호의 작업 공간이자
젊은 작가의 작품을 전시한다.

• 서울림 갤러리
계동 2-46, 02-744-5679

현대 회화, 사진, 도자기 등을 전시 및 판매하
는 곳이다.

• 디아 갤러리
계동 7, 02-742-6030

한옥 외벽과 대문에까지 휴대폰을 붙여놓아
쉽게 눈에 띄는 갤러리다. Digital Analog
Gallery란 이름은 3대에 걸쳐 67년 동안 살던
한옥을 그대로 활용한 곳에서, 디지털 설치
미술을 주로 선보이기 때문이라고 한다.

◎ 계동길

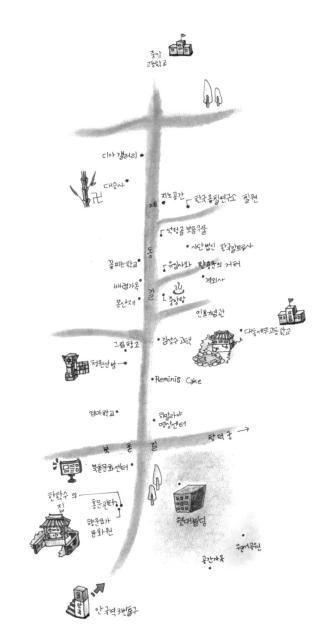

003; 고풍스러운 한옥의 멋에 취하는 길

재동길과 가회로

3호선 안국역 2번 출구 건너편에 있는 헌법재판소부터 4차선 도로가 반듯하게 이어지는 언덕 꼭대기 감사원까지, 그리고 다시 감사원에서 언덕을 내려가 삼청동길과 만나는 지점까지의 재동길과 가회로는 북촌의 메인 스트리트라 할 수 있다. 안국역에서 재동초등학교 사거리까지는 재동길, 그 이후부터는 '기쁘고 즐거운 모임'이란 뜻을 가진 가회로嘉會路라 한다. 예전에는 두 길을 통틀어 독곡로라 불렀다. 1995년 1월 27일, 조선 초대 한성판윤 독곡獨谷 성석인成石璘의 집터 부근을 지난다 해서 그리 지어졌다.

헌법재판소와 감사원 같은 큰 기관 때문인지 1999년에 길을 넓히게 되었는데, 북촌길이나 율곡로와 마찬가지로 차를 위한 아스팔트 도로를 닦은 것을 반대하는 이들이 많았다. 지금도 통행량이 많지 않고, 누가 보아도 북촌스럽지 않은 길을 냈다는 생각이 든다. 그나마 한옥과 잘 어울리는 우리 전통 소나무 가로수를 심은 게 다행이라면 다행이다. 길을 넓힐 당시 사단법인 '종로북촌가꾸기' 회장이었던 이형술 씨가 안면도에서 200여 그루를 옮겨와 심었다고 한다.

최근 서울 도심에 노송이 많이 심어지고 있는데, 그럼 이 소나무가 떠난 안면도나 강원도 산골 풍경은 어찌되었으며, 제 터에서 맘껏 가지 뻗고 살던 소나무가 꼭대기만 남기고 전지된 제 꼴을 어찌 생각할지 걱정이다.

강남 개발이 본격화되기 전인 1960년대까지만 해도 서울에서 첫손꼽히는 고급 주거지의 대명사로 불리었던 만큼, 지금도 가회로엔 큰 규모의 한옥과 양옥이 많이 남아 있다. 1917년의 지적명세서나 1921년의 경성지도에서도 세력가의 대형 필지를 확인할 수 있다. 가회동 1번지는 박영효와 민영휘 등의 공동 소유였고, 가회동 31번지와 계동 105번지 역시 민대식^{민영휘의 아들}의 소유였으며, 가회동 26번지 일대는 당시 한성은행 대주주였던 재력가 한창수의 소유였다.

◎**아름다운 가게 안국점** 재동 110-2, 02-736-0660, www.beautifulstore.org

안국역 2번 출구에서 건너다보면, 한옥을 리모델링한 '아름다운 가게 안국점'과 파라솔과 의자를 내놓은 '아름다운 커피 안국점'을 볼 수 있다. 2002년 10월 재활용의 기치를 내걸고 출범한 아름다운 가게 창립과 함께 문을 연 1호점인 안국점은 엄청난 반향을 불러일으키며,

가회동 3번지 언덕에 서면 원경의 고층 빌딩과
근경의 한옥들이 한눈에 들어온다.

2009년 9월 현재 전국에 103개 매장을 오픈하는 견인차 역할을 했다.

별궁길 초입에 있던 안국점은 2008년 6월에 현재의 한옥으로 이사 왔다. 1호점답게 기업과 단체의 기부 행사가 대부분 이곳에서 열려, 헌 물건이 아니라 재고였던 새 상품을 싸게 살 수 있다. 토요일에 행사가 많이 열리고, 크리스마스 케이크처럼 빨리 매진되는 게 많으므로, 홈페이지를 수시로 확인하다가 매장 문을 열자마자 달려가야 한다.

아름다운 커피 안국점에서는 유기농 커피와 과일주스, 장애인 자활단체에서 만든 쿠키와 빵을 구입할 수 있다. 안국역 부근에서 만날 일 있으면 이곳을 약속 장소로 정해 저개발국가 커피 농부를 도우면 좋겠다. 별궁길에는 아름다운 가게의 본부 사무실인 '그림담집'이, 가회로에는 '아름다운 재단'이 있어, 북촌은 아름다운 가게의 산실이라 할만하다.

◎**츠키지**재동 109, 02-742-2335

북촌에선 보기 드물게 인테리어가 고급스런 일식집이다. 녹슨 철판으로 마감한 외관과 일본 냄새 물씬 풍기는 '츠키지'라는 레터링, 발레파킹을 해주는 아저씨가 계신 초소까지, 강남에나 어울리지 싶었는데 과연 도곡동에 1호점이 있단다. 유명세에다 인테리어에 공을 들인 만큼 음식 값이 만만치 않다. 차려내는 모양새나 서빙하는 청년들 옷차림도 예쁘고 깔끔하지만 돈 생각 않고 배불리 먹겠다는 생각은 접어야 한다. 정식류가 1만3천 원에서 3만5천 원 수준으로 별도 세금이 붙는다. 지저분한 식당엔 차마 가고 싶지 않은 비 오는 날 오후, 홀로 호사를 누리고 싶을 때 들르면 좋다.

◎ **서울무형문화재 기능보존회**_{재동 53-1, 02-747-0303, www.seoulmaster.co.kr}

무형문화재 기능 보유자들이 침선, 매듭, 자수, 민화, 전통주, 나전장 등을 만드는 법을 시연하며, 매달 주제와 종목을 달리하여 이들이 만든 명품도 전시한다. 일반인도 체험은 물론 교육도 받을 수 있도록 배려한 작은 한옥 공간으로, 작품 판매처는 인사동에 있다. 헌법재판소 건너편 '돌절구떡집' 우측 골목으로 들어가면 된다.

헌법재판소와 그 터의 역사 •••

• 헌법재판소
가회로 15, 혹은 재동 83, 02-708-3456, www.ccourt.go.kr

왜 북촌에 헌법재판소를 두었느냐, 더구나 북촌 초입에 권위적인 건물을 들이다니, 헌법재판소가 이렇게까지 클 필요가 있느냐, 대법원에서 그 기능을 맡으면 된다는 등 불만이 적지 않다. 몇 년 전 헌법재판소가 주변 건물을 매입해 도서관을 짓는다고 하자, 인근 주민들이 '헌법재판소가 이사 가면 된다'는 현수막을 내걸었다. 이면 사정을 모른다 해도, 헌법재판소 터가 북촌에서도 역사가 가장 많이 중첩되어 있는 중요한 자리라는 사실을 알게 되면, 주민의 항의에 심정적으로나마 동조할 수밖에 없다.

헌법재판소라는 이름이 주는 중압감, 희고 딱딱한 돌 건물이 주는 차가운 인상, 흰 돌담의 구획 의지 선언, 초입의 수위실, 그리고 각종 시위로 언론에 오르내리는 현실 등으로 인해, 일반인은 헌법재판소 안으로 들어갈 생각을 좀처럼 하지 못한다. 그러나 수위실 아저씨에게 재동 백송을 보러왔다고 하면 쉽게 통과할 수 있다. 또한 인터넷으로 견학 신청을 하면 설명과 함께 대심판정 등을 둘러보고 사진도 찍을 수 있다.

나는 종종 재동 백송이 있는 작은 동산에서 음료수를 마시며, 도심 한복판에 있다는 사실을 잊곤 한다. 경복중고등학교를 다녔던 사촌 오빠가 통의동에서 하숙했던 시절, 통의동 백송이 있던 곳에서의 즐거운 추억이 있어서 그런지, 재동 백송이 친근하게 느껴진다. 1993년 7월의 태풍으로 우리나라에서 가장 큰 백송이었다는 통의동 백송이 죽은 후, 한국에서 가장 큰 백송의 지위를 물려받은 재동 백송을 이렇게나마 찾아와주는 것이, 재동 백송은 물론이고 이곳에 살았던 역사 속 인물들에게도 위안이 될 거라고 생각한다.

• 재동 백송

헌법재판소 건물 오른쪽 뒤편에 있는 백송이 천연기념물 8호인 그 유명한 재동 백송이다. 멀리서 보면 두 그루로 보이지만 한 뿌리에서 자란 높이 15미터, 서쪽 가지가 8미터나 되는 수령 600년이 넘은 거목이다. 적송, 흑송과 달리 소나무 껍질이 큰 비늘처럼 벗겨지면서 흰빛이 도는 백송은 흔치 않다는데, 재동 백송은 현재 조계사 경내의 백송과 함께 서울 한복판에서 자라는 귀한 나무다.

조계사 백송이 북적거리는 인파 속에서 몸을 꼬고 있는 것과 달리, 재동 백송은 정자와 벤치를 둔 작은 동산까지 거느리고 있다. 비록 번개를 맞는 등 고사 위기를 여러 번 넘겼고, 지금은 철제 빔의 부축까지 받고 있지만, 백송과 어울리도록 철 기둥에 흰 반점을 그려넣은 정성을 백송도 알고 있으리라. 이 동산은 뒤편의 윤보선 가옥과 돌담 하나를 사이에 두고 있다.

백송은 가꾸는 이의 부침에 따라 껍질이 하얘졌다 덜해졌다 한다는 속설이 있다. 풍양 조씨

세력이 쟁쟁했던 헌종, 철종 때, 그리고 철종이 병으로 누워 죽음을 기다리던 때에 특히 하얘졌다고 한다. 흥선대원군이 자신의 아들을 고종으로 즉위시키기 위해 은밀한 계획을 세운 곳이 재동 백송이 지켜보는 조 대비 친정집 사랑채였고, 이 무렵 백송 밑동이 유별나게 희어 흥선 대원군은 계획이 성공할 것이라 확신했다고 한다.

• 조 대비 친정 집터

한성부 판윤을 비롯하여 병조, 이조, 공조판서를 역임한 조상격, 구황작물인 고구마의 종자를 대마도에서 구입 재배한 조엄을 비롯하여, 7대에 걸쳐 이조판서를 배출한 풍양 조씨 가문의 집터로, 신정황후 조 대비의 친정집이 있던 곳이다.

신정왕후 조 대비는 안동 김씨가 세도를 누리는 것을 못마땅해했다. 조 대비는 친정 사람들이 세력을 잡을 수 있도록 도와줄 사람을 찾던 중, 자신의 집안에 자주 드나들던 흥선대원군 이하응과 인연을 맺게 된다. 1863년 이하응의 둘째 아들 명복으로 하여금 왕위를 잇도록 했으니 그가 26대 고종이며, 조 대비는 고종 3년까지 수렴청정^{垂簾聽政}을 했다.

• 박규수 집터

백송 앞에는 박규수 집터 표지석이 있는데, 환재^{瓛齋} 박규수^{朴珪壽}의 집이 백송 서북쪽에 있었기 때문이다. 집 위치에 대해 민족주의사학자 문일평은 "경성여고보 제2기숙사는 옛날 유명한 박정승의 집터이다. 그 뜰에 있는 백송은 수

령이 600년쯤 된 조선에 드문 진목珍木으로 본
디 박정승집 중사랑 뜰에 있던 것이다"라고 기
록해놓았다. 젊은 시절에는 계산桂山, 즉 제동 언덕
에 있던 할아버지 연암 박지원의 집에 살았으
나, 1869년 4월 평안감사에서 한성판윤으로
영전되어 서울로 올라온 이후부터 이 재동 집
에서 살다 생을 마친 것으로 추측된다.

할아버지의 실학사상을 계승한 박규수는 대원
군의 집권에 결정적 역할을 한 조 대비의 친정
親政과 쇄국정책을 반대했던 인물로 1870년대
전반, 개화파의 스승으로 불리었다. 대원군에
게 개국을 주장하다 뜻을 이루지 못하자 영의
정까지 올랐던 관직에서 물러나, 그의 사랑방
에서 북촌 일대의 양반 엘리트들을 모아 개화
사상을 가르쳤기 때문이다.

박규수의 사랑방에 모인 이들로는 오경석, 유
대치 등의 실학파 학자와 김옥균, 박영효, 서광
범, 홍영식, 서광범, 박영교, 서재필과 같은 청
년 관료들이 꼽힌다. 이 중 철종의 사위인 박영
효만이 인사동에 집현재의 경인미술관이 있었고, 나
머지는 모두 북촌에 살았다. 이들은 박규수의
사랑방에서 《연암집》 등을 읽으며 평등사상을
공부했고, 서양의 정치·경제·역사·지리·풍
속 등을 소개한 중국의 신서新書들을 읽으며 개
화사상을 발전시켰다. 북촌의 근대사가 박규
수에게서 시작한다는 것은 이런 연유에서다.

이완용의 서형庶兄, 서모에게서 난 형이자 대원군의 사
위인 군부대신 이윤용이 한때 이 집과 홍영식
의 집을 소유했었다. 조선 후기의 북촌 역사와
터를 조사하다보면 이처럼 이야기가 끝없이
이어진다.

• 민영익의 집터외아문 터

헌법재판소 건물 자리에는 1880년대 전반 조
선의 개화정책의 주요 거점 중 하나였던 외아
문外衙門이 있었다. 1881년 1월 개화 사무, 즉 근
대적인 외교통상 업무를 담당할 특별 부서로
통리기무아문이 설치되었고, 이어 내아문과
외아문으로 나뉘어졌다. 이때 외아문은 민영
익의 집이 있던 자리에 설치되었다. 민영익은
민비의 조카로, 고종과 민비가 주도한 개화정
책의 선두이면서 민씨 족벌이 속한 기득권 수
구세력의 대표였다.

• 홍영식의 집터제중원 터

외아문 북쪽 두번째 집은 스승 박규수와 담을
마주하며 살았던 홍영식洪英植의 집이었다.
1869년경부터 박규수의 지도를 받으며 개화사
상을 받아들인 홍영식은, 우리나라에 우편제
도를 도입한 인물로 기록된다. 그는 갑신정변
이 실패하면서 청나라 군사에게 살해되었다.
이후 홍영식의 폐가는 미국 북 장로회 의료 선
교사로 입국한 알렌에게 제공되어 1885년 4
월, 우리나라 최초의 근대식 병원인 광혜원이
설립되었다. 알렌은 갑신정변 때 중상을 입은
민영익을 치료해 준 공로로 조선 정부로부터
병원 수리비와 경상비 일체를 지원받았다. 광
혜원은 일주일 뒤 제중원으로 이름이 바뀌었
고, 40개 병상으로는 자리가 좁아 1886년 가
을, 구리개지금의 을지로 2가 외환은행 본집 동편로 옮겨갔
다. 헌법재판소를 들어서자마자 건물 약간 오
른편에 제중원 터라는 문화유적지 표지석이
있는데, 실제로는 재동 백송 북쪽으로 옮겨야

1. 헌법재판소 건물 오른쪽 뒤편에 있는 천연기념물 8호인 재동 백송. 백송은 가꾸는 이의 부침에 따라 껍질이
히얘졌다 덜해졌다 한다는 속설이 있다. 2. 홍영식의 집에서 광혜원으로 바뀐 당시 모습. 3. 경성여자고등보통
학교의 모습.

맞다고 한다.

•이상재 집터
헌법재판소 구내 동북쪽, 지하 주차장 입구는 일제하 황성기독교청년회[YMCA] 교육부 총무와 교육부장, 조선일보 사장, 신간회 초대회장 등을 역임한 사회운동가 월남 이상재[月南 李商在 1850~1927] 선생이 병사한 셋집 자리이다. 집터 표지석은 가회동주민센터 앞에 있어, 문화유적지 표지석의 잘못된 위치 사례로 거론되곤 한다.

•최린의 집터
헌법재판소 구내 동북쪽 60평 땅에는 3·1운동 당시 보성고보 교장이었던 천도교계의 중진 최린[1878~1958]의 집이 있었다. 보성학교 출신인 송계백이 방문하여 재일 유학생의 움직임을 보고한 것을 계기로 최린, 현상윤, 송진우, 최남선 등이 이 집에서 모여 3·1운동의 초기 조직화를 도모했다. 그러나 이후 최린은 친일파로 돌변했고, 파리에 머물 때 화가 나혜석과 스캔들을 일으켰다. 해방 후 '반민족 행위 처벌에 관한 특별법'에 의해 노덕술, 김태식 등의 친일 경찰과 함께 최남선, 이광수, 최린 등이 구속되었다. 그러나 이승만과 친일파의 방해로 1949년 8월에 반민특위 해체 안이 국회를 통과하면서, 반민특위는 특별한 성과를 남기지 못하고 해산되고 말았다.

•경기여자고등학교 터
1908년 4월 순종의 칙령에 따라 지금의 종로구 도렴동에 세워진 우리나라 최초의 관립 여자 중등학교인 한성고등여학교가 1908년 8월, 외아문 청사를 포함한 자리에 목조 2층 건물을 세워 이전하였다. 경성여자고등보통학교에서 다시 경기고등여학교로 이름이 바뀌는 동안 현재의 종로경찰서 자리로 옮겨가기도 했었다.

1945년 9월 6~8일, 미군의 진주에 앞서 여운형과 박헌영 등의 좌익 세력이 이 경기여고 강당에서 전국 인민 대표자 대회를 개최하고 인민공화국의 수립을 선포했다. 이 대회 직후인 10월에 경기여고는 정동 1번지에 있던 일본인 여학교 자리로 이사했다. 1949년부터 창덕여고가 2층 벽돌 건물을 쓰다 1989년 방이동으로 이전했고, 1993년 6월에 헌법재판소가 청사를 신축해 들어왔다.

◎ **최승희 집터** 재동 46-8번지

한정식집 '한뫼촌'이 자리한 곳은 월북 무용가 최승희崔承喜가 자란 집터이다. 광복 이전 한국 무용계를 주도했던 최승희는 전통 한국 무용에 서구적 기법을 도입한 창작 무용으로 서구에까지 알려졌다. 시인 김영랑이 스무 살 무렵에 여고 4학년이었던 최승희와 결혼하려고 할 만큼 사랑했었다는 이야기나 최승희에 관한 글, 사진, 드라마 등을 보고 있노라면 그냥 남쪽에 남았다면 더 예쁜 꽃을 피울 수 있지 않았을까 하는 생각이 든다. 최승희마저 북촌에 살았다니, 조선시대에서 현대까지의 주요 인물 중 북촌에 살지 않은 이를 찾는 게 더 빠르지 않을까.

◎ **종가** 재동 27-1, 02-764-7303

탤런트 이정섭 씨가 운영하는 음식점으로 유명세를 많이 탔다. 400년 종가 종손으로 어릴 때부터 요리에 관심이 많았다는 이정섭 씨는 궁중요리와 서울반가음식을 조합한 요리를 낸다고 한다. 서울 음식은 원재료의 맛을 살려 담백하고 개운하다 못해 밋밋하며, 가지 수도 많지 않다는데, 그래서인지 가격은 비싼데 맛은 잘 모르겠다는 이야기를 더러 듣는다. 서너 번 가본 나 역시 재료와 정성은 어떨지 몰라도 맛은 잘 모르겠다. 족편과 너비아니로 자랑스러운 한국 음식점에 꼽힌 종가는 재동에서만 20년이니 미각이 둔한 나를 탓해야 할지도 모르겠다.

◎손병희 집터 가회동 170-12

독립운동가이자 천도교 지도자 손병희孫秉熙 선생의 집은 3·1운동 거사 전날인 2월 28일, 민족대표 33인 가운데 23인이 안면을 익히고 독립선언식의 절차를 협의하기 위해 최종 모임을 가졌던 곳으로 유명하다. 이 회합에서 공개적 장소인 탑골공원에서의 독립선언식이 가져올 만일의 사태를 우려하여, 거사 장소를 인사동의 명월관 분관인 태화관일제의 강제 합병 당시 매국노 이완용이 살다가 2가 이사 간 후 명월관 분관이 되었다으로 급작스레 변경함으로써, 거사 일정에 혼선을 초래했다고 한다.

손병희 선생의 집은 800평이 넘는 대저택으로 현재의 북촌 미술관 빌딩, 음식점 궁연, 그리고 그 뒤편의 민가 몇 채까지 아우를 정도였는데 1915년 민간인 최초로 캐딜락을 몰았을 만큼 부유했다고 한다. 집터 표지석은 '북촌미술관' 앞에 있다.

◎백인제 가옥 서울시 민속자료 제22호, 가회동 93-1

건평 47평, 대지 737평 규모의 조선 상류층의 대표 한옥이다. 1874년 4월에1906년이라는 조사도 있다 고종의 사촌이며 이완용의 조카로 한성 은행장 중역이었던 친일파의 거두 한상룡이 압록강 흑송을 가져다 지어 1926년까지 살았다. 높은 대지 위에 솟을대문과 행랑채가 있고, 행랑 마당으로 들어서면 높은 기둥으로 인해 일부 2층으로 된 안채를 비롯해 사랑채, 별당 등이 있다. 사랑채 뒷벽에서 안마당 쪽으로 태극 문양과 완자무늬불교를 나타내는 표시를 넣은 담 꾸밈이 아름답기로 유명한

위는 서울시 민속자료 제22호인 백인제 가옥. 아래는 북촌법률사무소.

집이다.

1977년, 문화재 지정 당시 백인제白麟濟, 백병원을 설립한 당대 최고 의사로 한국전쟁 때 납북되었다 선생의 소유였기에 백인제 가옥으로 불린다. 홀로 사시던 할머니마저 떠난 빈 집이라는 이야기를 들어서인지, 흑송에 켜켜이 앉은 먼지가 더 눈에 띄는 아름다운 고옥이다. 일반인에게는 개방하지 않는다.

◎ 가회동 한씨 가옥 서울시 민속자료 제14호, 가회동 178

1977년 문화재 지정 당시 산업은행이 관리하던 집이어서 '산업은행 관리 가옥'으로 불리었다. 백인제 가옥을 지었던 한상룡이 1928년에 이사 와 1946년까지 살았다는 대지 591평, 건평 111.27평의 저택이다. 고종 황제의 5촌 조카 이규용의 집을 사들인 한상룡이 사대부의 집을 기본으로 서양과 일본의 양식을 가미해 수리했다고 한다.

골목 하나를 사이에 두고 거부 박흥식의 옛집이, 가회로 건너편에는 손병희의 저택과 백인제 가옥이 있었으니 이 일대는 대저택의 경연장 같았겠다. 조선시대에는 물론 이보다 더 큰 집이 있었다. 한씨 가옥이 있는 178번지와 건너편 박흥식의 가옥이 있는 177번지 일대는 영조와 문숙의 소생인 화길옹주를 능성위 구문화에게 하가시키면서, 부마가 살게 했던 능성위궁이 바로 그것이다. 연강학술재단에서 관리하고 있는 한씨 가옥은 조선시대 양반가 체험관으로 활용하자는 이야기가 있었는데, 높은 시멘트 담벼락 너머 이후 소식이 전해지지 않는다. 이곳 역시 일반에게는 개방되지 않는다.

◎ **북촌법률사무소** 가회동 177-10, 02-3676-8822, www.park-int.co.kr

북촌과 법률사무소라니 어울리지 않는 조합인 듯하다. 박경재 변호사가 대표로 있는 2층 양옥 사무소는 담을 없앴고, 기와로 벽을 장식했으며, 마당에 석등을 놓는 등, 북촌 분위기에 어울리도록 신경을 많이 썼다. 그래서인지 드라마 〈솔약국집 아들들〉의 법률사무소 외관으로 등장했다.

이 사무실 잔디 마당에 파라솔과 테이블을 내놓은 한옥은 '장명숙 갤러리' 겸 카페다. 중국 고가구와 커피, 의상 디자이너 장명숙의 옷을 파는 곳이다. 15일 주기로 바뀌는 쇼윈도의 러플 달린 의상과 그에 맞춘 소품은 아이디어와 색채 감각이 빼어나, 오가다 자주 카메라 셔터를 누르게 된다.

갤러리 뒤편 골목에는 서예가이자 문인 화가인 소석 구지회의 한옥 작업실 겸 갤러리인 '일여헌'一餘軒이 있다. '소석화실'이란 팻말이 달려 있는데 그림과 도자기, 다도를 감상하고 배울 수 있는 곳이기도 하다.

◎ **박흥식의 옛집** 가회동 177-1

'북촌법률사무소' 골목으로 들어서면, 사방에 경보기가 달려 있는 높은 담과 무성한 나무에 둘러싸인, 615평 대지에 건평 149평의 2

층 저택이 나타난다. 현대그룹 고 정주영 회장의 계동 집으로 알려진 곳이다. "부지런하고 검소한 정주영 회장은 가회동 자택에서 계동 현대 빌딩까지 걸어다닌다"는 주간지 기사를 본 적이 있는데, 이 집에서 현대 빌딩까지는 아무리 천천히 걸어도 5분 이내 거리고, 좁은 골목 때문에 커다란 승용차를 대기시키는 것도 힘들었을 테니, 그 기사는 과잉 아부를 했던 것 같다.

이 집은 조선 제일의 부자였으며 해방 후엔 '화신백화점'과 '신신백화점'을 열었던 기업인 박흥식朴興植의 집이었다. 박흥식은 명당을 두루 물색하다 북촌을 찾아 거금을 주고 이 터를 매입했다고 한다. 1973년, 화신산업 부도로 몰락한 박흥식이 사망하자 경매로 나온 집을 무역업을 하는 박모 씨가 샀고, 그는 2000년 2월에 정주영 현대 명예회장에게 넘겼다. 자서전 《시련은 있어도 실패는 없다》에서 "내가 나중에 부자가 되면 저 집을 꼭 산다"고 결심했던 정주영은 풍수지리가의 권유 등에 힘입어, 당시 55억 원에 이 집을 샀다. 그러나 아들 정몽구와 정몽헌의 소위 '왕자의 난'이 나면서 정주영 회장은 42년간 살던 청운동 집으로 돌아갔고, 일년 뒤인 2001년 3월 21일 눈을 감았다.

2001년 9월 부동산업자의 손으로 넘어간 이 집은, 한보그룹 회장을 지낸 정태수 씨가 2003년 10월부터 2년 가량 전세를 살면서 다시 매스컴을 탔다. 갚아야 할 세금이 엄청났던 정태수 씨가 어떻게 전세금 10억 원이 넘는 집에 사느냐 해서 말이 많았고, 이 큰 집 전경을 담느라 기자들이 꽤 고생했다. 정원수 전지할 때 들여다본 집은 햇살이 가득했고, 뜰이 워낙 넓어 집은 그리 커 보이지 않았다.

화신의 부도, 현대의 왕자의 난, 한보의 재기 불가를 지켜본 이 집의 역사를 자세히 알아본 건, 조선시대까지 거슬러 가지 않아도 유명인사의 들고남이 현재 진행형인 북촌에선, 야사가 정사 못지않게 풍부하고 재미있어서다. 아침에 눈 뜨면 이 집이 내려다보이고, 성당을 오갈 때도 이 집앞을 지나야 하는 것도 연이라면 연이다.

돈미약국 골목으로 들어가면 만날 수 있는 곳 • • •

• Doo Roo
가회동 64-1, 02-744-7554

가회로에 들어선 커피 전문점 중에서 실내외 장식에 가장 신경을 많이 쓴 곳인 것 같다. 한문 명문이 있는 높은 천장을 그대로 살렸고, 커피콩을 담는 거친 포대로 벽을 마감했다. 외부는 검은 칠을 한 나무를 대어 시골 역사 같은 분위기가 난다. 입구에 커피콩을 가는 커다란 기계를 두었다.

• 대장장이 화덕피자집
가회동 62-1, 02-765-4298

얇은 도우에 루꼴라, 고르곤졸라 치즈, 바실, 오레가노를 토핑하여 이탈리아에서 직수입했다는 황토 화덕에 피자를 구워주는 집이다. 한 판이면 둘이 배불리, 맛나게 먹을 수 있다는데 두꺼운 피자 한 판도 혼자 거뜬히 해치울 만큼 피자를 좋아하는 나는 둘이서 나눠 먹기는 싫다. 북촌 상점들의 트렌드는 고풍스러운 분위기를 내는 것인데, 이 집 또한 그런 인테리어로 블로거들의 관심 대상으로 떠올랐다.

• 한국미술사연구소
가회동 30-10, 02-3673-3426, blog.naver.com/moonmd0614

1980년에 설립된 단체로, 한국과 아시아의 미술사와 고고학 자료를 체계적으로 조사, 발굴 및 연구한다. 일반인을 대상으로 미술사 강좌를 열며, 〈강좌 미술사〉를 출간하고, 각종 학술대회를 주관하기도 한다. 동국대학교 문명대 명예교수가 소장으로 있으며, 부설기관으로 한국불교미술사학회를 두고 있다.

• 한옥문화원

가회동 52, 02-741-7441, www.hanok.org

목수 신영훈. 그가 원장으로 있는 한옥문화원은 한옥의 아름다움을 알리고 제대로 된 한옥 짓기를 가르치는 곳이며, 이의 연구와 보급을 위해 〈한옥 문화韓屋文化〉를 발행하는 곳이다. 1999년 9월부터 일반인을 대상으로 강의를 시작했고 2000년 3월에 한옥문화원을 설립하여 체계적인 교육을 하고 있다.

홈페이지를 방문하면 신영훈 원장의 한옥 관련 글을 읽을 수 있는 것은 물론, 우리시대 최고의 도편수大木匠이라고도 부르는 도편수는 궁궐과 한옥을 짓는 목수 중 우두머리를 이른다 조희환 선생과 전통 문화재와 한옥 사진을 많이 남긴 김대벽 선생의 추모 사이트에도 들어가볼 수 있다. 두 분 다 신영훈 선생과 함께했던 우리 건축의 문화 지킴이셨다.

2층 양옥을 한옥 분위기로 단장한 문화원 건물 자체도 감탄을 자아내거니와, 2층 베란다에서 바라보는 북촌 풍경은 친절한 연구원 말대로 북촌 8경 중 하나로 꼽을 만하다. 갑작스런 방문에도 불구하고 시간 내주기를 마다하지 않은 착한 연구원은 이 풍경과 건물 때문에 문화원 출근이 즐겁단다. 무료 강연도 많다면서, 북촌에 사는 동안 이런저런 강의를 들어두면 좋을 거라고 응원해주었다.

• 금강대도 서울 본원

가회동 31-122, cafe.daum.net/JADESTONE

1874년 이상필李尙弼에 의해 창도된 신종교로, 충남 연기군 금남면 금천리에 있는 금강대도

교단의 서울 본원이다. 멀리서도 눈에 띄는 큰 한옥과 정원, 배롱나무 붉은 꽃이 담을 넘는 운치 있는 풍경을 만날 수 있는 곳이다.

• 우리빛깔 공방

가회동 31-69, 02-730-3044

전통 규방 공예를 되살리는 바느질 공방이다. 복식에서부터 생활소품에 이르기까지 많은 작품을 만들고 전시 및 교육도 한다. 금강대도 서울 본원과 붙어 있다.

• 가회동 31번지

돈미약국 골목으로 들어가면 북촌 한옥마을을 소개하는 사진에 항상 등장하는 한옥촌을 볼 수 있다. 경사진 골목 세 개를 촘촘하게 채운 이 한옥촌에 들어서면 너나없이 감탄사를 내지른다. 기와집이 문무백관처럼 도열한 풍경'이라는 수사는 지나치지만, 서울 한복판에 이만한 곳이 또 어디 있겠나.

31번지에서 가장 유명한 한옥은 '무무헌無無軒'이다. 대지 50여 평, 건축 20평의 아담한 개인 주택으로 건축가 황두진이 설계하고 김길성 대목이 시공했다. 마당을 중심으로 'ㄷ'자 형태를 이룬 전형적인 도시형 한옥으로, 전통의 멋과 현대 설비를 갖춘 이상적인 살림집으로 알려져, 북촌 건축 기행 시 반드시 들르게 되는 곳이다.

그 외 가회동 일대 리모델링 한옥 중 외관도 이름도 아름다운 집으로는 능소헌凌宵軒, 가회정嘉會亭, 삼호당三乎堂, 평행재平衡齋, 현우재玄愚齋, 소담헌素淡軒, 심심헌尋心軒 등이 꼽힌다. 북촌

에 살려면 좋은 한옥 고르는 안목 못지않게 이름 짓는 공부도 해야 함을 알 수 있다. 지금 당장 평당 3천만 원에 육박하는 한옥을 살 형편이 안 된다면, 고문서를 뒤져 멋진 이름부터 선점해놓을 일이다. 지금 사는 연립주택에 당호라도 붙여놓고 밤낮 소원하면 언젠가 한옥에 살 날이 오지 않을까.

31번지에 들어서면, 나는 한옥만으로 배경을 채울 수 있는 아래쪽 포토 스팟보다, 고층빌딩 원경과 한옥 근경이 함께 담기는 언덕 위를 더 좋아한다. 북촌 한옥마을의 운명과 현재와 미래를 말해주는 것 같아서이다.

이 한옥 풍경을 자랑하기 위해 집은 물론 도로 정비에도 꽤 돈을 쏟아 부었다. 황톳길 흉내를 내려 했는지 불그죽죽하게 도색했다가 여기저기 벗겨져 피부병 환자처럼 보이자, 다시 뒤집어엎고 또 뭔가를 바르는 등, 북촌에 살면서 도로를 파헤쳐 불편을 겪은 게 한두 번이 아니다. 북촌 골목만큼은 흙을 다져 맨발로 걷고 싶은 길을 만들면 안 될까?

도로 포장 이야기가 나와 덧붙이자면, 그 좁은 인사동 길에 물길 내고 돌 벤치 놓고 검은 벽돌 깐다고 수십 개월 고생시킨 게 엊그제인

데, 깔자마자 벽돌이 울퉁불퉁 일어나고 깨지는 바람에 원성이 자자했다. 2009년 여름에 또다시 전면 수리에 들어가, 관광객도 상가 주인도 곤욕을 치렀다. 고궁로 정비사업이라면서 율곡로 인도마저 파헤쳐, 인사동 사무실에서 북촌 서향집을 걸어다니는 나는 몇 달을 이리저리 피해 다녀야 했다.

인사동 길과 율곡로 모두 다시 파헤칠 일 없도록 시멘트 바르고 화강석을 까는 거라던데, 정말 다시 파헤치는 일이 없을까? 수도관이나 하수관이 터졌을 때, 시멘트 바른 화강석 깨는 일에는 돈과 인력과 시간이 얼마나 들어갈지. 또한 시멘트를 발랐으니 빗물은 어디로 스며들며, 가로수는 시멘트 독을 견딜 수 있을까? 비싼 화강석은 매끈하긴 하지만, 겨울에 얼면 꽤 위험하다던데.

한국에서 가장 로비 잘하는 건 보도블록 생산업자들이고, 불량 제품 만들어 불성실하게 시공하기 일등도 보도블록 업자들인 것 같다. 그렇지 않고서야 전 국토를 이리 자주 갈아엎을 수 있겠는가. 보도블록이 공중에 달린 게 아니어서 그나마 목숨 부지하고 있다고 위안하며, 오늘도 걷는다마는.

◎아키반 건축도시연구원 가회동 11-38, 02-764-3072, www.sckim.co.kr

예술의 전당, 제주 영화 박물관, 쿠웨이트 주거 신도시, 베이징

경제개발특구 등을 설계한, 한국을 대표하는 건축가이자 명지대 건축학과 교수인 김석철 씨가 원장으로 있는 건축사무소이다. 북촌 가꾸기 사업과 한옥 리모델링이 막 시작되던 2001년 9월, 동숭동 사무실을 접고 가회동 골목에 한옥 두 채를 사서 사무실을 이전했다. 한옥 원형을 살리면서 편리하게 리모델링한 사무실은 많은 화제가 되었다. 세월이 흘러, 그늘 드리운 한옥과 마당의 느낌이 더 좋아졌고, 그래서 나는 대문이 열려 있을 때 이 멋진 공간을 훔쳐보곤 한다. 근래, 아키반은 원서동의 고희동 고택을 헐고 한샘의 박물관을 짓는 문제로 언론에 오르내렸다.

◎ 김형태 가옥 _{서울시 민속자료 제30호, 가회동 16-8}

김형태 가옥은 가회로를 넓히면서 마당이 잘려나가 축대 위의 집이 되었다. 그러나 골목 안으로 들어가보면 꽤 넓은 집임을 알 수 있다. 뾰족하게 치솟은 처마 밑에 양철 홈통을 댔고, 담에 쇠꼬챙이를 얹었으며, 일본 집 정원에서 흔히 볼 수 있는 측백나무, 향나무가 담과 지붕을 내려다볼 만큼 자라 있다. 이 일대는 왕실 종친이며 종부사장宗簿司長을 지낸 이달용李達鎔이 소유한 토지로, 1930년대에 여러 필지로 나뉘었고, 김형태 가옥은 1938년에 지어진 것으로 기록되어 있다. 이 집 사랑채에서 명성황후가 태어났다는 이야기가 있지만, 명성황후는 경기도 여주군 여주읍 능현리에서 태어나 8세^{혹은 16세}까지 생가에서 살다가, 서울로 올라와 안국동 감고당感古堂에서 성장했다는 설이 유력

경사진 골목을 촘촘하게 채운 가회동 31번지 한옥촌에 들어서면, 너나없이 감탄사를
지르른다. 서울 한복판에 이만한 곳이 또 어디 있을까.

하다. 감고당은 덕성여고 본관 서쪽에 있던 집으로 현재는 쌍문동에 있는 덕성여대로 옮겨졌다. 김형태 가옥에선 명성황후의 아버지 민치록이 살았던 것으로 알려져 있다.

◎ **이준구 가옥** 서울시 문화재자료 제2호, 가회동 31-1

1938년경에 지어진 대지 600평, 건평 178평의 2층 양옥 형태의 상류층 가옥이다. 벽에는 개성 송악의 화강암을 벽돌 모양으로 쌓아 격자무늬 창을 내었고, 프랑스제 기와를 가져다 쓴 지붕엔 초록색 박공으로 멋을 부렸다. 윗부분을 아치형으로 꾸민 출입문에다, 측백나무와 향나무와 돌탑과 미니 수영장이 있는 정원 등, 동화 속에 나오는 집 같다. 북촌에서 가장 높은 지대에 위치한 '북촌동양문화박물관'과 담 하나 두고 경계라, 뒤로는 소나무 우거진 언덕이, 앞으로는 가회동 31번지 한옥마을과 저 멀리 도심 빌딩이 내려다보이는 탁월한 전망이 일품이다.

◎ **가회고문서연구소** www.ghcsi.org

역사학자 하영휘 선생이 고문서 수집, 연구, 번역을 위해 2007년 자신의 집을 연구소로 개방하였다. 서강대학교에서 석, 박사 학위를 받고 '태동고전연구소'에서 3년간 연수했으며, '아단문고'에서 17년간 고문서의 조사, 발굴, 수집, 정리, 석문, 번역, 해제 등에 주력해온 하영휘 선생은 초서草書 해독의 일인자로 꼽힌다. 이런 실력을 바탕으로

위는 이준구 가옥의 모습. 벽에는 개성 송악의 화강암을 벽돌 모양으로 쌓아 격자무늬 창을
내었고, 프랑스제 기와를 가져다 쓴 지붕엔 초록색 박공으로 멋을 부렸다. 아래는 북촌동양
문화박물관 뜰의 모습.

사단법인 '우리문화사랑'에서 옛 편지를 주제로 강의하면서, 경남대학교 박물관에 소장된 데라우치 문고의 자료를 번역, 해제한《한마고전총서》, 유학자 조병덕이 쓴 1천7백 통의 편지를 분석한《양반의 사생활》, 서화 감식의 대가 위창 오세창 선생이 정몽주부터 이준 열사까지 1,136명의 글씨를 엮은 책《근묵槿墨》을 번역했으며, '옛 편지 낱말 사전'을 편찬 중이라 한다.

가까운 곳에 이렇게 훌륭한, 북촌과 딱 어울리는 역사학자가 살고 계신지는 최근에서야 알았다. 북촌에 사는 동안 선생이 낸 책을 읽는 것을 노년의 낙으로 삼자, 한복 입고 한옥 대청마루에 앉아 읽으면 폼 나고 잘 읽히겠다는 꿈이 하나 더 늘었다. 소싯적에 태동고전연구소에 지원했다가 첫 문제에 나가떨어진 부끄럽고 쓰라린 기억이 있는 나로서는, 그 어려운 한자를 풀어 해설까지 달아주신 학자가 가까이 계시는데, 그분의 책을 읽지 않으면 태형감이지 않을까.

◎현상윤 집터 가회동 1-192

교육자, 독립운동가인 기당幾堂 현상윤玄相允은 일본 와세다 대학교 사학과를 졸업하고 1918년 중앙학교 교사가 되었다. 민족대표 33인 외에 3·1운동의 계획과 추진에 중요한 역할을 한 열여섯 명 가운데 한 명으로 옥고를 치렀다. 1946년 보성전문학교 교장에 취임했다가 보성전문학교가 고려대학으로 되면서 초대 총장이 되었으나 6·25전쟁 중 납북되었다.

◎ 선음재 ^{가회동 1-75}

한옥 전문 건축가로 알려진 '구가도시건축'의 조정구 소장이 리모델링한 개인 집이다. 마당, 마루, 창호, 다락은 그대로 살려 오래된 집의 정취를 살리면서 지하에는 오디오 룸을 두었고, 마당이 바라다보이는 욕실을 두는 등, 생활의 편의를 잘 살려 건축 리모델링 장려상을 받았다.

◎ 취운정 터 ^{가회동 1}

가회동 1번지 북쪽 모퉁이에서 삼청동으로 넘어가는 백록동에는 '취운정'이라는 정자가 있었다고 전해진다. 감사원 앞에 표지석이 있는데 정확한 위치는 감사원 뒤쪽이란다. 바로 건너편, 한국디지털대학교 교문 앞에는 경기감사 심상훈의 '백록정' 표지석이 있다.

학이 날개를 펴고 날아가는 형상의 길지인 취운정 주변에는 소나무가 무성하고 계곡을 따라 약수와 샘물이 곳곳에서 솟아나 월산대군의 '풍월정', 조선 후기의 문신인 박명원의 '만보정'이, 동쪽 가정동에는 무인의 활터인 '일가정' ^{一可亭, 장충단의 석호정, 마포의 화수정, 자지동의 청룡정, 천연동의 서호정과 함께 꼽히던 활터였다} 등이 있었다 하니, 이제는 가회동 언덕과 삼청공원에서 그저 눈을 감고 상상할 따름이다.

센 머리 주름진 얼굴로 푸른 수풀 아래 앉아
시 읊고 술잔 들며 돌아갈 줄 모른다.

강산은 예전부터 현해玄海로 갈린 것이
우리 풍속 지금도 흰 옷을 사랑하네.

골 안이 깊으니 이름 모를 꽃들 피고 지고,
사람은 한가한데 새들은 누굴 위해 나르나.

이곳의 좋은 수석水石 먼 것도 아닌데,
님의 수레 어이하여 드물게 오시나.

　　을사오적乙巳五賊 처단에 발 벗고 나섰던 이기李沂가 취운정에서 우국지사들과 술과 함께 시로 마음을 달래던 중 지었다는 시 〈운정소작雲亭小酌〉이다. 한겨울에도 여름 과일을 먹을 수 있는 현재의 물질적 풍요는 중세로 치자면 성주나 누릴 수 있는 수준이라지만, 자연 경관에 관한 한 우리는 옛 사람의 호사에 미치지 못하며, 그래서 마음에서 우러나는 좋은 글도 쓸 수 없게 된 게 아닌가 한다.
　　백록정에선 갑신정변의 주역이었던 김옥균, 홍영식, 서광범 등이 자주 모여 토론했다. 또한 우국지사들이 1909년 2월 5일, 취운정 아래 여섯 칸 초가집에서 단군대황조의 신위를 모시고 제천의식을 행하며,

단군교^{후의 대종교}를 공포했다. 손병희, 박동진, 오세창 등의 독립 투사들은 일가정에서 활을 쏘며 심신을 단련했다. 100년 역사의 재동초등학교 교가^{윤석중 작사, 김성태 작곡} 가사에 "취운정 활터에서 힘을 기르고"라는 구절이 있다.

또한 취운정은 구당^{矩堂} 유길준^{兪吉濬}이 7년간 연금된 곳으로도 유명하다. 갑신정변 세력과의 연루 혐의였지만, 실은 수구파로부터 그를 보호하기 위해 포도대장 한규설이 취운정에 연금시켰단다. 조선인으로서 최초로 서구를 여행했던 유길준은 이곳에서 《서유견문록^{西遊見聞}》을 썼다는데, 나도 경치 좋은 곳에 가둬놓으면 좋은 글을 쓸 수 있을까?

◎**감사원**^{가회로. 112, 02-2011-2114, www.bai.go.kr}

'바른 감사, 바른 나라' 라는 기치를 내건 감사원 건물을 볼 때마다 감사원은 누가 감사하나, 감사를 받지 않는다면 바른 감사원이 아니겠네, 하고 삐딱한 생각을 하곤 했다. 재동길의 헌법재판소가 북촌 아래를 떡 막고 있다면, 그와 쌍벽을 이루는 권위적인 설계의 감사원은 가회로의 마지막 언덕에서 북촌을 누르고 있는 형국이다. 1962년 12월에 법적 근거를 마련했고, 1971년 4월부터 산림을 훼손해가며 무려 다섯 개의 건물을 증축해 오늘에 이르렀다.

특히 내가 아쉬워하는 건 본관 건너편에 있던 오래된 우체국을 헐고 3층짜리 제3별관을 들인 것이다. 청마 유치환 선생이 〈행복〉을 쓰신 곳은 통영이 아닌 북촌의 이 작은 우체국이 아닐까 싶을 만큼, 그 시의 분위기와 딱 어울리는 우체국이었는데. 눈이 펑펑 내리는 날, 〈행복〉을 중얼거리며 우체국 안으로 들어가, 주전자를 올려놓은 난로에 언 손을 녹이며, 보낼 곳 없는 처지임에도 우편엽서를 사곤 했는데. 이제 그 시를 떠올릴 수 있는 우체국은 북촌에 한 곳도 남아 있지 않으니, 아날로그 우체국 건물을 헐어 차가운 석조 건물 지하에 가둔 것만으로도 감사원은 감사받아 마땅하렷다.

사랑하는 것은
사랑을 받느니보다 행복하나니라.
오늘도 나는
에메랄드빛 하늘이 환히 내다뵈는
우체국 창문 앞에 와서 너에게 편지를 쓴다.

행길을 향한 문으로 숱한 사람들이
제각기 한 가지씩 생각에 족한 얼굴로 와선
총총히 우표를 사고 전보지를 받고
먼 고향으로 또는 그리운 사람께로
슬프고 즐겁고 다정한 사연들을 보내나니.
　　　　—유치환의 〈행복〉 중에서

◎**삼청공원** 삼청동 산2, 02-731-0320

'서울 어느 구보다 종로에 녹지 공간이 많다, 그래서 종로구민은 맑은 공기를 마시며 산다' 이런 내용의 기사를 본 적이 있다. 경복궁, 창덕궁, 창경궁, 삼청공원을 포함해 계산했기 때문이다.

삼청동 계곡 일대가 공원이 되어야 한다는 논쟁은 1929년부터 시작되어, 1934년 3월에서야 경성부가 조선총독부로부터 임야 5만 평을 빌려 공원의 면모를 갖추었다. 순환 도로, 산책 도로, 정자, 벤치, 풀장 등을 설치해 1940년 3월 12일에 개원하면서 도시계획 공원 제1호로 지정되었다.

북촌의 허파 구실을 하는 삼청공원은 북악산 기슭의 378,440제곱미터 넓이를 자랑한다. 노송을 비롯한 나무들이 빽빽하고, 청계천 상류인 삼청천이 숲을 누빈다. 삼청천은 수량이 풍부하고 갈수기에도 물이 마르지 않으며 수질이 좋기로 유명했다. 화강암 개울 바닥엔 모래가 많아 봄이면 산개구리가 모래 웅덩이에 알을 낳고 각다귀, 날도래, 옆새우, 가재가 놀았다고 한다. 그런 계곡을 서울시에서 이상한 방식으로 생태 복원이란 걸 해놓아, 개체수가 줄거나 다시는 볼 수 없게 된 수서 생물이 많다는 게 환경 단체의 조사 결과다. 모랫바닥을 쓸어낸 자리에 황토를 갖다 붓고, 물길을 계단식으로 막아 못을 만들고, 저지대 습지에서나 자라는 붓꽃, 미나리, 골풀 같은 것을 인위적으로 심어놓았기 때문이란다.

사실 삼청공원뿐만 아니라 남산, 양재천 등 서울시가 손을 댄 숲이나 공원을 걷다보면 왜 이리 인공적으로 만들지 못해 안달 하나 싶다. 자연 그대로의 숲과 천을 깨끗이 관리만 하면 될 텐데 계단을 만들고, 돌을 깔고, 각종 운동 시설을 들여 '옥호정'과 '백련사'가 있었다는 옛날의 삼청동을 상상도 할 수 없게 만든다. 시인 묵객이 찾아 시를 절로 쏟아내던 풍광 그대로라면 더 좋지 않을까. '선유도공원'처럼 무용지물이 된 시설을 활용한다면 몰라도, 새것을 덧바르는 공원은 이제라도 그만두었으면 한다. 그 큰 은행나무를 옮기고 돌을 깔아, 유치원생 학예 발표회 때도 보기 힘든 나비 날개를 진열한 광화문 광장의 우스꽝스러운 모양새가, 현재 우리의 미의식 수준을 말해주고 있지 않은가 말이다.

삼청공원의 세월을 말해주는 것으로는, 인조 때 서예가 김경문의 휘호로 알려진 '삼청동문'三淸洞門이 새겨진 남동쪽 영수곡靈水谷의 병풍같이 늘어선 바위, 일청교一淸橋 옆 산책로의 포은 정몽주와 그의 어머니의 시조를 새긴 시조비를 꼽을 수 있다. 골짜기 곳곳에 촛불을 피웠던 무속의 흔적도 있고, 대한제국 시절엔 군기창이 설치되기도 했다고 한다.

진일보한 한국 노처녀상을 그린 드라마 〈내 이름은 김삼순〉에서 김삼순이 살을 빼기위해 운동하러 왔던 삼청공원. 북촌의 김삼순들은 오늘도 공원 중심부의 계단 산길을 올라 서울 성곽까지 오르내리며 왕자님을 기다리고 있다.

◎ **백련사 터** 가회로 142(삼청동 25)

예조판서, 병조판서, 판돈령부사에까지 올랐던 당대 실세였으며 시詩, 서書, 화畵 삼절三絶로도 이름났던 황산黃山 김유근金迪根의 집이 있던 자리로 현재의 '한국교육과정평가원' 안쪽이다. 김조순이 형에게서 양자로 들인 장남 김유근을 가까이 두고 싶어, 옥호정 인근에 집을 마련해주었다고 한다. 백련봉 아래 있다 해서 '백련사'라 불린 이 집에는 내가 흐르고, 노송과 살구나무와 오동나무가 많아서 시인 묵객이 많이 찾았다. 김유근은 특히 추사 김정희, 이재 권돈인과 풍류를 즐기며 우애를 다졌다. 추사 김정희가 백련사 현판을 써주었고, 김유근의 시 〈묵소거사자찬默笑居士自讚〉은 김정희가 글씨를 써서 더욱 유명해졌으며, 김유근의 괴석도돌그림에 김정희가 글씨를 써넣은 것 또한 이런 인연 때문이다. 1837년 말부터 바깥출입을 못하고 실어증까지 걸린 김유근은 김정희로부터 소개받은 유진길로부터 천주교를 받아들여, 죽기 일년 전 세례를 받았다고 한다.

교육과정과 교육평가 방법을 연구하고 개발하는 정부 출연 연구기관인 한국교육과정평가원이 들어선 현재의 모습을 보면서 백련사를 상상하기는 쉽지 않지만, 이 일대 풍경을 읊은 옛 시와 삼청공원과 삼청터널에 이르는 숲길을 바라보며 그려볼 밖에.

◎ **루** 삼청동 25-7, 02-739-6771

한국교육과정평가원으로 들어가는 골목에 자리한 한국 음식점으로, 화랑처럼 하얀 공간에서 와이셔츠 차림의 웨이터가 차례차례 음식을 내온다. 단맛이 강한 게 흠이지만, 우리 음식도 서양식 코스요리처럼 조금씩 예쁘게 담아 먹을 수 있구나 싶어 반갑다. 부가세가 붙는 식당이지만, 점심엔 1만 원 하는 세트 메뉴도 있다.

가회동 11번지 골목의 박물관들 ● ●

가회동 11번지는 가회동 31번지보다 규모는 작지만, 개인 박물관이 많아 자주 가게 되는 한옥촌이다. 가회동 성당 건너편 가회동 새싹길에 개인 박물관 세 개가 모여 있다. 대개 성인 5천 원, 아동 3천 원의 입장료를 받고 있는데, '서울문화의 밤' 같은 행사 때 1만 원짜리 자유이용권을 구입하면 북촌 일대 박물관을 밤늦도록 자유롭게 돌아다닐 수 있다.

● 동림매듭박물관
가회동 11-7, 02-3673-2778, www.shimyoungmi.com

한국매듭연합회장 심영미의 한옥 공방으로 노리개, 허리띠, 주머니, 선추, 유소 등 매듭을 이용한 작품을 볼 수 있고, 열쇠고리 같은 간단한 작품도 직접 만들어볼 수 있다. 머리핀, 목걸이 등 전통 매듭을 현대적으로 활용한 제품도 판매한다.

● 가회박물관
가회동 11-103, 02-741-0466, www.gahoemuseum.org

한옥 전시실에 민화와 주술 신앙이 반영되어 있는 벽사 그림, 통일신라시대의 인면와人面瓦 사람 얼굴 모양을 그린 기와와 귀면와鬼面瓦 귀신 얼굴 모양을 그린 기와, 부적과 부적 병풍 등이 전시되어 있다. 민화 250여 점, 전적류옛날에 만들어진 책 원본 750여 점, 기타 민속자료 250여 점 등 총 1,500여 점의 유물을 소장하고 있다고 한다. 2009년 '서울문화의 밤' 행사 때 좁은 마당에 모닥불을 지펴 감자를 구워주는 등, 사립박물관이 대개 그러하듯 깍듯한 대접은 물론 친절한 설명도 들을 수 있다.

● 한상수 자수박물관
가회동 11-32, 02-744-1545, www.hansangsoo.com

이곳에는 중요무형문화재 제80호인 자수장刺繡匠 한상수韓尙洙 선생의 작품과 17세기 조선시대 자수, 복식, 섬유 유물 등 70여 점이 전시되어 있다. 마루에 색색의 비단 실을 감은 실패를 늘어놓아 조형미를 느끼게 했고, 장독대와 너른 마당, 가회로가 내려다보이는 전망이 한옥의 운치를 더해준다. 박물관 옆의 오래된 2층 일본식 가옥이 맘에 들어, 수리만 잘하면

멋질 텐데 하고 아쉬워했는데 전통차와 우동 등을 파는 문화공간 '향나무' 로 바뀌었다.

가회로의 기타 박물관과 갤러리와 공방 • • •

• 체이스 온 더 힐
가회동 97, 02-535-8586, www.chairsonthehill.com

백인제 가옥 바로 옆의 모던한 반3층 건물은 젊은 가구 디자이너 한정현 씨의 가구를 전시한 공간이자 차와 커피를 마실 수 있는 카페다. 와인 렉, 옷걸이, 탁자, 시계와 같은 작고 모던한 가구 등, 특히 싱글 여성이 좋아할 만한 가구들을 볼 수 있다. 기능과 조형성을 겸비한 의자 디자인이 많은데, 물론 가격이 만만치 않다. 젊은 나이에 이런 공간을 마련한 주인장이 몹시 부럽다. 멋진 작품에 둘러싸여 뒤로는 백인제 가옥을, 앞으로는 정독도서관을, 옆으로는 잔디 정원을 조망하며 차를 마시는 호사로 만족하고 있다.

반지하 공간에는 최근 문을 연 오프라인 공간이라는 옷가게 '무이네이'가 있다. 디자인이 깔끔한 옷들이 걸려 있어 가구를 사지 못한 한을 여기서 풀게 되니 지갑 단속 요망.

• 북촌미술관
가회동 170-4, 02-741-2105, www.bukchonartmuseum.com

2005년 8월, 자미원 빌딩 내에 '중국미술연구소'와 함께 문을 열었다. 중국 미술품 200점, 한국 현대미술품 150점, 조선시대 고문서

2,500점 등 총 2,850여 점의 소장품을 자랑한다. 이를 바탕으로 한중 두 나라의 고미술과 현대미술의 테마 전시 및 동아시아와의 활발한 문화 교류를 꾀하고 있다. 건물 입구에 구본주의 '비스킷 나눠먹기' 라는 재미있는 벤치가 있어 신문에도 소개된 바 있다.

• 명인박물관
가회동 208-7, 02-766-0272, cafe.daum.net/tmoonn

1층에선 고미술품을 팔고 지하엔 세계 각국에서 수집한 탈 500여 점을 전시해놓고 있다.

• 서울닭문화관
가회동 12, 02-763-9995, www.kokodac.com

닭과 관련된 고미술품, 조각, 공예품을 전시한다. 1층은 세계 각국에서 수집한 닭 모양 자기, 접시, 주방용품, 벽장식 등을, 2층은 상여의 앞뒤를 장식했던 나무로 깎은 꼭두 닭을 전시해놓았다. 프랑스와 포르투갈에서도 닭은 요사스러운 귀신을 물리치는 벽사의 의미를 지니고 있다며, 동서양의 문화를 비교해볼 것을 권하는 등, 친절한 설명을 들을 수 있다.

• 갤러리 스케이프
가회동 72-1, 02-747-4675, www.skape.co.kr

갤러리 입구 계단에 자전거를 세워두어 쉽게 찾을 수 있고 또 들어가보고 싶게 한다. 실험적이라고까지 말하기 어렵지만, 입체 작품까지 수용하는 모던하고 아담한 갤러리다.

• 원 앤 제이 갤러리 ONE AND J.GALLERY
가회동 130-1, 02-745-1644, www.oneandj.com,

북촌길의 '서미 갤러리' 옆에 있었는데, 가회
동길 한옥으로 옮겨왔다. 담을 헐어 작은 마
당과 툇마루를 개방한 한옥은 오래전부터 가
회로의 자랑이었는데, 주인이 자주 바뀌고 있
다. 이제는 리모델링한 한옥의 여러 방을 돌
며 현대미술을 감상하는 색다른 재미를 느낄
수 있다. 사랑채 앞에 나무 의자가 두 개 있는
데 이름 하여 쿵후 벤치다. 홍콩 갱들이 싸울
때 이걸 무기로 써서 그런 이름이 붙었단다.
그러니까 이 갤러리에선 한옥과 현대미술, 그
리고 중국 가구까지 볼 수 있는 것이다.

• 뮤제 아시아 Musee Asia
02-557-9286, www.museeasia.com

색동 문양의 사대부 앨범, 노트, 액자 등 한국
적인 문양과 디자인의 공예품을 제작, 전시,
판매하고 있는데, 공공기관이나 회사 등을 대
상으로 한 선물 마케팅 회사의 오프라인 매장
이다.

• 갤러리 마노
가회동 1-71, 02-741-6030, www.manogallery.com

북촌에 아직 갤러리와 박물관이 많지 않던
2003년 10월에 사우디아라비아대사관과 중앙
고등학교 후문 중간에 문을 열었다. 38평의 1
층 전시 공간에선 주로 현대미술을 감상할 수
있고, 조용한 2층 카페에선 클래식을 들으며
와인과 커피를 즐길 수 있다.

• 부엉이박물관
삼청동 27-21, 02-3210-2902, www.owlmuseum.co.kr

부엉이가 들어간 미술품과 공예품 2천여 점을
모아놓은 작은 공간이다. 도자기, 그림, 병풍,
시계, 연, 우표, 지폐, 동전, 저금통, 인형 등
아기자기한 물건을 미국, 중국, 체코, 폴란드
등 80개 나라에서 수집했다고 한다. 카페처럼
쉬어갈 수 있다고 하지만 벽, 천장 할 것 없이
공예품이 들어차 눈을 잠시 쉬게 하기도 힘들
다.

• 북촌초고공방 고드랫돌
가회동 35-2

서울시 무형문화재 제16호 초고 공예 분야의
한순자 선생 공방이다. 초고는 풀과 짚을 뜻
하는데, 그중에서도 완초^{莞草, 왕골}로 만든 화문
석, 방석 등은 우리 전통 민속공예품으로 널
리 애용되었다. 강화도에서 화문석으로 유명
했던 가업을 물려받은 한순자 선생 공방에서
는 꽃돗자리^{화문석} 짜기 체험 등을 할 수 있다.
고드랫돌이란 발이나 자리를 엮을 때 날을 감
아서 매다는 돌을 이른다.

• 우리빛깔공방
가회동 31-69, 02-730-3044

전통 규방 공예를 되살리는 바느질 공방이다.
복식에서부터 생활소품에 이르기까지 많은
작품을 만들고 전시하며 교육도 한다.

1. 동림매듭박물관. 2. 서울닭문화관 3. 문화공간 향나무 4. 원 앤 제이 갤러리의 쿵후 벤치
5. 체이스 온 더 힐의 내부 모습.

• 반야로차도 문화원
가회동 31-39, 02-737-8976

효당 최범술 스님의 차도를 잇는 곳으로 차도
를 배우면서 유, 불, 선의 고전을 공부하는 곳
이다. 1983년에 개원했고, 외국인을 위한 다
도 강좌도 열고 있다.

• 북촌젓대공방
가회동 11-39, 017-285-1199

'온고제'溫故齊라 쓰인 현판과 함께 '북촌젓대
공방-대금, 소금' 이라 쓰인 작은 나무 간판이
추녀 끝에 달려 있다. 대금, 중금, 소금을 만드
는 김가이 악기장의 공방이자, 악기 전시관이
며, 악기 연주를 체험하고 음악을 감상할 수
있는 한옥 공방이다.

• in clay JU
가회동 191, 02-3672-3127, www.inclayju.com

가회동 주민자치센터 건너편, 명인박물관과
재동초등학교 후문 사이 골목으로 들어가다
왼쪽 끝을 바라보면 예쁜 철 대문을 단 한옥
이 나타난다. 마당이 훤히 들여다보이는 이
예쁜 집에선 도자기를 전시하고 있는데, 도자
기 만드는 걸 배울 수도 있다. 때론 콘서트도
열며, 모임이나 접대를 위해 장소를 빌려주기
도 한다.

◎ 재동길과 가회로

한국교육과정 평가원
•백련사터
삼청공원
•감사원 •취운정 터

부엉이박물관

•마노 갤러리
•선음재
•한향집터

가
회
로

한옥가옥

반야코 차도
문화누원•

가회동31번지

김형태가옥

•안국선현
•서울음문화관
아끼반 건축도시 연구원

우리박맛공방
첫번광방
가미어트
•서벌된 가회동
성당
가회1백물관

림 맥텁박물관

사단법인
한국미술사
연구소

여만길밥
회덕 회자집

동미법

원안재이깔리리

•북촌별공 사무소

박홍식의 댓집

사단법인
관뒥연구원

처이스 몬덴힐
백제가옥
손병희집터

DOO
ROO

IN CLAY
JU

가회동한씨가목

땅인박물관

•재동초등학교

재
동
길

• 서울 무형문화재
기능 보존회

재동백송

헌법 재판소

아름다운
가게 (안꾹점)

안국역 2번출구

004; 젊은 카페와 오래된 상점의 사이좋은 만남

별궁길

별궁길은 안국역 1번 출구에서 시작해 북촌길과 만나는 지점까지의 짧은 길이다. 지금의 풍문여자고등학교 자리에 안동별궁安東別宮이 있었기 때문에 별궁길이라 이름 지었다.

별궁길은 본래 3미터 폭에 차도 다니기 힘들었는데, 1993년 헌법재판소가 건립될 때 8미터 폭의 직선 도로로 확장되었다. 헌법재판소 정문은 재동길에 있는데, 왜 이 뒤쪽까지 확장했는지 모르겠다. 이 때문에 내가 좋아했던 배우 남정임이 살았던 한옥은 3층 양옥집이 되는 등, 원주민이 많이 내몰렸다. 정치 깡패로 유명한 이정재 측근이 사들였다는 한옥 세 채는 남았고, 윤보선 가옥은 차마 허물지 못해 그 집 앞에서 확장이 멈춰 윤보선 가옥, 안동교회, 조선어학회 터 부근은 운치 있는 삼거리로 남게 되었다.

서울시와 종로구가 도로와 가로등을 정비하여 걷고 싶은 길로 만들었지만, 감고당길과 마찬가지로 불법 주차로 인해 걷는 게 그리 쾌적하지는 않다. 카페가 속속 들어서고 있지만 한의원 두 곳과 '안국승복' '해인승복' '화동침구'와 같은 주민을 위한 전통적인 가게가 남아 있어 아직은 호젓한 분위기를 유지하고 있다.

◎ 사비나미술관 ^{안국동 159, 02-736-4371, www.savinamuseum.com} 과 갤러리들

사비나 미술관은 2003년, 국내 사립미술관 최초로 법인이 된 이래 현대미술 기획전을 중심으로 신인 작가 발굴, 작품 수집, 일반인 교육, 미술 서적 출판을 병행하고 있다. 안국역 1번 출구에서 율곡로를 따라 재동 사거리 방향으로 가다보면, 안국동 우체국 옆 골목에 숨은 듯 위치해 있다. 별궁길에는 젊은 작가를 위한 '사이 아트갤러리'와 대구에서 유명한 '송아당 화랑'의 서울 지점인 '갤러리 송아당', 현대미술을 과감하게 전시하는 'PKM 갤러리'가 있다. 'Weibang Gallery'와 '갤러리 비올'은 윤보선 가옥을 내려다보는 화동 127-3번지 양옥집 1, 2층을 나누어 쓰고 있다.

◎ 안동별궁 터 ^{안국동 98-1, 172, 175}

현 풍문여자고등학교 자리는 조선시대 내내 왕실 친인척이 살았던 명당 터이다. 세종 31년에 세종이 아끼던 여덟번째 왕자 영응대군의 집이 크게 지어졌고, 병이 생긴 세종대왕이 이곳으로 옮긴 지 열흘

별궁식당으로 가는 골목길에서 만난 가지 말리는 풍경.

만에 돌아가시자 빈소로 사용되었다. 성종은 자신의 형인 월산대군에게 이 집을 주었다. 이후 인조가 인목대비가 낳은 정명옹주에게 이 집을 주면서 인조 3년에 크게 증축되었다. 숙종 34년에는 왕자인 언령군의 집이 되었고, 철종 때는 은신군의 아들^{전계대원군} 묘가 이곳에 만들어졌다가 고종 때 다른 곳으로 옮겨졌다.

마침내 고종 18년인 1881년에 안동별궁 8채가 완성되는데, 이는 세자 즉 순종의 혼례를 치르기 위한 것이었다. 민태호의 딸이 간택되어 안동별궁에 살다가 1882년 2월에 가례를 올렸으나 서른세 살에 죽어, 1907년 윤씨^{후에 윤비, 순정황후} 와의 혼례를 다시 치르게 된다.

순종의 가례를 두 번 치룬 안동별궁은 명성황후 민씨를 중심으로 한 집권 세력의 근거지가 되었고, 갑신정변 주역들은 거사의 신호탄으로 안동별궁에 불을 지르기로 했었다. 그러나 계획대로 되지 않아 대신 민가에 불을 질렀다. 갑신정변이 3일 천하로 끝나는 바람에 보존된 안동별궁은 왕조의 몰락과 함께 건물의 운명도 기구하게 전락하고 만다.

1910년 이후 대전에 살던 내인들이 사용하다가 총독부 재산으로 등록되었고, 1937년에 경성휘문소학교가 들어섰으며, 1945년에는 안동별궁 자리 일부에 풍문여고가 들어서게 된다. 그 사이 건물은 한국은행 총재를 지낸 민병도 씨에 의해 하나씩 해체 이전되었는데, 현광루와 경연당은 고양시의 한양 컨트리클럽에, 정화당은 우이동 메리츠화재 중앙연수원에, 정관루는 남이섬 동쪽 끝에 있는 것이 최근 확인되어, 안동별궁 복원 이야기가 나오기도 했다. 그러나 풍문여고가 이전하지 않는 한 어려운 일이라, 경연당과 현광루는 부여의 한국전통문화학교로 다시 해체 이전하여 청소년 대상 예절학교로 쓰일 예정이라고 한다.

풍문여자고등학교 울타리가 된 안동별궁 담은 안동별궁의 유일한 유적인데도 불구하고 감고당길 탐방로 공사를 하면서 허투루 다뤄지고 있다는 비판이 있었다.

◎**화동침구**^{안국동 175-65, 02-730-7370}

북촌길의 원불교 시민선방 자리에 있던 화동침구는 "봉불식을 거행하는 교당에는 으레 화동침구에서 보낸 방석이 있다"고 할 만큼 유명했다. 원불교에 많은 재산을 희사한 만타원滿陀圓 김명환金明煥 종사와 수산修山 이철원李徹遠 대호법 부부가 운영하던 가게로, 여기서 생기는 수익금 대부분 역시 재단에 희사됐다. 시민선방으로 바뀐 이후 화동침구는 현재의 별궁길로 옮겨 다시 17년을 보냄으로써 화동침구 45년 역사를 잇고 있다. 북촌길의 화동침구에서 일했던 원불교 신자들이 명성을 지키고 있는 것이다. 화동침구 간판을 보고 있노라면 이부자리만큼은 꼭 여기서 해야겠다는 생각이 든다. 북촌의 어느 동명 하나 정겹지 않은 게 없지만 화동은 꽃을 떠올리게 하고, 이부자리 집 이름으론 안성맞춤이지 싶다.

화동침구와 붙어 있는 '승주의상실'은 옷을 맞춰 입던 시절의 동네 양장점 그대로다. 간판에서부터 마네킹, 원단 쌓인 실내를 보는 것만으로도 아련한 향수를 불러일으킨다. 부디 오래도록 남아 있기를.

◎ 이서윤 한복 안국동 63-1, 02-735-4250, cafe.daum.net/seoyounlee

고아하고 모던한 인테리어가 맘에 들어 들여다보니, 원색의 화려한 베개 장식을 쌓아놓는 등 보통 한복집이 아니었다. 알고 보니 전통무용을 전공한 꽃미남 신진 디자이너가 주인장이란다. 일곱 살 때부터 한국무용을 했다는 이서윤 씨는 남이 지어준 한복을 입고 춤추는 게 불편하여 스물세 살 때 혜화동에 작은 한복집을 차려 직접 옷을 만들기 시작했다. 드라마 〈일지매〉의 의상으로 유명해진 그는 서양 원단을 사용하고, 고름 대신 브로치를 다는 등 한복의 일상화를 꾀하고 있다.

◎ 로마네꽁띠 Romanee-conti

와인 상자에 꽃을 가득 심어 내놓은 와인 수입 판매점인데 지금은 문을 닫은 상태다. 한 병에 1천만 원 한다는 유명한 와인 로마네꽁띠의 이름을 딴 와인 바는 북촌에 두 군데 있다. 별궁길로 들어와 오른쪽 첫번째 골목 '삼선당한의원'에서 우회전하여, 칼국수집 '다정'을 우측에 두고 좌회전하여 오른쪽 첫번째 골목 끝에 있는 것이 '로마네꽁띠 안국점' 안국동72-1, 02-722-4776이다. 산악인 박인식 씨가 2002년 7월에 문을 연 한옥 와인 바로, 찾아가기 복잡한 곳인 만큼 아늑한 분위기를 즐길 수 있다. 마당을 가운데 둔 한옥 안은 현대적으로 바꾸었고, 스파게티 맛도 좋다. '로마네꽁띠 삼청점'^{삼청동62-6, 02-722-1633}은 '삼청동 수제비' 맞은편 2층에 위치하고 있는데, 안국점에 비해 분위기가 산만하다는 평이 많다.

◎**금현국악원**^{안국동 175-61, 02-723-8585, www.wonjh.com}

서울시 무형문화재 제16호인 원장현 선생을 주축으로 우리 가락을 사랑하는 사람들이 모여서 배우고 가르치는 공간이다. 우리 관악기의 대표인 대금과 현악기의 대표인 거문고^{현금玄琴이라고도 한다}의 한 글자씩을 따서 '금현국악원'이라 이름 지었다. 대금, 거문고, 해금, 가야금, 단소, 태평소를 배울 수 있다.

◎**길 따라 연 따라**^{안국동 175-57, 02-720-4628}

다기와 국산차를 판매하는 곳이다. 꽃잎차, 쑥차, 뽕잎차, 구절초 등은 문경의 한 암자에 기거 중인 스님이 일일이 손으로 따서 말린 것이란다. 별궁길엔 이 외에도 '슘' '다례연구원' '천예명호' '다경원' 등의 전통 찻집이 있어 차뿐만 아니라 다양한 차 도구도 살 수 있다.

◎**앤드류스 에그타르트**^{Andrew's Eggtart & Coffee, 안국동 175-57, 02-733-2979}

마카오를 여행하면서 따뜻하고 바삭하고 고소한 에그타르트를 다섯 개나 사먹고도 입맛을 다신 적이 있다. 내리 다섯 개를 먹었으면

별궁길에는 카페를 비롯한 젊은 가게들이
속속 들어서고 있지만, 전통적인 가게들이
남아 있어 아직은 호젓한 분위기를 유지하
고 있다. 위는 화동침구와 승주의상실, 오른
쪽은 앤드류스 에그타르트.

질릴 법한데 전혀 그렇지 않았다. 세상에 이렇게 맛있는 페스츄리가
1천 원도 안 하다니. 헌데 이것도 기술 제휴했다고 한국에선 2천 원은
주어야 아기 손바닥만 한 에그타르트를 먹을 수 있다.

　마카오의 명물 에그타르트는 포르투갈 수녀원에서 불우이웃 돕
기로 만들어 먹던 것이란다. 타르트 반죽에 휘핑크림, 계란 노른자 혼
합물을 채워 바삭하고 부드럽게 구워낸 페스츄리. 마카오에서도 가장
유명한 가게는 꼴로안섬의 'Lord Stow Bakery'로, 1989년부터 에그타
르트를 만들어 관광객이 줄을 서게 하는 곳이다. 드라마 〈궁〉에도 나

와 한국 관광객의 필수 코스처럼 소개되고 있다.

　이 제과점과 기술 제휴를 맺었다는 앤드류스 에그타르트 체인점
이 전국에서 성업 중인데, 별궁길엔 건축가 원희연이 디자인한 연두
색 벽의 안국점이 있어 아침저녁 이 길을 걷는 나를 유혹한다. 단팥,
호두, 유자, 초코, 고구마, 단호박 등 메뉴는 많지만 의자가 3개뿐인
작은 가게라 편히 앉아 먹는 건 포기해야 하고, 그나마 늦게 가면 다
팔려 사 먹지도 못한다. 시나몬을 뿌려 커피와 함께 먹으면 한 끼 거
뜬하다고 소개한 미식가가 많은데, 간식이라면 모를까 나는 그리 먹
고는 걷지도 못하겠다.

◎ 그루 gr;u, 안국동 175-56, 02-739-7944, www.fairtradekorea.co.kr

　공정 무역혹은 희망 무역, Fair Trade을 기치로 내건 '페어트레이드코리
아'의 오프라인 매장 1호점이다. 건축가 원희연이 한옥 느낌을 살려
리모델링했다는데, 고재古材의 밑동과 가지를 장식 선반과 옷걸이로
만들었고, 간판도 독특하다. 유기농 재배 면화로부터 손으로 실을 잣
고 천연 염색한 옷과 가방, 숄과 같은 의류 제품이나 동티모르 커피,
바스코바도 설탕을 사면, 이를 만든 가난한 아시아 여성들이 정당한
임금을 받으며 생활 안정을 꾀할 수 있다고 한다. 대량 생산이 불가능
하니 가격이 비싼 건 어쩔 수 없을 테지만, 좋은 뜻을 알면서도 망설
여진다.

◎ **별궁식당** 안국동 175-21, 02-736-2176

청국장으로 유명한 집으로, 그루가 있는 골목에서도 다시 왼쪽으로 꺾어 들어가야 한다. 냄새 때문에 청국장을 싫어하는 이가 많지만, 이 집 청국장은 그리 역하지 않고 걸쭉한 크림수프를 먹는 느낌이다. 밑반찬도 맛깔스럽고, 밥에 잡곡도 넣어 아무튼 맛에 관해서는 그리 나무랄 수 없다. 그러나 친절도는 제로여서 "자리 없어요"라며 내쫓기 일쑤다. 어찌어찌 한 자리 꿰찬 후엔 "오늘은 그 무서운 아줌마 안 나와 다행이네" 하면서 눈칫밥을 먹어야 한다. 살림집을 겸하고 있는 낡은 한옥으로 수년째 버티고 있는 것도 거슬린다. 그래도 이 집 청국장을 먹고 싶다는 지인이 많아 마지못해 따라다니곤 한다.

◎ **윤보선 가옥** 사적 제438호, 안국동 8-1

안국동 8번지 일대는 고려 말 충신 정몽주의 생가가 있던 곳이며, 양반들이 많이 모여 살았고, 근 현대의 주요 인물이 이웃해 살던 곳이다. 지금은 윤보선 가옥만 남아 있고, 윤보선 집안은 1907년 이래 5대에 걸쳐 물려받은 이 한옥을 지키고 있는 북촌의 유일한 종가다. 명문가답게 한국 인명사전에 50명의 윤씨 이름을 올렸다.

1870년경, 민 황후의 친척으로 '민 부처'라 불리었던 민모 대감이 지은 100칸 넘는 한옥은 고종 황제의 눈총을 받을 정도였다고 한다. 이후 고종의 명으로 개화론자인 박영효가 잠시 이 집에 살았고, 윤보선 전 대통령의 부친 윤치소 씨가 매입해 살기 시작했다.

어느 것 하나 아름답지 않은 것이 없는 윤보선 가옥의 여러 모습들.

충청남도 아산군 둔포면 신항리, 일명 새말이라는 곳에서 태어난 해위^{海葦} 윤보선^{尹潽善}은 열 살을 전후해 이곳으로 이사 온 후, 4대 대통령에 오르기까지 줄곧 이 집에서 살았고, 대통령에서 물러난 후에도 이곳으로 돌아왔다.

우리나라 최초의 정당인 한국민주당의 산실이며, 대통령 집무실로 쓰이기도 했고 70~80년 대에는 야당 회의실로 쓰였으며, 국사 찾기 강연도 열리고, 윤보선 대통령의 부인 공덕귀 여사가 지키고 있을 때는 운동권 인사들이 많이 드나들었던 역사적인 곳이다. 윤보선 가옥 앞에 명문당 간판을 단 4층 건물은 윤보선 가를 감시하기 위해 지어진 것이라 한다. 만일 윤보선 가옥이 헐렸다거나, 후손이 지키지 못했다면 북촌에 내세울 만한 한옥이 없어 어쩔 뻔했나 싶다.

율곡로 버스정류장 안내방송 시, 종로경찰서와 윤보선 가옥이 함께 설명될 만큼, 북촌을 북촌답게 해주는 고가로, 대지 1,411평, 건평 250평으로, 한창일 때는 일가친척 70여 명에다가 하인들까지 합쳐 100여 명이 거주했다고 한다. 바깥 행랑채, 큰 사랑채, 뜰 아래채, 곳간 등이 있었으나 지금은 사라졌고 문간채, 별채인 산정채, 안채, 작은 사랑채만 남아 있다. 시대에 따라 개, 보수를 하여 18세기에서 20세기까지의 살림집 역사를 볼 수 있는 윤보선 가옥은 현재 윤보선 전 대통령의 아들 윤상구 씨가 지키고 있고, 고맙게도 공적인 목적의 문화행사 때에는 집을 개방하고 있다.

대통령이 살던 저택이 내려다보인다는 이유만으로 이 부근에 집을 얻으려 했던 나는 '서울문화의 밤' 행사 때 겨우 산정채 부근만 구경할 수 있었다. 단 하루를 살더라도 이렇게 아름다운 집, 이렇게 오래된 집, 이렇게 조용한, 집다운 집에서 살고 싶다는 생각이 절로 들었다. 채양, 창틀, 작은 철 대문 등 어느 하나 아름답지 않은 게 없는 윤보선 가옥. 지나온 세월보다 더 오래 오래 보존되기를 바란다.

◎**명문당** 안국동 17-8, 02-734-4798, www.myungmundang.net

윤보선 가옥을 내려다보고 있는 흉측하고 곧 붕괴될 것처럼 위험해 보이는 4층 건물. 이런 외관과 달리 놀랍게도 '명문당'이란 간판이 달려 있다. 1926년 '영산방'으로 출발하여 1930년 '도서출판 명문당'으로 이름을 바꾸어 오늘에 이르렀다는 연혁을 듣고 나면 또 한 번 놀라게 된다. 한국학, 중국학, 동양고전 시리즈 전문 출판사로 자전, 사전, 철학, 문학, 실용, 예술 서적등 1천700여 종의 도서를 공급해왔다.

사명社名도 명문인 명문 출판사가 왜 공포 영화에나 등장한 법한 건물을 고치지 않는지, 안타까워하는 이들이 많다. 이 앞을 지날 때마다 서권書卷 향을 맡을 수 있는 건 고마운 일이나, 좋은 환경에서 더 좋은 책이 나오지 않을까.

◎**조선어학회 터**

화동 138번지, 감고당 1길 13번지에 표지석이 있지만, 조선어학회 본관 건물 터는 표지석 바로 뒤인 화동 129번지로 현재 원불교 회당으로 사용되고 있다. 《국어문법》《말의 소리》 등을 저술한 주시경 선생의 학문 연구를 바탕으로 그의 제자들은 조선어학회를 결성했다. 국민계몽운동으로 시작되었던 한글운동이 3·1운동 이후 다시 일어나, 1921년 12월에 장지영, 최현배, 이희승 등이 조선어학회로 이름을 고쳐 부르게 된 조선어연구회를 창립했다. 1929년 10월에는 조선어사전편찬회가 조직되었고, 1933년에는 '한글 맞춤법 통일안'을 공표했다.

한글날 이야기가 나와 곁들이자면, 2009년 한글날 세종대왕 동상이 광화문 광장으로 이전될 예정이다^{이 책을 만드는 동안 세종대왕의 동상은 광화문 광장으로 이전되었다}. 세종대왕께서는 그리로 가고 싶지 않다고, 내가 조선어학회 터를 지날 때마다 말씀하신다. 백성을 위해 온갖 발명을 하느라 병을 얻었어도 괘념치 않았지만, 차마 어린이 놀이터보다 유치한 곳으로는 가지 못하겠노라고, 여간 하소연하시는 게 아니다. 안동별궁 터에서 돌아가셨다 하니 거기 모시면 좋겠지만, 풍문여자고등학교가 있어서 안 되겠고, 맹사성의 집을 올려다보셨다는 경복궁이 적당하지 않나 싶다.

글 써서 생계를 해결해온 나는 우리말과 글 연구가 북촌에서 시작되었다는 사실을 확인하고는, 북촌에 사는 건 운명이구나 했다. 모름지기 작가라면 북촌에 살아야 한다고 생각하는데, 최근 유명 소설가 한 분이 북촌에 집을 얻으러 왔다가 돈이 모자라 풀 죽어 돌아가는 모습을 보았다. 서울시는 한옥을 공방이나 게스트하우스로만 세주지 말고 작가들에게도 내주어, 북촌의 기를 받은 훌륭한 작품이 나올 수 있게 하면 어떨까. 이리 건의하는 너는 좋은 글을 쓰고 있느냐고 물으신다면? 물론 나도 이곳 북촌에 사는 동안 더 좋은 글을 쓰고 싶다.

◎ **아트링크** 안국동 17-6, 02-738-0738, www.artlink.co.kr

외관뿐 아니라 안의 중정도 그대로 살린 'ㅁ'자 형태의 한옥 화랑이다. 비오는 날 중정에 떨어지는 빗소리를 들으며 회랑을 걷는 기분으로 그림을 감상할 때 특히 좋다. 살바도르 달리, 백남준, 야요이 쿠사마 등의 작품뿐만 아니라 국내 젊은 작가의 작품도 볼 수 있다.

◎ **갤러리 담** 안국동 7-1, 02-738-2745, cafe.daum.net/gallerydam

북촌에 있는 수많은 화랑 중 내가 가장 좋아하는 화랑이다. 첫째는 아무짝에도 쓸모없어 보이던 허름하고 작은 건물을 화랑으로 탈바꿈시킨 아이디어에 놀랐고, 둘째는 담쟁이덩굴이 올라간 빨간 벽돌 전면에 작은 쇼윈도를 두어 어떤 그림을 볼 수 있는지 알게 해주는 점이 좋고, 셋째는 화장실과 개인 공간, 좁은 마당을 둔 2층의 아기자기함에 반했으며, 넷째는 거기서 윤보선 가옥을 내려다볼 수 있어서다.

그러나 이보다 더 중요한 게 있다. 이곳은 화랑 본연의 업무에 충실한 화랑이기 때문이다. 서너 걸음이면 다 둘러볼 수 있는 작은 갤러리임에도 불구하고 오래 머물 수 있는 건, 구상과 추상의 장점을 모두 취한, 이야기가 있는 작품을 보여주기 때문이다. 이발소 그림도 싫지

1. 별궁길 골목에서 담소를 나누는 할머니들. 2. 수리를 기다리고 있는 재동 윤씨 고가구의 장롱들.
3. 망가진 장롱을 정성들여 수리하는 재동 윤씨 고가구 아저씨의 마음은 감나무를 돌보는 데서도 확인할 수 있다.

만 자위행위하는 것 같은 전위미술은 더 싫어하는 나로서는 이 정도 그림이 딱 좋다. 작품에 대해 물으면 작가든 화랑 주인이든 친절하게 설명해주는 것도 고맙고, 주소 한번 남겼다고 매 전시회 때마다 메일을 보내주는 것도 고맙다. 입구에 '입장료 100원'이라고 써 붙인 건, 함부로 들어와 휙 둘러보고 나가는 곳이 아닙니다, 라는 뜻으로 받아들이고 있다.

◎ 소원 ^{안국동 6-1, 02-722-3252}

윤보선 가옥의 행랑채였던 집을 카페로 꾸민 곳이다. 한옥 서까래를 그대로 살린 높은 천장에 다락 같은 2층 공간을 들인 원룸형으로 리모델링했다. 흰색 모자이크 타일을 깐 바닥, 빨간색 철골 기둥, 아치형 문과 창문, 소원小園이라는 상호명대로 작은 화단을 둔 입구 등이 한옥과 잘 어울린다. 우리 전통 차와 커피, 허브 티에서부터 아몬드 크림 토스트, 유자 인절미 토스트, 스팸밥 같은 재미난 메뉴도 있다. '심 인테리어' 소품 매장으로 출발했기 때문에 미국과 일본 등지에서 들여온 그릇, 장신구, 인형, 인테리어 소품도 살 수 있다.

◎ 재동 윤씨 고가구 ⁰²⁻⁷³³⁻⁷⁴¹⁵

멋진 수석을 네 점이나 내놓은 번듯한 고미술상 '춘추예술'^{안국동 4, 02-725-1077} 바로 옆에, 쭈그린 듯 숨어 있는, 북촌에서 가장 작고 보잘 것 없는 가게라 그냥 지나치기 쉬운 곳이다. 그러나 나는 우리 옛 가

구를 수리하고 판매하는 이 가게야말로 북촌을 북촌답게 해주는 공간
이라고 생각한다. 장롱 안쪽에 옛날 잡지에서 오려붙인 배우 얼굴이
나, 근사한 달력 사진이 붙어 있는 걸 보노라면, 아직 이런 가구가 남
아 있구나, 이걸 고쳐 쓰려는 주민이 있구나, 감탄하며 쉬 걸음을 옮
기지 못한다. 망가진 장롱이 이중 삼중 쌓인 작은 가게에서, 수리한
장롱에 정성들여 칠하고 계신 아저씨를 자주 볼 수 있다. 부디 이 작
은 가게가 밀려나지 않기를 바란다.

◎ **재단법인 아름지기** 안국동 3, 02-733-8375, www.arumjigi.org

이 재단은 2001년에 설립되었다. 2003년 3월에 윤보선 가옥의 행
랑채였다가 인쇄소로 쓰이던 대지 33평, 건평 20평의 한옥 _{윤보선 가에선 일}
_{하던 이가 장가들면 인근에 집을 지어 분가시켜 주었단다} 을 매입하여, '아름지기' 사무실로
개, 보수하였다. 전통 우리 한옥 건축 공법을 충실히 따른 리모델링
과정은 《아름지기의 한옥 짓는 이야기》라는 책으로 남겨졌는데, 이는
북촌의 한옥 건축과 리모델링의 교과서가 되었다. 북촌으로 이사 오
자마자 아름지기부터 찾은 나는 작은 한옥을 활용한 솜씨에 반해 북
촌 한옥 구경을 다니게 되었다.

아름지기는 무척 많은 일을 한다. 후원자와 자원봉사자들의 도움
을 받아 창덕궁을 청소하고, 오래된 나무와 가옥을 지키는 내셔널 트
러스트 운동을 벌이며, 유적지 안내판을 바로잡고, 거리 간판 개선에
도 관여하며, 달력도 만들고, 전통 공예품을 전시하고, 강좌와 음악회

를 열며, 국내외 답사 여행도 다니고, 책도 낸다. 경남 함양의 150년
된 한옥을 개, 보수하여 한옥 체험을 할 수 있게 했다.

◎ **생옻칠공방** 재동 33, 02-735-5757

50년째 옻칠을 연구하며 후계자 양성에도 힘쓰고 있는, 서울시
무형문화재 제1호로 지정된 신중현 선생의 공방이다. 옻나무의 액을
이용해서 나무 그릇의 수명을 유지하고 제품을 빛나게 하는 것이 옻
칠공예다. 옻칠 공예를 배우는 이들이 즐겨 찾는 한옥 공방으로 아름
지기와 나란히 있다.

별궁길에서 학당길로 들어가면
만날 수 있는 곳 • • •

• 카페사막
안국동 105, 02-734-3477, www.samack.com

지하에 자리한 작고 다소 어수선한 카페로 여행안내 서적을 볼 수 있으며, 여행안내 사이트의 오프라인 공간이다.

• 다정 多情
안국동 75-5, 02-720-9857

홍어삼합, 떡갈비, 홍어회, 갈낙탕으로 유명했던 목포집 자리에 들어선 칼국수와 만둣국 전문점이다. 목포집은 남도 맛을 즐기는 어른이 단골 삼기에 좋을진 몰라도, 맛이 짠 데다 음침한 한옥에 불친절하기까지 해 젊은이가 찾기 어려운 집이었다. 칼국수와 만둣국, 빈대떡 등 평범하고 단출한 메뉴를 내건 '다정'은 환한 인테리어와 친절, 깨끗함으로 어필한다. 반찬만 많이 내놓는다고 단골 되던 시대

는 지났으니, 북촌과 인사동 한정식 집들도 실내 장식과 서비스를 이 가게처럼 바꾸면 좋겠다.

• 인사동 천연염색
안국동 74-1, 02-722-7120, cafe.daum.net/insaindigo

재야 운동가였던 이명선 원장의 쪽빛 염색과 개량 한복들을 만날 수있는 곳으로 염색법을 직접 배울 수도 있다.

• 종로삼대복집
안국동 132, 02-715-7679

골목에 숨어 있기 아까울 만큼 깔끔한 분위기의 60년 전통 복요리 전문점이다.

• 정든찌개
재동 110-1, 02-745-8777

'아름다운 재단'이 후원하는 '희망가게 1호점'으로 지난 2004년 문을 열었다.

◎ 별궁길

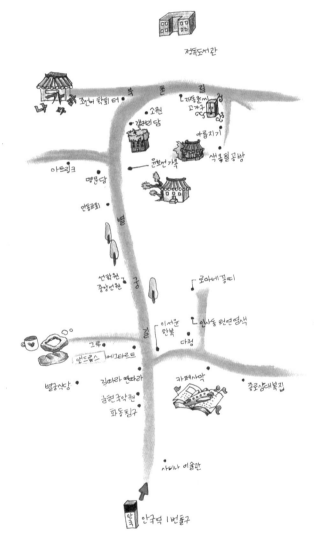

정독도서관

조선니 탈회터 · 북촌길
재동훈씨
고깃구
소원
갤러리 담
아름지기
색육필공방
아트링크
윤보선 가옥
명문당
안동교회
별
로마네꽁띠
선학원
중앙선원
이서윤 한복
안사동 천연염색
그루
앤드류스 에그타르트
다정
별궁식당
김따라 면따라
카페사막
종로삼대북집
금현 국악원
화동칩구

사비나 미술관

안국역 1번출구

005; 북적이는 인파 속에 잠긴 쓸쓸한 풍경

감고당길

풍문여자고등학교 정문에서 시작해, 덕성여자중학교와 덕성여자고등학교 사이를 지나 북촌길과 만나게 되는 짧은 길이다. 교육길로 불리었던 데서도 알 수 있듯, 이 일대엔 명문 중고등학교가 많아 그 명성이 '까치방' '라면땡기는 날' '먹쉬돈나' '호호분식' '라면공장' '스마일문방구' 같은 주로 학생을 상대로 하는 가게로 이어졌다. 불과 몇 년 사이 별궁길과 마찬가지로 카페, 음식점, 화랑, 액세서리 가게가 들어서 정신이 없는데, 그래서 '경기쌀상회'와 '도레미사진관'의 버려진 풍경이 쓸쓸하게 다가온다. 이런 변화는 1998년에 '아트선재센터'가 들어선 이후, 그리고 별궁길과 마찬가지로 도로를 정비하면서부터다.

2007년에 서울시와 종로구가 25억 원을 들여 전선을 땅에 묻고,

나무를 심고, 아스콘 포장을 하고, 흰색 화강암을 깔며 탐방로를 조성했지만, 관리가 부실하여 잡초가 무성하고 가로등도 더러 불이 들어오지 않는다. 이제 감고당길, 화개길, 삼청동길은 주차하려는 차량, 액세서리를 파는 노점, 카메라를 든 젊은 연인들이 몰려서 편안하게 걷기 힘들 정도다.

◎ **감고당 터**^{안국동 36, 혹은 26}

덕성여자고등학교 본관 서북쪽에는 숙종이 자신의 계비였던 인현왕후의 친정을 위해 지어주었던 목조 건물이 있었다. 인현왕후의 부친인 민유중이 이곳에서 살았으며, 장희빈의 모략으로 폐서인이 되어 궁궐에서 쫓겨난 인현왕후 또한 이곳에서 6년간 갇혀 살다가 환궁했다. 이후 대대로 민씨 일족이 살았고, 인현왕후와 같은 여흥 민씨 집안 출신인 명성황후가 아홉 살 때 여주에서 올라와 이 집에서 8년을 살다가, 1866년 왕비로 책봉되었다.

감고당^{感古堂}이란 이름은 1761년, 영조가 인현왕후를 기려 감고당 편액을 내리며 명명되었다. 1966년 쌍문동의 덕성여자대학교 학원장 공관으로 옮겨졌던 감고당은 명성왕후 유적 성역화 사업에 따라 경기도 여주군의 명성왕후 생가 옆으로 이전, 복원되었다.

연속극과 뮤지컬로 널리 알려진 두 왕비의 사연이 서린 곳이라 하니, 감고당을 여주까지 내려보낸 게 몹시 아쉽다. 제 자리에 그냥 두었더라면 인현왕후 추모제도 열고, 뮤지컬 〈명성황후〉도 공연할 수

교육길로 불리던 감고당길에는 불과 몇 년 사이 별궁길과 마찬가지로 카페, 음식점,
화랑, 액서사리 가게가 정신없이 들어서고 있다. 위는 감고당길 하굣길의 여학생들.
아래는 풍문여고 울타리가 된 안동별궁 담.

있지 않았을까.

덕성여고 안에는 갑신정변의 주역인 서광범의 집도 있었고, 덕성여중에는 3·1운동을 도모한 천도교 중앙 본부가 있었다.

◎미국대사관 직원 사택 옛터^{송현동 49-1}

옛 한국일보사 사옥 건너편에는 잔돌로 쌓은 높은 담이 길게 둘러쳐 있어 늘 궁금했다. 4만 제곱미터에 달하는 이 일대에는 2004년 초까지만 해도, 오래된 일본식 2층집이 줄지어 있었다고 한다. 이는 1918년에 생긴 일제의 국책은행인 조선식산은행의 직원 사택이었다. 그 집을 미국이 물려받아 미국대사관 직원 사택으로 썼고, 2000년에 이 일대를 1천4백억 원에 매입한 삼성생명이 2004년 봄, 불법 건축이라며 헐어버린 이래 빈 터로 남아 있다.

원래 이 터에는 순종의 두번째 비 윤황후^{윤비, 순정왕후}의 친정 증조할아버지인 윤용선 대감^{광화문 비각의 비문을 지은 이}이 지은 한옥이 있어, 윤황후의 어머니가 살았다. 윤황후의 친정 조카 윤건로도 어릴 때 이 집에서 자랐는데, 집이 너무 커서 반을 팔아버린 후에도 서울에서 제일 큰 집이었단다. 윤황후의 본곁^{친정}집이야 어차피 볼 수 없는 연대지만, 일본식 2층집을 보지 못한 건 무척 아쉽다.

이 터는 경복궁, 삼청동, 인사동으로 이어지는 문화지대라 한옥을 짓자는 등 논의는 많았지만 꽤 오래 방치되어 있다. 옛 기무사 자리에 현대미술관 서울 분관이 들어온다니 인사동과 사간동을 잇는 화

잔돌을 높이 쌓은 담장 너머로 보이는 것이 미국대사관 직원 사택이 있던 자리이다.

랑가가 되어도 좋겠고, 이 일대엔 공원이 없으니 숲으로 가꾸어도 좋겠다. 최근 이 터에서 불도저가 움직이고 있는 걸 가끔 보는데, 여기저기 파헤친 흙더미 가운데 나무가 드문드문 서있는 모양새가 감고당 길 좁디좁은 골목과 대조되어 시원한 느낌도 없지 않다.

아무튼 이 담 끝자락에 있던 백상기념관은 동양화와 서예 전시회가 많이 열렸던 곳인데 헐린 지 꽤 되었고, 종로문화원 좌측 건물은 대학 때 즐겨가던 레스토랑이 있었는데 폐업 후 방치된 지 오래며, 한국일보사 자리에는 아마도 더 높은 빌딩이 들어설 것이다. 이래저래 안국동 로터리 주변에도 적잖은 변화가 생길 모양이다.

◎ **이화익 갤러리** 송현동 1-1, 02-730-7818, www.leehwaikgallery.com

매년 베이징 아트페어, 싱가포르 아트페어와 같은 각종 국제 아트페어 참가는 물론이고 소더비, 크리스티 등 유명 옥션의 참가를 통해 해외 유망 작가를 발굴하여 세계 미술을 국내에 소개하는 역할을 하고 있다.

◎ **갤러리 카페 히든스페이스** 감고당길 32-2, 02-723-8089

이름 그대로 골목 안에 숨어 있는 마당이 있는 한옥 카페 겸 갤러리다. '이런 골목에 이런 곳이?' 라고 놀라는 뜻밖의 장소. 끼니가 될 만한 것은 없는 차 마시는 공간으로 마당과 아기자기한 장식, 전시 작품을 구경하는 것으로 만족해야 한다. '먹쉬돈나' 골목 안으로 요리조리 들어가야 찾을 수 있다.

◎화개이발관과 복수탕

내가 이사 오던 무렵만 해도 감고당길은 계동길 못지않게 주민 편의시설이 많이 남아 있었다. '화개이발관'도 그중 하나였다. 경기고 등학교 학생들 머리와 윤보선 전 대통령의 머리를 다듬어주었다는 최 모 할아버지가 52년을 지켰던 이발관은 2007년 문을 닫았다. 화개이 발관의 모든 것—밤색 가죽 의자, 오색 타일 세면대, 30년 이상 된 가 위꽂이, 손 바리캉, 면도용 분첩—등은 국립민속박물관 야외 전시장 '추억의 거리'의 이발관으로 옮겨갔다. 화개이발관은 문을 닫을 무렵 언론에도 많이 소개되었고, 또 이발 도구들이 그대로 보존되었으니 운이 좋은 편이라 할 수 있다.

60년을 버텼다는 목욕탕 '복수탕'은 2006년 '아라리오 서울'이 되었다. 이 길에서 장사가 될까 늘 걱정하며 지나다녔는데 말이다. 아 라리오 서울이 천장 높은 옛 목욕탕 건물을 그대로 살린 것이 다행스 럽다.

◎아라리오 서울 소격동 149-2, 02-723-6190, www.ararioseoul.com

2002년 12월 천안에 문을 연 '아라리오 갤러리'를 보고 무척 놀 랐었다. 지방에 그것도 백화점과 버스 터미널, 영화관 사이에 이처럼 크고 '엣지 있는' 갤러리를 할애하다니. 그렇다고 그 먼 데까지 가서

1. 카페 egg. 2∼3. 안동철물. 4. 은나무. 5. 천진포자.

〈데미안 허스트^{Damien Hirst}〉를 보겠다고 시외버스를 탈 수는 없는 노릇
이었다.

아라리오는 2005년 12월 베이징에 이어, 2006년 4월에는 서울에,
더구나 내가 사는 북촌에 갤러리를 냈다. 천안에 900평, 베이징에 1천
평짜리 갤러리를 낼 정도면 서울에서도 강남에 갤러리를 둘 수 있었
을 텐데, 학생과 젊은이가 많이 오가는 감고당길에 갤러리를 낸 게 여
간 고맙지 않다.

아라리오 서울은 외국 작가의 비중이 좀더 큰 듯싶은데, 이곳에
서 중국 현대 작가의 작품을 본 걸 가장 큰 소득으로 여긴다. A4 용지
에 작가와 작품 설명을 인쇄해 무료로 나눠주지만 그 해설을 읽고도,
아니 해설을 읽으면 읽을수록 더 이해하기 어려운 작가가 대부분이
다. 그래도 집에 가져와 반복해 읽으며 납득당하려고 안간힘을 쓴다.
영화나 문학, 음악도 그렇지만, 미술 평론은 왜 그리 난해한지, 모국
어이건만 주어와 서술어를 가리는 것조차 힘들다.

뉴욕에 네번째 갤러리를 오픈한 아라리오의 주인은 사업가이자,
콜렉터, 작가인 김창일 씨다. 미국 미술 월간지 〈아트뉴스〉는 세계의
톱 콜렉터 200인 중 한 명으로 그를 꼽았다. 한국에도 이런 분이 계시
다니, 큐레이터를 꿈꾸었던 내겐 꼭 한 번 뵙고 싶은 분이다.

◎은나무^{안국동} 19-1, 02-732-2866, www.eunnamu.com

은과 원석으로 만든 액세서리와 소품을 판매하는 가게다. 흰 벽

과 나무 창문 등 유럽의 작은 공예품 가게를 연상시키는 외관과 4개 국어로 표기한 작은 간판 덕분에 사진 찍기 좋아하는 이들을 유혹한 다. 2008년 대한민국 좋은 간판상 대상을 차지했다.

감고당길의 음식점 · · ·

젊은이의 거리답게 분식류를 파는 음식점과 카페가 대세이고, 전통 음식점은 손에 꼽을 정도다.

• 먹쉬돈나
소격동 144-6, 02-723-8089

떡볶이를 먹겠다고 줄 서는 게 뭣해서 차일피일 미루다 몇 사람이서 어울려 가보았다. 이렇게 길게 줄 서서 기다리는 걸 보면 뭔가 있어도 있겠구나 했는데, 정독도서관 드나드는 학생이나 젊은 데이트족이라면 모를까, 나에겐 그저 시끄러운 분식점이었다. 즉석 떡볶이 메뉴가 많지만 끼니가 되게 먹으려면 라면 사리나 우동, 오뎅, 쫄면, 만두 등을 추가해야 하고, 마지막엔 공기밥을 주문해 볶아 먹는다니, 차라리 편하게 식당 가서 밥 한끼 제대로 먹는 게 나은 듯싶다. 근방의 조금 넓은 곳으로 이사 간 후에도 여전히 줄 서서 기다리는 건 변함이 없다. '삼청동즉석떡볶이' '호호분식'에서도 떡볶이를 파는데 유독 여기만 인기인 이유를 모르겠다.

• 천진포자
소격동 148-2, 02-739-6086

텐진 지방 만두와 볶음면을 파는 가게로, 만두관과 면관의 두 개 가게를 운영하고 있다. 중국에서 온 왕환원 씨와 싱훼이친 씨가 열심히 만두를 빚어내지만, 언론을 많이 탄 데다 가격도 저렴해서 줄을 섰다 먹어야 할 때가 많다.

· · · 감고당길에는 이 외에도 소스를 발라 굽는 도톰한 닭꼬치 끝에 작은 떡 조각을 끼워 2천 원을 받는 '나뭇꾼과 꼬치', 빨간 벽돌 2층집을 개조해 닭 모양 간판을 예쁘게 단 '까페 egg', 영화 제목을 떠올리게 하는 집이지만 돈까스 전문점을 기대하면 다소 실망하게 될 '미술관 옆 돈까스' 등이 젊은이들을 기다리고 있다.

전통 음식점으로는 을지로 평래옥 주방장이 차린 평양식 냉면집으로 싸면서도 냉면 본연의 맛을 잘 살리고 있다는 평을 듣는 '북촌냉면집'과 '북촌가마솥설렁탕집' '벽오동 간장게장'을 꼽을 수 있는데, 상호명에 주 메뉴를 고지하고 있어 설명이 따로 필요 없는 집들이다.

정독도서관 건너편 이탈리아 레스토랑 '플로라' 화동 138-14, 02-720-7009 는 도로변에 화초를 많이 심어두었다. 그런데 한옥을 유리로 마감한 건물에 사시사철 현수막을 걸어놓는 바람에 화초 심은 공을 스스로 깎아먹는다. 각종 대회에서 우승한 유명한 셰프가 주인이라는데, 부가세를 내야 하는 레스토랑이라 누가 밥 사준다고 할 때만 가보았다. 음식 맛이 좋은 집이라 들었는데, 손님이 많고 좁은 공간이라 차분하게 앉아 식사하기는 어려웠고, 꽃벽지와 깔끔한 상차림이 좋았다는 기억만 남아 있다.

◎ 감고당길

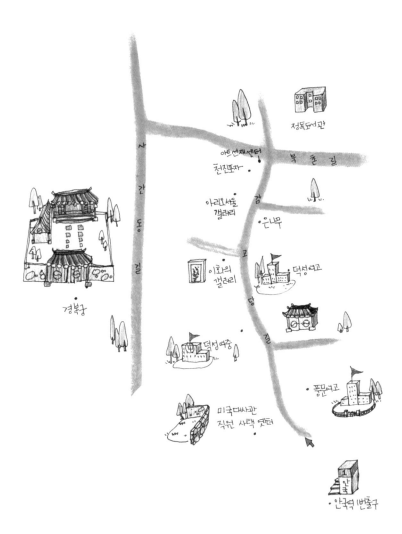

경복궁

정독도서관

아트선재센터
천진포자

북촌길

아리오서울
갤러리

감

은나무

이화의
갤러리

고

덕성여고

당

덕성여중

길

미국대사관
직원 사택 텃터

풍문여고

안국역 1번출구

화개길과 화개 1길

정독도서관 입구에서 삼청동 파출소에 이르는 좁은 골목인 화개
길과 '세계장신구박물관'에서 위쪽 방향으로 이어지는 언덕길인 화개
1길. 화개길은 액세서리, 옷, 커피를 파는 조그만 가게들로 꽉 들어찼
다. 주로 데이트하는 젊은이들과 관광객들인 일본 여성들이 많이 몰
리다보니 원래는 주민을 상대하던 쌀집에서조차 떡볶이, 식혜, 찐빵
을 팔고 있을 정도다.

삼청동 일대가 내려다보이는 화개 1길에는 사립박물관이 많다.
눈이 오면 어쩔까 싶을 만큼 가파른 언덕길이라, 언 길에 넘어져 팔
다리가 부러지는 이들이 많다고 한다. 나 역시 이 길에 집을 얻을까
하다가 가파른 지형이 무서워 포기했다. 그러나 지금은 길을 많이 정
비했고, 유리로 마감한 전망대를 만들어 북촌 8경이라 안내하고 있

어, 사진 찍기 좋아하는 젊은 연인들이 즐겨 찾는다. 낡은 집을 수리하여 전망을 즐기는 고급 주택가로 바뀌고 있는 곳이기도 하다.

화　　개　　길

◎ 커피팩토리 소격동 142-2, 02-722-6169

화개길 일대에서 가장 붐비는 커피숍이다. 그야말로 공장처럼 와글와글 시끄럽다. 워낙 위치가 좋고, 가게도 크며, 야외 파라솔에, 커피 맛 또한 나쁘지 않아서인 듯하다. 정독도서관에서 요가 수업을 끝내고, 함께 땀 흘린 친구들과 빙수와 와플을 먹곤 했다. 푸짐하긴 하지만 비싼 가격을 어찌 감당하냐 하면, 친구인 릴리가 나서면 주인이 싸게 줄 수밖에 없는 관계이기 때문이다. 커피 마니아인 한 친구는 이 집 커피콩을 즐겨 사간다. 그만큼 맛있다는 이야기인데, 나는 인스턴트고 원두고 가리지 않는 데다, 커피가 '지나갔다'는 수준의 멀건 커피를 마시기 때문에 맛이 좋은지 나쁜지는 솔직히 모르겠다.

나는 이 시끄러운 집보다는 바로 앞 삼각형 모양 일본식 집에 눈독을 들이고 있다. 수리하면 이 일대에서 가장 멋진 집일 텐데 왜 그냥 놔두는지 모르겠다. 하기야 북촌이 드라마나 영화 촬영지로 자주 등장하는 것은 이처럼 낡고 오래된 집이 남아 있기 때문일 것이다. 이런 집마저 화려한 상점으로 바뀌면 외지인이 일부러 여길 찾아올 이

차 마시는 뜰

화개1~5길

세계장신구박물관
WORLD JEWELLERY MUSEUM

실크로드박물관
SILK ROAD MUSEUM
→ 230m

북촌생활사박물관
→

우리들의 눈 GALLERY
Another Way of Seeing
(사) 한국시각장애인예술협회 Korean Art Association for the Blind
100m

09

1. 아원공방. 2. 하루고양이. 3~4. 햇살 갤러리.

유가 없을 것이다. 이런 점을 서울시도 북촌 주민도 모두 잊고 있는 것 같다. 나는 헐리지만 않아도 고맙다는 심정으로 낡고 낡은 일본식 가옥을 응원하고 있다.

◎ **티베트박물관** 소격동 115-2, 02-735-8149, www.tibetmuseum.co.kr

전통 티베트 공예품, 옷, 장식품, 악기, 불교 관련 미술 작품 등, 13~18세기 티베트 유물과 의식주 관련 용품, 종교와 신앙 유물 400여 점이 빼곡히 들어차 있다. 2001년에 문을 열면서부터 언론에 많이 소개되어 엄마 손잡은 아이들의 북촌 박물관 나들이 붐을 일으키는 역할을 했다.

◎ **루이엘** 화동 100, 02-720-0309, www.luielle.com

아시아인 최초로 파리의 모자 전문학교인 'Cours Modeliste Toiliste'를 졸업했다는 셜리 천과 그 문하생들이 디자인한 모자 판매점이다. 화개길이 지금처럼 액세서리, 의류, 구두 가게들로 꽉 차기 전인 1999년부터 챙 넓고 화려하고 실험적인 모자를 판매했는데, 가격이 비싸기도 하고, 나는 모자가 어울리는 패셔니스타가 아니어서 그냥 구경만 한다. 세일 기간에는 1~3만 원 하는 모자가 많이 나와 화개길을 더욱 붐비게 한다. 루이엘은 프랑스어로 '그와 그녀'를 뜻한다고 한다.

◎**아원공방**阿園工房 02-734-3482

사간동길과 북촌길이 만나는 코너에 있던 공방이 화개길로 이사를 왔다. 나뭇잎 모양 금속 등받이에 나무를 깐 벤치를 내놓아 '저기한번 앉아보고 싶다'는 마음을 불러일으켰던 적이 있다. 금속 공예품, 액세서리 전문점이며 인사동 쌈지길의 아원공방과 그 건너편 2층의 크라프트 아원, 화개길의 아원공방을 8남매가 꾸려간다. 그들의 어머니는 '홍옥순 할머니의 바느질 이야기'라는 자수 전시회로 언론에 많이 소개되었던 분이다. 재주 많은 부러운 가족이다.

◎**하늘소리 오카리나**소격동 114 2층, 02-3210-0823, www.hanulsoriocarina.net

오카리나 연주를 배울 수 있는 곳이다. '거위 새끼'라는 뜻의 이탈리아어에서 유래한 오카리나는 흙으로 빚고 가마에서 구운 도자기형 폐관악기로, 청아하고 신비로운 소리를 낸다.

◎**Last Avenue**소격동 113, 02-730-7807, www.lastavenue.co.kr

화개길에서 좌측 좁은 골목을 들여다보면 하이힐 그림을 줄지어 걸어놓은 한옥이 보인다. 마당 있는 한옥에서 수제화와 기성품 구두를 팔다니, 한옥의 진화라고 해야 할까?

◎**감로당**화동 87-1, 02-3210-3397, www.sachalfood.com

연잎밥, 더덕 단호박 탕수, 백련잎차, 매생이 발아현미죽, 백련초

천연 염색한 무명과 광목 같은 자연 소재 천에다 일일이 수를 놓아 각종 생활용품을 만드는 규방
도감의 아기자기한 실내화들과 하이힐 그림을 줄지어 걸어놓은 구두 가게 Last Avenue.

김치, 참나물 연근초회, 참마 솔잎구이, 함초 된장국, 약선 장아찌, 아카시아꽃 수수부꾸미 등 음식 이름만 들어도 가슴이 신선해지는 채식, 사찰음식 전문점이다. 2만 원에서 9만 원대의 코스 요리가 있다.

◎ **규방도감** 閨房都監, 소격동 30, 02-732-6609

이름을 잘 지었다고 감탄했는데, 한문으로 써놓고 보니 더욱 좋다. 천연 염색한 무명과 광목 같은 자연 소재 천에다 일일이 수를 놓아 디자인한 이불, 테이블보 같은 침구류와 생활용품, 고상하면서도 활동하기 편한 개량 한복 등을 파는 곳이다. 사장 우영미 씨는 정독도서관에서 만난 친구로 그쪽은 나를 친구로 생각하지 않을지 모르지만, 나는 화개길을 지날 때마다 머리만 쏙 들이밀고 안부를 확인한다. 몸까지 들이밀지 못하는 것은 늘 손님이 있기 때문이다 천상 이 일을 위해 태어난 사람이다. 곱게 빗어 넘긴 머리에, 자신이 만든 수수한 한복을 입고 단정하게 앉아 바느질하는 모습을 보면, 살림이 취미인 사대부 마나님이 저러하셨겠거니 싶다. 거기다 말도 조곤조곤히 한다. 이국적인 장신구와 옷을 파는 고만고만한 상점이 몰려 있는 화개길에서 우리 것을 팔고 있어 믿음직스러운 가게다. 수작업 제품이라 가격이 만만치 않고, 내 집은 이런 고급 제품을 두어도 빛이 나지 않는 누옥이란 게 아쉬울 뿐이다.

◎ **햇살 갤러리** 화동 65-2, 02-720-3387, goamtea.co.kr

경남 창녕 '고암 제다원' 055-533-2886 에서 수작업으로 만든 솔식초,

국화차, 감잎차, 연잎차 등을 사거나 마시고, 다기도 구경할 수 있는 한옥 공간이다.

화 개 1 길

◎ **세계장신구박물관**^{화동 75-3}, 02-730-1610, www.jmuseum.com

녹슨 철판으로 마감한 독특한 외관 때문에 쉽게 눈에 띄는 박물관이다. 작은 3층 건물 70여 평에 세계 곳곳에서 수집한 전통 장신구를 전시해놓고 있다. 에티오피아니 터키니 하는 나라 이름만 들어도 마음이 설레는 데다, 어두운 방에 수직의 투명 관을 설치해 진열한 방식도 환상적이고, 그 안의 크고 화려한 장신구들은 지금 당장 착용해도 손색이 없을 만큼 디자인이 빼어나다. 핸드백 전시회 등 기획전도 많이 열고, 일단 한 번 발을 들이면 쉬 나오고 싶지 않은 곳이다. 여성의 로망을 자극하는 곳이라고나 할까.

◎ **장원서 터**^{화동 23}

조선시대 궁중과 관아에 꽃과 과일을 공급하던 관청이다. 1466년에 '상림원'을 개칭한 곳으로 나무 식재, 접목, 과일 숫자의 기록 등도 담당했다고 하니 지금의 식물원 같은 기능을 했던 것 같다. 물론 이 일대에 너른 터를 유지할 수 없었으니, 경원京苑에 딸린 과원은 용산과 한강 유역에, 외원外苑에 딸린 과원은 강화, 남양, 개성, 과천, 고양, 양주, 부평 등지에 있었다.

장원서에 명해 동백과 장미를 궁에 심게 하는 등, 꽃을 유독 좋아했던 연산군 때문에 관원들이 인가를 다니며 진귀한 화초나 과일을 징발하여, 백성의 고충은 이만저만이 아니었다. 연산군은 특히 일본산 철쭉을 좋아해 "일본 철쭉을 많이 찾아내어 흙을 붙인 채 바치되 상하지 않도록 하라"고 명했고 치자, 유자, 석류 등도 그리하게 했다. 흙이 붙은 나무를 운반하다 죽은 백성이 많았다니, 꽃을 사랑하는 어여쁜 마음이 이같은 그늘을 만들어내기도 했음을 왕은 짐작이나 했을까.

장원서는 1882년 폐지되었다. 나라가 기울어 지자 꽃과 과일에 신경 쓸 여유가 없었으리라. 장원서가 있었던 근방에 지금은 화원 하나 없는 게 아쉽다. 북촌 주민들은 좁은 골목 마당에도 스티로폼 상자를 내놓고 야채를 기를 만큼 땅과 식물을 아끼는데 말이다. 화동과 화개길이란 이름도 장원서에서 유래한 것인데 이제 이 터와 연관지어 떠올릴 수 있는 곳이 없다.

◎우리들의 눈 갤러리화동 23-14, 02-733-1996, www.ka-ba.or.kr

한국시각장애인협회에서 운영하는 갤러리다. 미술 워크숍 등을 통해 시각장애인의 자기 표현을 돕고 있다. 갤러리 건너편 축대에 아기자기한 입체 작품을 붙여놓아, 일반인도 그걸 만지며 시각장애인의

사진 찍기 좋아하는 젊은이들과 일본 관광객들로
늘 붐비는 화개길. 이 길에 있던 낡은 집들은 점차
전망을 즐기기 위한 고급 주택으로 바뀌어 가고 있다.

어려움을 잠시나마 생각해보게 한다.

◎ 복정 터^{화동 35}와 코리아다이어트단식원^{삼청동 35, 02-744-2000}

'복정'은 물이 맑고 맛이 좋아 조선 정도 이래 궁중에서만 사용하던 우물이다. 복지물, 복주우물로도 불리었으며, 평시에는 자물쇠를 채우고 군인들이 지켜 일반인의 접근을 막았으나, 이 물로 밥을 지으면 일년 내내 행운이 따른다 하여, 정월 대보름에만큼은 일반인도 물을 길어가게 하였다. 표지석만 덜렁 남은 우물의 명성은 '코리아다이어트단식원' 선전 문구로 남아 있다. "임금께서 드시던 복정 터 우물물을 마시며 다이어트에 성공하자!"

코리아다이어트단식원은 오래된 목욕탕 굴뚝이 남아 있어 화개 1길에선 금방 눈에 띄는 건물이다. 3대에 걸쳐 70여 년 간 단식원을 운영했다고 한다. 나는 물만 먹어도 살찌는 체질이니, 이처럼 가까운 곳에 단식원이 있는 걸 신의 뜻으로 여기고 관심을 가져봄직 하건만, 돈 내고 밥 굶는 일은 도저히 하지 못하겠다.

◎ 차 마시는 뜰^{삼청동 35-169, 02-722-7006}

100여 년 된 고택을 전통 찻집으로 개조한 곳이다. 이곳에서 내려다보는 삼청동 풍광, 'ㅁ'자형 한옥 중정에 꽃을 가꾼 아기자기함, 차의 종류에 따라 다른 찻잔과 접시, 커피숍에선 맛볼 수 없는 메뉴 등 장점이 많은 가게다. 블로그와 관광안내 책자에 워낙 많이 소개되어서인지, 찾아오기 쉽지 않은 곳임에도 내외국인이 줄을 잇는다. 생긴 지 얼마 안 되었을 때, 함께 영화 보는 후배들과 와서 주변 경치와 인테리어에 감탄하며 한참 동안 수다를 떨었던 추억이 있다. 그때 우리는 "언젠가 지금 이 시간을 부러워하고 그리워하게 될 거야"라고 했는데, 그 시간이 너무 빨리 와버렸다.

◎ **영화사 봄** 삼청동 35-227, 02-3445-6199

〈너는 내 운명〉〈달콤한 인생〉〈장화, 홍련〉〈스캔들 : 조선남녀상열지사〉〈반칙왕〉 등을 제작한 오정완 대표의 영화사다. 마당이 있는 작은 한옥을 현대적으로 꾸며 사무를 보고 있다.

◎ **갤러리 하루고양이** 삼청동 35-221, 02-734-7753, www.haroocat.com

'북촌동양문화박물관' 못 미쳐에 있는 전시장으로, 여러 작가가 고양이를 테마로 한 일러스트레이션을 전시하는 등 아기자기한 공간이다.

◎ **맹사성 집터와 북촌동양문화박물관** 삼청동 35-91, 02-486-0191, www.dymuseum.com

한양을 둘러싼 내사산內四山 중 북악산, 인왕산, 남산을 볼 수 있고, 아래로는 까마득한 절벽과 북악산에서 흘러내려온 천이 내려다보였던 그 옛날. 조선 초 최고 지성인이자 겸손한 정치가, 청백리로 존경받은 명재상 고불古佛 맹사성孟思誠이 북촌 일대가 내려다보이는 이곳

화개길에서 만나는 재미있고 아기자기한 문구와 광고문이 있는 풍경들.

언덕에 살아 이 일대는 '맹현'漢峴으로 불리었다.

　음악에도 정통했던 맹사성은 소를 타고 경복궁으로 출근하며 피리를 즐겨 부셨다던데, 소가 자가용이고 피리가 MP3였던 셈이다. 본인 스스로도 행복했거니와, 아침저녁으로 그 모습을 보는 백성의 마음 또한 즐거웠으리라. 정승은 검소하고 조용하여, 벼슬 낮은 사람이 찾아와도 대문 밖에 나가 맞이한 후 상석에 앉혔으며, 돌아갈 때는 공손하게 배웅하고 손님이 말을 탄 뒤에야 집 안으로 들어가셨다 한다. 정승이 이러하셨으니, 이 언덕에 서서 겸손과 예의를 생각하지 않을 수 없다.

　정승의 집터에 최근 '북촌동양문화박물관'이 들어섰다. 추원문과 연못을 지나 계단을 오르면 소나무 많은 숲을 배경으로 한 김승연 한화그룹 회장의 집이 보이고 그 너머 감사원, 더 멀리로는 북한산 보현봉, 청와대, 경복궁, 남산 등이 한눈에 들어온다. 북촌에서 가장 높은 곳, 명당 중의 명당이라 하지 않을 수 없다. 이 경치를 보는 것만으로도 5천 원의 입장료가 아깝지 않다.

　박물관은 빈틈없는 꾸밈으로 찾는 이를 압도한다. 담장, 기와, 계단, 조경의 어느 하나 정성이 깃들지 않은 곳이 없지만, 그래서 인공미가 지나치다는 느낌도 든다. 좁은 언덕에 위치한 이곳은 많은 유물을 수장하고 전시하고 또 알리려는 뜻이 넘쳐나는 곳이다.

　마당에 들어서면 용 문양의 담이 가로막듯 서있고, 300년 된 중국 해태상, 옹기 장승이 있다. 1층 전시실에는 명성황후의 서간과 조선시대 백자철화용문과 같은 우리 유물을 비롯하여 중국 고위층이 쓰던 전황석 인장, 청나라 연적, 전국시대 청옥매미형 벼루와 같은 중국 유물, 티베트, 동남아시아, 인도의 불교 예술품 등이 전시되어 있다.

2층 경복궁이 내려다보이는 방은 맹사성의 호를 딴 '고불헌古佛軒'으로 이름 지었다. 세종대왕께서는 신하에게 "스승인 맹사성 정승댁 불이 켜져 있는가?" 묻고는 불이 켜져 있다 하면 "스승이 주무시지 않는데 잠을 잘 수 있느냐"며 불이 꺼지기를 기다렸다는 일화가 있다. 이 방에는 조선시대 돈궤, 강화 반닫이, 사대부들이 쓰던 2층 장 등이 전시되어 있다.

박물관을 찾은 아이들은 관장이 직접 박물관을 지었으며, 목공예도 한다는 말을 듣고는 "아저씨 천재신가 봐요!"라며 감탄한다. 권영두 관장은 건설업을 하며 유물을 모으고, 재개발 현장에서 나오는 기와를 가져와 쌓는 등, 3년간 박물관을 짓는 데 공을 들였다고 한다.

◎ 실크로드박물관 삼청동 35-99, 02-720-9675, www.silkroadnet.net

각 층이 35평으로 된 3층 건물로 1층은 총포 전시관, 2층은 실크로드 전시관, 3층은 우리 그릇 전시관으로 구성되어 있다. 동서의 문명교류가 이루어졌던 3대 통상로 중의 하나인 실크로드. 그 실크로드 전시관에선 지금은 사라지고 없는 호탄국, 누란왕국과 같은 신비로운 나라와 투르판, 타클라마칸 등에서 출토된 유물을 전시하고 있다. 미라가 신었던 신발이나 고대 투르판 문서 등도 볼 수 있다.

◎ **북촌생활사박물관** 삼청동 35-177, 02-736-3957, www.bomulgun.com

박물관 이름에 '오래된 향기'라는 부제를 붙인 데서도 짐작할 수 있듯, 북촌에 살던 이들이 이사 가면서 내놓은, 손때 묻은 근 100년간의 생활용품을 모아놓은 곳이다. 놋대야, 저울, 부지깽이, 요강, 자개장롱, 다이얼 전화기, 양은그릇, 쇠 절구, 석쇠, 주걱, 시룻방석, 사기밥그릇, 곱돌솥 등 "아, 우리 집에도 있던 건데!" 하는 감탄사가 절로 나온다. 도자기니 불상이니 하는 보물을 구경하는 것도 좋지만, 나 어릴 적에 썼던 물건들을 다시 보니 반갑고 그리운 마음 한이 없다. 뉘 집의 누가 어떻게 쓰던 물건이라는 설명을 붙여놓은 정성과 기록 정신이 대단하다. 사연을 읽으며 꼼꼼하게 둘러보려면 한나절도 부족하다.

◎ **하늘물빛** 삼청동 35-167, 02-739-6532, www.macart.co.kr

자연 염색과 전통 매듭 연구가인 조일순 할머니의 공방이다. 삼청동이 내려다보이는 언덕의 작은 한옥에서 30여 년째 사시며 작업도 하고 교육도 하신다. 서양 매듭을 먼저 시작했다가 후에 전통 매듭을 하게 되었다는 장인은, 우리나라에 없던 쪽씨를 일본에서 구해오도록 하여, 1983년에 나주의 쪽물 염색법 전승자인 무형문화재 윤병운 씨로 하여금 재현할 수 있게 하였다. 가회동 주민자치센터에서 일본어를 배우시는 장인과의 짧은 인연이 있어 이 작은 공방이 각별하다. 작업하시는 모습을 보고 있노라면 눈이 얼마나 피곤할까 싶은데, 장인은 그런 내색도 않으신다. 언젠가 기필코 천연 염색을 배워보리라 벼르고 있다.

삼청동 공방에서는 조일순 장인으로부터 전통 매듭을 배울 수 있고, 자연 염색은 조일순 장인의 아드님이 만든 별도의 공방이나 북촌 문화센터에서 배울 수 있다.

◎ **경남대학교 극동문제연구소와 북한대학원** 삼청동 28-7, 02-3700-0700, ifes.kyungnam.ac.kr

화개 1길과 가회로가 만나는 지점에는 넓은 부지를 차지하고 있는 큰 건물이 잇따라 보인다. 극동문제연구소는 1972년에, 연구소와 연계한 북한대학원은 1998년에 설립되었다. 이름만 들어도 어떤 일을 하는지 짐작이 되니 별도의 설명은 필요 없겠고, 정원이 아름답고 전망이 좋은 곳이라 소개한다. 로마시대를 연상시키는 돌기둥과 잘 가꾼 정원이 있는 자리에 서면 발 아래 삼청동 일대가 펼쳐진다. 수위실에서 단속을 하므로 아무 때나 드나들 수 없으니 애교를 떨든가, 대학원생이 되든가 해야 한다. 바로 앞에는 베트남 대사관이 있다.

◎ 화개길과 화개 1길

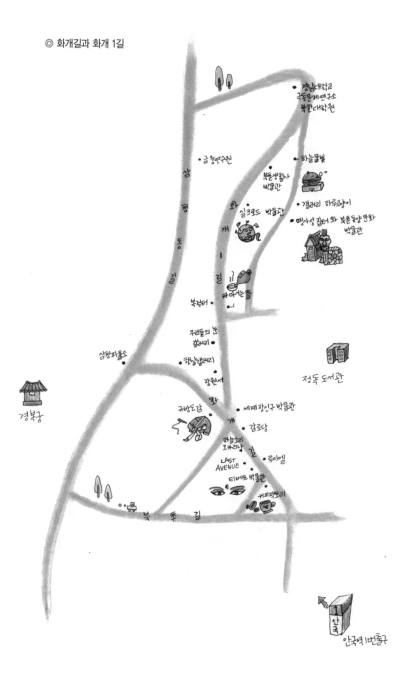

007; 은행나무 가로수 따라 호젓하게 걷는 길

사간동길

사간동길은 북촌에서 가장 걷기 좋은 길이다. 동십자각에서 시작하여 청와대 앞길과 삼청동길이 갈라지는 지점까지의 얼마 되지 않는 길이지만, 좌측엔 경복궁 담이 우측엔 화랑이 줄지어 있는 역사적·문화적인 환경에다 은행나무 가로수가 우람하고, 인도 또한 넓기 때문이다. 그러나 이 길도 삼청동 카페촌에 가려는 자동차로 매연에 휩싸이기 일쑤고, 최근엔 자전거 도로를 내어 더 붐비지 않을까 걱정이다. 우수수 떨어지는 낙엽을 밟으며 호젓하게 걸을 수 있는 길로 남아 있으면 좋으련만.

이 길은 경복궁 건춘문建春門 건너편에 사간원이 있었기에 사간동길로 불리었는데, 근래 세워진 안내판에는 '청와대로' 라 적혀 있다. 이런 도로명은 들어본 적도 없고 '청와대로' 라는 이름은 청와대 앞길만으로도 충분하지 않을까.

능히 짐작하겠지만 사간동과 송현동 일대에는 규모가 큰 한옥이 많았다. 1990년대 초에 신축된 법련사 자리에 있던 한옥은 대문이 세 개나 되고, 이 끝에서 저 끝까지 한참을 가야 하는 긴 마루가 있었다는데 그 집은 부마의 것이었다고 한다.

◎동십자각 서울시 유형문화재 제13호, 사간동 126

임진왜란으로 폐허가 된 경복궁과 후원이 흥선대원군에 의해 7,225칸으로 중건될 당시, '서십자각' 西十字閣과 마주보며 대칭이 되도록 지어졌다. 그러나 1926년 조선총독부를 지으면서 서십자각이 헐렸고, 광화문 앞 도로를 넓히느라 광화문이 뒤로 물러나면서 '동십자각' 東十字閣, 동월대은 도로 한복판에 불쑥 튀어나와 홀로 나앉은 형국이 되었다. 군사를 두어 망을 보게 했던 돈대 기능을 했던 동십자각에는 계단도 있었다 하는데, 그 역시 없애버려 위치는 물론 모양도 초라하게 되었다. 경복궁 담을 따라 천이 흐르던 구한말 사진과 현재를 비교해보면 동십자각의 처지가 더욱 안쓰럽게 여겨진다.

◎대한출판문화회관 사간동 105-2, 02-735-2701~4, www.kpa21.or.kr

1947년에 출판 산업과 출판문화 발전을 위해 설립된 출판문화협회는 출판 윤리 강령 제정, 출판 정책 수립, 독서 운동, 간행물 발간 등을 총괄한다. 1976년에 지어진 검은 벽돌 건물에선 도서 관련 행사

사간동 뒷골목에서 만난 창가 풍경.

는 물론 매년 45회 정도의 전시회가 개최된다.

◎갤러리 현대

이름난 화랑이 많기로 유명한 사간동길에서도 첫 손꼽히는 상업 화랑이 '갤러리 현대'다. 1970년 4월, 관훈동에서 '현대 화랑'으로 출발하여, 1975년 사간동에 자리잡으면서 상업 화랑의 역사를 써온 선두주자다. 박수근, 이중섭, 장욱진, 김기창, 이대원, 천경자, 김환기, 유영국, 김창열, 이우환 등을 한국 근현대 미술을 대표하는 원로, 중진 작가로 대접받게 했으며 장-미쉘 바스키아, 데미언 허스트, 로버트 라우센버그, 줄리안 슈나벨, 쩡판즈, 탕즈강, 아이 웨이웨이와 같은 외국 작가의 작품도 자주 선보였다.

갤러리 현대는 본관사간동 122, 02-734-6111, www.galleryhyundai.com, 신관사간동 80, 02-2287-3500에 이어 강남관으로까지 전시 공간을 넓혔다. 전시도록 등을 만드는 '두아트' 또한 갤러리 현대의 자회사이다.

신관 건물은 영풍문고 주인이 지은 4층 건물로 1, 2층엔 앙드레 김 의상실이 3, 4층엔 건축가 김원의 사무실이 있었다. 1995년 갤러리 현대에서 구입하였고, 이 신관 뒤편에는 구한말에 지어진 아름다운 러시아식 2층 붉은 벽돌 건물인 '갤러리 두가헌'斗街軒, 사간동109, 02-2287-3551이 있다.

200년 된 은행나무가 있는 갤러리 두가헌 뜰 건너편에는 1910년대 한옥을 개조한 와인 레스토랑 두가헌02-3210-2100, www.dugahun.com이 있다. 이 한옥은 영친왕의 생모인 순빈 엄씨가 입궁 전에 살던 생가이 자, 고종의 후궁인 광화당光華堂 귀인 이씨가 고종 승하 후 궁을 나와 살 다 82세로 숨을 거둔 곳이다. 이 집과 샛문 하나 사이 옆집에는, 역시 고종의 후궁인 삼축당三祝堂 김씨가 살았다. 원불교 소유에서 갤러리 현대로 주인이 바뀐 사연 많은 이 한옥은 2004년에 젊은 건축가 최욱 이 리모델링하여 칭찬을 많이 들었고, 유홍준 씨가 매우 아름다운 집 이란 뜻의 두가헌이라 이름 지었다. 이러하니 사간동길은 갤러리 현 대 타운이라 해도 과언이 아니다.

갤러리 현대에서 박노수, 권옥연, 김원숙 같은 작가의 그림을 보 며, 그리고 여기서 펴냈던 작은 책자 〈화랑〉을 보며 큐레이터를 꿈꾸 었던 시절이 있었던 만큼, 갤러리 현대의 전시회 나들이는 내게 그림 감상 이상의 무게를 지닌다. 지금도 갤러리 현대에서 기획한 전시라 면 믿고 찾으며, 갈 때마다 젊은 시절 꿈으로부터 너무 멀리 와 다른 길을 걷고 있다는 회한과 그래도 이렇게 그림을 즐길 수 있으니 괜찮 다는 나름의 감회에 젖곤 한다.

◎아프리카미술관 사간동 64, 02-730-2430, www.africarho.co.kr

흔히 보기 어려운 아프리카 현대미술품을 전시 및 판매하며 아프 리카에서 열리는 비엔날레에 한국 작가를 소개하는 일도 하고 있다.

한복에서 응용한 원색의 드레스, 초록 비단 배자, 곱게 수놓은 베갯머리, 자개 장식함, 한지
바른 장이 놓인 꼬세르의 깔끔하고 모던한 공간은 어린 시절을 생각나게 한다.

◎ **꼬세르** Coser, 사간동 119-1, 02-737-6587, www.cosercollection.com

디자이너 배영진 씨가 한국적인 정서를 바탕으로 옷, 이부자리, 핸드백 등을 디자인하고 판매하는 곳이다. 파리, 뉴욕, 일본 등에서 패션쇼를 열었으며, MBC 드라마 〈궁〉에 의상과 소품을 협찬했고, 엘리자베스 영국 여왕의 방문, 한국 관광 명예 홍보대사로 선정된 일본의 여장 남자 메이크업 아티스트 겸 탤런트 잇코가 꼬세르의 한복을 입고 인터뷰에 응하는 등, 자랑거리가 많은 곳이다.

한복에서 응용한 원색의 드레스, 초록 비단 배자, 곱게 수놓은 베갯머리, 자개 장식함, 한지를 바른 장이 놓인 깔끔하고 모던한 공간을 둘러보고 있자면, 어린 시절 생각이 난다. 색동 치마저고리에 토끼털 장식 배자를 입고, 빨간 댕기 드린 머리에, 코끝에 빨간 수술을 단 흰 버선과 비단 꽃신을 신고, 빨간 비단 복주머니를 손에 꼭 쥐고, 아버지 자전거 뒤에 매단 대나무 바구니 속에 웅크리고 앉아 할아버지 댁에 인사 드리러 갈 때의 매서운 정월 추위. 쌩쌩 달리던 신작로에는 남바위 쓴 아낙과 두루마기 고름 날리며 걷는 아재, 털 귀마개와 털 토시로 무장한 아이들이 어울려 걸었다. 그런 명절 풍경을 생생하게 기억하고 있는 나로서는 꼬세르에 가면 즐겁고 행복하다.

스페인어로 '바느질하다'라는 뜻의 꼬세르 매장에서 떠오르는 추억 하나 더. 20여 년 전, 막내 여동생과 유럽 배낭여행 중 바르셀로나에 들렀을 때, 대학 선배인 배영진 언니와 조각가 배삼식 형 부부가 거지 꼬락서니의 우리를 반갑게 맞아주며 밥도 사주고 관광안내도 해주었다. 넉넉지 않은 유학생 살림에도 불구하고 싫어하는 기색 없이, 별로 친하지도 않았던 후배에게 베푼 정성을 어찌 잊을까. 어렵게 공부하여 멋진 매장을 차린 선배 부부가 자랑스럽다.

◎**금호 갤러리** 사간동 78, 02-720-5114, www.kumhomuseum.com

금호아시아나 문화재단에서 운영하는 갤러리로 신인, 지방 작가를 후원하며 음악, 건축, 영화, 미술 등을 강의하는 아카데미도 운영한다. 1996년 관훈동에서 옮겨왔고, 재미 건축가 김태수가 지하 3층 지상 4층의 직사각형 건물을 설계했다.

◎**이리자 한복전시관** 사간동 74, 02-734-9477

영부인, 각국 부임 대사 부인, 미스코리아를 위한 한복 디자인으로 유명한 한복 디자이너 1세대 이리자 선생이 1996년 5월, 우리나라 최초로 연 개인 한복 전시관이다. 1층은 한복 매장이고 2, 3층은 '출생에서 임종까지'라는 주제대로 배냇저고리에서부터 백일, 돌, 약혼, 결혼 때 입는 예복과 상복, 수의까지 망라되어 있다. 재료 구입에서부터 손질, 염색, 바느질까지 이리자 선생이 손수 한 것이라 한다. 그러나 현재 전시관은 휴관 중이다.

크고 화려한 문양을 넣고 치마폭을 넓히는 등, 드레스화된 한복이 한복 고유의 선과 모양을 망쳤다는 논란도 있지만, 이리자 선생은 한복을 세계에 알리고 과거에 비해 어깨가 넓어진 현대인을 고려한 디자인이었다고 인터뷰한 바 있다.

◎**한국농어촌사회연구소**^{사간동 57, 02-737-7921, www.agri-korea.org}

농어업과 농어촌에 관한 전문적 연구를 통해 농어업을 육성하고, 도시와 농어촌의 균형 있는 발전을 도모하며, 농어민의 인간적인 삶 실현에 이바지하기 위해 1985년에 설립된 민간연구소다. 계간지 〈농민과 사회〉, 월간지 〈흙내〉 외에 많은 서적을 펴내고 있다. 도시인과는 관계없는 단체 같지만 환경, 기후, 식량 문제를 생각할 때 이 단체의 연구, 정책 대안 개발, 자문 활동은 오히려 도시인을 위한 것이 아닌가 싶다. 북촌에 이런 연구소까지 있다니!

◎**국군서울지구병원**^{소격동 165, 02-397-3973}**과 옛 국군기무사령부**

1913년, 8천여 평의 사간원 터에 일본군의 수도육군병원이 들어섰고, 1928년 5월부터 해방 전까지 경성의학전문학교 부속의원으로 있다가, 해방 후 서울대학교 의과대학 제2부속 병원으로 이용되었다. 1978년 국군서울지구병원으로 바뀌었는데, 이름과는 달리 청와대가 가까이 있어 전 현직 대통령과 정부 고위 인사들이 주 고객인, 대통령 전용 병원으로 통한다.

1979년 10·26사태 때는 박정희 전 대통령이 이곳에서 사망 판정을 받았고, 노태우·김대중 전 대통령이 입원 치료를 받았다. 북촌길에 면해 있는 정문에는 항시 총을 든 헌병이 지키고 있어, 북촌과는 어울리지 않는 풍경을 연출한다. 같은 담 안에 옛 국군기무사령부^{옛 국}^{군보안사령부}가 있어 건물 자체는 '옛 기무사 건물'로 통한다.

기무사는 1977년 창설 이후 중앙정보부^{현 국가안전기획부}와 함께 독재 정권을 지탱한 두 기둥이었다. 1979년 12·12쿠데타로 전두환 신군부가 권력을 장악하면서 안기부까지도 통괄하는 최고 권부로 등장했고, 총을 든 군인이 정문을 지켰다.

기무사는 2008년 11월 과천으로 이전했고, 이명박 대통령이 국군서울지구병원을 대통령 전용 병원으로 쓰지 않기로 결정하면서, 옛 기무사 건물은 국립현대미술관 서울 분관으로 바뀔 예정이라고 한다. 그렇게 되면 화랑이 많은 사간동길과 이제 화랑이 들어서기 시작한 북촌길을 연결하는 미술인의 구역이 형성될 것이다. 나로서는 북촌에 살아야 할 이유가 하나 더 느는 셈이다.

비어 있는 옛 기무사 건물에선 벌써부터 미술 전시회가 열리고 있다. 〈조선일보〉가 주최한 아시아 대학생 청년작가 미술축제^{Asian} ^{Students and Young Artists Art Festival}가 2008년 구 서울역사 전시에 이어, 2009년엔 옛 기무사 건물에서 열렸다. 그림보다는 구 서울역사와 옛 기무사 건물이 보고 싶어 전시장을 찾았던 나는 낡은 건물의 악취, 이제 막 완성한 그림에서 뿜어져 나오는 화학 재료 냄새 등으로 머리와 눈이 아파 기절할 것 같았다. 그림의 수준은 둘째 치고 이런 폐허에 다닥다닥 작품을 전시하는 건 예의가 아니란 생각이 들었다.

국군서울지구병원이 이전을 하지 않겠다고 고집하고 있고, 대통령 경호처의 반대, 이 터의 역사성을 생각할 때 문화계 인사들이 왜 자기 집처럼 고집하는지 모르겠다는 불만의 목소리 등, 이래저래 옛 기무사 건물을 미술관으로 리모델링하는 데는 시간이 많이 걸릴 것 같다. 최근 북촌 주민에겐 옛 기무사 건물 마당에 싸게 주차할 수 있게 해준다는 광고 전단이 뿌려졌다. 수리 전에만 한시적으로 주차장을 허용한 것이라 믿고 싶지만, 이 넓은 터와 건물을 노리는 단체가 어디 한둘이겠는가.

옛 기무사 터에는 정독도서관으로 옮긴 종친부가 있었고, 사간원과 규장각도 있었다. 사간원은 홍문관, 사헌부와 함께 삼사로 불리던 기관으로, 왕이 바른 정치를 하도록 일깨우고 충고하는 기능을 담당했다. 연산군은 충고가 듣기 싫어 사간원을 폐지했지만, 중종반정 후 다시 회복되었다. 규장각은 정조가 즉위한 1776년에 설치한 왕실 도서관이다.

◎학고재 소격동 70, 02-720-1524~6, www.hakgojae.com

'학고창신'學古創新, 옛것을 배워 새로운 것을 창조하자을 모토로 1988년 인사동에서 개관한 고서화 전문 화랑에서, 한옥을 리모델링한 현재의 화랑으로 옮겨왔다. '19세기 문인들의 서화' '조선 중기의 서예' '무낙관 회화' '구한말의 그림'과 같은 전통 미술 기획전과 해외의 미니멀리즘 작가의 작품 등, 전통과 미래를 아우르는 전시를 열고 있다.

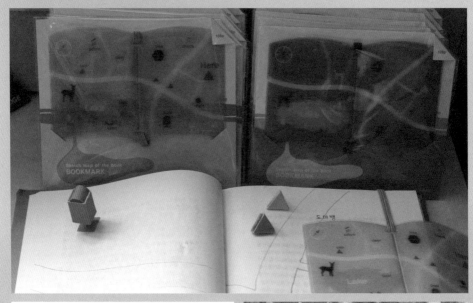

위는 예쁜 디자인 제품들로 가득한 소격동문방구의 종이 소품들. 아래는 '홍란과 백란이
있는 三淸의 꽃' 화원의 외부 전경과 홍당무를 먹고 있는 토끼 상의 모습.

◎**선컨템포러리** 소격동 66, 02-720-5789, www.suncontemporary.com

1977년에 문을 연 '선 화랑' 인사동 184, 02-734-0458, www.sungallery.co.kr 은 '현대 화랑'과 비견되는 상업 화랑으로, 월간지 〈선 화랑〉을 내며 작가와 애호가를 연결해왔다. 2005년에 '선컨템포러리'를, 2008년엔 '갤러리 선 강남' 청담동 118-17, 02-546-2020 을 오픈했으며, 독창적인 소재나 재료로 작업하는 작가들의 설치 미술을 주로 볼 수 있다.

◎**소격동문방구** 소격동 61, www.ttable-office.net

선컨템포러리 뒤편 골목에는 아기자기한 문방구와 옷가게, 화원이 사이좋게 이웃해 있다. 문방구의 정식 이름은 'T Table Office' 지만, '소격동문방구'로 부르는 게 더 정답고 최윤숙 디자이너도 그렇게 불러도 된다고 했다. 여느 문방구에서 파는 풀, 가위 같은 건 하나도 없는, 종이로 만든 동화 나라라고 할까. 빨강머리 앤의 집, 다이빙을 하는가 하면 물에서 열심히 수영 중인 여자 아이 모빌, 새가 앉은 나무 모빌, 종이 책상과 종이 시계 등, 뭐든 하나라도 사지 않고는 눈에 아른거려 잠을 잘 수 없을 만큼 예쁜 디자인 소품이 많은 가게다.

바로 옆에는 옷과 액세서리 등을 파는 '홍조' 소격동65, 02-756-3387 가 있고, 건너편에는 '홍란과 백란이 있는 三淸의 꽃' 소격동67, 02-732-8265-6 이라는 긴 이름의 화원이 있다. 빨간 벽돌로 지은 둥근 집과 홍당무를 먹고 있는 토끼 상, 밖에 내놓은 화초가 마치 동화 나라 입구 같다.

◎국제 갤러리와 더 레스토랑

1982년에 개관한 '국제 갤러리' 소격동59-1, 02-735-8449, www.kukje.org는 아트 바젤에 참가하여 한국 미술을 알리는 한편 헬렌 프랑켄텔러, 샘 프란시스 등 해외 유명 작가 작품을 국내에 자주 소개하고 있다. 건물 지붕에 큰 걸음을 딛는 여성 마네킹을 올려놓아 유명 화랑이 많은 사간동길에서도 쉽게 눈에 띈다.

같은 건물 내의 '더 레스토랑' 02-735-8441, www.the-restaurant.co.kr은 1층 카페, 2, 3층은 프렌치와 이탈리아 레스토랑과 와인 바로 운영된다. 2, 3층은 경복궁 담이 바라다 보이는 통유리 전망에 군더더기 없는 디자인, 유명세와 비싼 값에 걸맞은 식사가 제공된다. 1층은 케이크와 커피, 스파게티, 샌드위치 등의 간단한 식사를 할 수 있어 상대적으로 부담이 적다.

◎소격서 터 소격동 24

소격서는 조선시대에 도교 의식을 주관했던 사당이다. 하늘과 별자리, 산천에 복을 빌고 병이 낫도록 기원하며, 기우제와 같은 국가 제사를 맡았다. 조광조를 비롯한 사림파 인사들은 중종의 어머니와 할머니들이 받드는 소격서가 노자를 숭상하는 이단이며, 제후의 나라인 조선에서 직접 하늘에 제사하는 것은 불가하다며 소격서를 없앨 것을 주장했다. 중종 13년인 1518년에 혁파했으나, 1522년 대왕대비의 병환을 구실로 회복시켰지만, 임진왜란 이후에 완전히 폐지되었다.

1~2. 국제 갤러리. 3. 갤러리 현대 내 한옥을 개조한 와인 레스토랑 두가헌.

◎ 사간동길

전선북카페

소격동 문방구

선컴 렘포러리

학고재

빛갤러리

소타서터

복촌길

국군서울지구병원 &
옛 국군기무사령부

사간원 터
아프리카미술관

농아준 사회연구소

이라자 한복전시관

금호갤러리

꼬서프

두가위

경복궁

사간동길

법룬사

법연사

갤러리현대
본관

동십자각

울곡로

안국역 1번출구

008; 호젓함이 그리운 왕년의 데이트 코스

삼청동길

삼청동길은 '진선북카페'에서 청와대 앞길과 갈라져 삼청공원에까지 이르는 길이다. 삼청공원은 내가 어릴 때도 유명한 데이트 코스였고, 그래서 '삼청동수제비' 같은 음식점에 간 기억이 있지만 지금처럼 음식점, 차량, 젊은이들로 걷기 힘든 거리가 된 건 근 10년 새인 것 같다. 삼청동길이 상점으로 포화상태가 되면서 조용했던 팔판동 이면 골목에까지 커피숍, 레스토랑, 갤러리, 옷가게가 들어섰다. 가게 규모도 크고 외관도 화려해서, 밤에 나가면 홍콩 번화가에 온 느낌이다.

국무총리 공관과 청와대만 섬처럼 남기고 상업 지구로 바뀐 삼청동 일대를 거니노라면, 여타 북촌 길은 점잖은 양반 동네요 고요한 절간이지 싶은 정도다. 심지어 지금의 삼청동길은 '북촌'이라는 단어에서 연상되는 이미지와는 많이 다르다는 게 내 생각이다. 행정복합도

근 10년새 음식점, 차량, 젊은이들로 걷기 힘든 거리가 된 삼청동길.
그 뒷골목에 누구도 돌보지 않는 벤치 하나가 놓여 있다.

시, 세종시에 대한 논란이 일 때마다 나는 청와대와 총리 공관만 이사
가면 되겠다, 그럼 북촌 주민이 녹지 공간과 숲을 다 차지할 수 있으
니 좋겠다는 생각을 했었다. 그러나 국무총리 공관 바로 앞과 옆에까
지 옷가게, 커피숍이 들어선 걸 보니, 나라 체면이라는 것도 있는데
이건 아니지 싶다.

　예전에는 국무총리 공관 정문 앞에서 길 오른쪽 건물들 사이를
올려다보면, 바위 절벽에 한자로 '삼청동천'이라 새긴 글귀가 보였다
는데 지금은 집들로 덮여 있다. 1939년도에 삼청동 35번지 방 다섯 칸
짜리 한옥이 9천5백 원에 매매되었다는 호랑이 담배 피던 시절 시세
를 들먹일 순 없지만, 가파른 임대료 상승으로 업종이 자주 바뀌어 불
과 2, 3년 전 신문에 소개된 음식점도 찾을 길이 없다. 이는 삼청동길
뿐만 아니라 북촌 거의 모든 지역에 해당되는 것이지만 말이다.

　삼청동길은 본래 북악과 삼청공원의 여러 물길이 합쳐져 흐르던
천으로, 물길은 경복궁의 동문인 건춘문 앞을 지나 중학천으로 흐르
고, 광교 아래 청계천으로 이어졌다. 삼청동 물길과 옥인동 쪽에서 흘
러온 물이 청계천의 발원지인 것이다. 1957년에 복개되고, 그 끝에 삼
청터널이 뚫렸다. 이후 활처럼 굽은 길을 4차선 도로로 반듯하게 넓
히려다 그대로 놔두어, 은행나무 그늘이 남게 된 게 그나마 다행이다.

　삼청동이란 이름은 태청^{太淸}, 상청^{上淸}, 옥청^{玉淸}의 3위를 모신 도교
사당 삼청전^{三淸殿}에서 비롯되었다는 설과 산이 맑고^{山淸} 물이 맑아^{水淸}
사람 마음 또한 맑아진다^{人淸}하여 삼청^{三淸}이 되었다는 설이 있다. 북촌

골에서도 제일 경치 좋은 곳이었다는 삼청동엔 옛부터 시인 묵객들이
찾아들어 아름다운 풍광을 시로 읊었다.

　삼청동

　지팡이 짚고 오솔길 찾아
　산에 오르니 상쾌함 깨닫네
　잔잔한 시냇물 태고로 흐르고
　푸른 산 벽은 천 년을 지켜왔네
　수많은 산골짝 가을 소리 퍼지고
　외로운 기러기 저물녘 안개 속 나르네
　옷 벗고 풀밭에 한가로이 앉으니
　흥겨움에 빠져 돌아갈 길 잊는구나

　대사헌, 형조판서를 지냈다는 이관명^{李觀命}의 시다. 이 시를 마음
에 담고 삼청동길을 걸어본다.

◎ **진선북카페**^{팔판동} 150, 02-723-5977
　삼청동길과 청와대 앞길이 갈라지는 지점이라는 좋은 위치에다,
한자리를 오래 지킨 덕분에 삼청동길의 터줏대감이 되다시피 한 곳이
다. 진선 출판사가 모태가 된 북카페의 선두 주자로, 정원에 테이블을

내놓아 한가로운 풍경을 연출하고, 실내에는 3천여 권의 책을 구비해 두었다. 바로 옆엔 복합문화공간 '갤러리 진선'을 두고 있다.

◎ 삼청 감리교회 팔판동 49-1, 02-734-1054, www.samchung.or.kr

100년 역사를 자랑하는 '삼청 감리교회'는 삼청동길의 현실에 적극 동참하는 교회다. 삼청로 문화축제에 참가하는가 하면, 교회 담을 허물어 나무를 심고 파라솔과 의자를 내놓은 '북카페 엔 En, 샘물이라는 뜻이란다'을 운영하고 있다. 삼청동에 내로라하는 커피숍이 적지 않지만, 이곳 또한 전문 바리스타가 독일 왕실 커피 브랜드인 달마이어 원두를 가공하여 제대로 된 커피를 내놓는다. 북카페에서 나오는 수익금으로는 6천5백 권의 도서를 갖춘 어린이 도서관 '꿈과 쉼'을 만들었다. 삼청동길에서 누군가를 만날 요량이면 북카페 엔을 이용해보는 것은 어떨까.

◎ 수와래 삼청동 35-116, 02-739-2122, www.mr-kang.com

스파게티로 유명한 이탈리아 레스토랑으로, 내겐 추억의 사진을 남겨준 곳이어서 잊을 수가 없다. 생일이라고 했더니 폴라로이드 카메라로 사진을 찍어주었는데, 그 이전까진 사진을 제대로 찍어본 적이 없어, 이 스냅 사진을 소중하게 간직하고 있다.

진선북카페가 오랜 세월 이 동네의 이정표 노릇을 했다면, 북카페 내서재는 책에 더 집중한
곳으로 단골의 사랑을 받고 있다.

◎**토이키노 박물관** 삼청동 35-116 수와래 3층, 02-723-2690, www.toykino.com

장난감^{Toy}＋영화^{Kino}의 합성어가 말해주듯, 만화영화나 영화에 나오는 캐릭터 장난감을 모아놓은 곳이다. 영화 〈스타워즈〉가 개봉된 1977년부터 모은 캐릭터 10만여 점 중 5만여 점 정도만 1, 2관에 전시해놓았다는 손원경 관장. 미국 S.F 영화에서 일본 애니메이션, 우리 만화영화의 영웅들이 총망라되어 있어 추억에 잠겨 동심으로 돌아갈 수 있다. 애니메이션 〈몬스터주식회사〉의 주인공 설리반의 실물 크기 털 인형과 자주 대화하는 나는 손 관장의 캐릭터 사랑을 충분히 이해한다. 그러나 캐릭터가 10만 개나 되면 애정을 일일이 어떻게 나누어 주지?

◎**북카페 내서재** 팔판동 27-6, 02-730-1087, www.mybookcafe.co.kr

짙은 갈색 나무 책장에 3천 권의 책을 비치해, 클래식 음악을 듣고 커피를 마시며 책을 읽을 수 있게 한 북카페다. 북마스터를 꿈꾸었다는 주인이 홈페이지를 통해 책을 추천하고 또 추천도 받으며, 판매하기도 한다. 진선북카페가 오랜 세월 이 동네의 이정표 노릇을 했다면, '북카페 내서재'는 책에 좀더 집중한 곳으로 단골의 사랑을 받고 있다. 3년 전만 해도 이 자리에는 《삼국지》의 주인공 관우와 관련된 조각, 공예품 150여 점을 전시해놓은 '운장 갤러리'가 있었다. 이처럼 자리 바뀜이 심한 동네라 북카페가 오래도록 지금의 자리를 지킬 수 있을지 걱정이다.

◎ 국무총리 공관 ^{삼청동 145-6}

국무총리실은 세종로 55번지 정부중앙청사 내에 있지만, 총리가 머무는 공관은 청와대 옆에 있다. 국무총리실 홈페이지 설명에 의하면 이 자리는 조선 중엽 왕자가 살았던 '태화궁'太和宮 터라고 한다. 고종이 대원군 사위인 군부대신 이윤용李允用에게 하사했고, 이윤용은 조흥은행장을 역임한 민규식閔奎植에게 팔았으며, 다시 경성전기주식회사에 매각되어 관사로 쓰였다. 해방 후에는 국회의장 공관으로, 1961년 이후엔 국무총리 공관으로 오늘에 이르렀다. 본관은 1985년에 일본식 목조 건물을 헐고 지은 시멘트 건물이고, 만찬장인 삼청당은 1979년에 한옥 별당을 증개축한 것으로, 당시 박정희 대통령으로부터 삼청당이란 현판을 받았다. 공관에 초대되어 간 이들이 감탄하며 사진 배경으로 택하는 곳이 바로 널찍한 한옥 삼청당이다. 천연기념물 254호로 지정된 수령 900년의 등나무와 254호로 지정된 수령 300년의 측백나무를 비롯해 5천 여 그루의 나무에 둘러싸여 있다. 삼청동 길의 복잡함을 잠시 잊게 해주며, 주변 공기를 맑게 해주고 호젓한 분위기를 만들어주어, 공관 근처에 사는 지인들의 자랑이 대단하다. 청와대처럼 일반인이 관람할 수 있는 공간은 아니다.

◎ 삼청동수제비 ^{삼청동 102, 02-735-2965, www.sujaebi.kr}

대학 때도 가본 기억이 있는, 삼청동을 대표하는 유명한 서민 음식점이다. 점심시간에는 줄 서서 기다려야 겨우 한자리 차지할 수 있

삼청동길을 걷다보면 이처럼 각양각색의 벽화들을 만날 수 있다.

다. 멸치 국물에 감자, 호박, 고추, 당근, 양파 등을 넣어 끓이는 항아리 수제비가 대표 음식이고 찹쌀 수제비, 감자전도 있다. 펄펄 끓인 단품 요리이며, 김치를 각자 덜어먹을 수 있게 했기에 위생을 걱정하지 않아 좋다. 그러나 엄청난 소음과 북적임 속에서 후다닥 먹고 나가야 하는 집이라는 게 아쉽다. 장사가 잘되어 옆집까지 확장했으니 이제는 실내 인테리어나 서빙하는 이들의 복장, 특히 그릇에도 신경을 쓸 때도 되지 않았나 싶다. 최근 이 일대 간판이 디자인 감각을 살린 새 간판으로 교체되어, 수제비집도 새집 같은 인상을 주기는 하지만 말이다. 이처럼 허름한 집인데 홈페이지가 있을 줄이야……. 홈페이지를 만들었으면 그간의 역사, 가격 변화, 단골손님 소개 등 꼼꼼한 기록으로 정보 가치를 높이면 좋을 텐데. 앞으로 기대해봐야겠다.

◎**북창 터와 번사창**^{삼청동 28-1 한국금융연수원 내}

'북창'은 태조 때 설치한 '군기시'^{軍器寺, 무기를 만들던 관청으로 서울시 신청사 건립 부지에 있었다} 창고인 별창이다. 군기시의 북쪽에 있다 하여 북창, 화약을 만들기도 해서 화약고라고도 불렀다. 한말의 무관이자 애국지사인 한규설^{韓圭卨, 1848~1930}이 이곳 깊숙한 골짜기에 군의 깃발과 탄약을 만들던 군기창과 기기창을 설치하여, 근대 개화기의 소용돌이 속에서 일시나마 국방에 대비하였다. 5,710평에 여러 건물이 지어졌지만, 최초의 신식 무기를 만들던 4.9평 공장 건물 '번사창'^{서울시 유형문화재 제51호}만 남아 있다. 한규설은 북촌 유적지 소개 시 자주 등장하는 분으로 계동길 한학수의 집, 가회로의 취운정 터 설명에서도 그의 이름을 볼 수 있다.

번사창은 조선과 일본 사이에 강화조약이 강제로 체결된 8년 뒤인 1884년, 고종 21년에 무기 근대화와 근대식 군사훈련을 위해 지어졌다. 조선 말기엔 '기기국'機器局의 무기고로 사용했다. '번사'란 흙으로 만든 거푸집에 금속 용액을 부어 주조한 용기에 화약을 넣어 만든 것으로, 폭발시킬 때 천하가 진동하는 소리가 나고 빛은 대낮처럼 밝다는 뜻이다. 짙은 회색 벽돌로 벽을 쌓고 붉은 벽돌로 띠를 두른 후 맞배지붕을 올렸다. 문은 아치형이며 정문은 화강암으로 만들고, 측면문은 붉은 벽돌로 띠를 넣어 장식하였다. 중국과 서양 건축 양식이 어우러진 건물이라, 그 앞에서 사진을 찍고 중국에 다녀왔다고 우겨도 모를 것 같다. 북창 터와 번사창 모두 한국금융연수원 내에 있는데, 터가 넓고 나무도 많아 울타리 밖 삼청동과는 다른 별세계다. 연수원 건물 뒤편 언덕의 너른 정원은 점심시간에만 일반에게 공개되는데, 화개 1길 쪽 후문으로 들어가면 편하다. 아래쪽 삼청동길의 소음과 번잡함이 일시에 사라지는 조용한 공간으로, 연수원 건물 안 자판기 커피도 공짜라서 횡재한 느낌으로 편히 쉬었다 갈 수 있다. 왜 나는 이처럼 사소한 것에 감격을 잘하는지 모르겠다.

◎ 서울신포니에타 삼청동 122 대하빌딩 4층, 02-732-0990, www.seoul-sinfonietta.co.kr

서울신포니에타는 바이올리니스트 김영준이 1987년 12월에 창단한 전문 실내악단이다. 1988년 4월 피아니스트 예핌 브론프를 초청하여 첫 연주회를 가진 이래 국내외 정상급 연주자와 함께 400여 회를 공연했다. 이곳은 물론 공연장이 아닌 사무실인데, 그러고 보니 북촌에 제대로 된 공연장이 없다.

◎**온마을** 삼청동 123, 02-738-4231

두부찌개, 비지찌개로 이름을 얻은 지 오래된 식당이다. 비빔밥과 두부 요리가 한식집에선 가장 실속 있는 메뉴라고 생각하기에 즐겨 찾는다. 인테리어가 깔끔하진 않은 편인데, 날씬하고 예쁜 아줌마가 친절하게 접대를 해주셔서 놀랐다. "아주머니 얼굴 뵙고 놀랐어요. 그 나이에 어쩜 그리 몸매 관리도 잘하시고, 정말 미인이세요" 했더니 얼굴을 붉히시며 반찬을 듬뿍 가져다주셨다.

◎**단풍나무집** 삼청동 31-1, 02-730-7461

감사원으로 올라가는 갈림길에, 쇠 그물에 잔돌을 채워서 담을 두른 마당 넓은 고기구이집이다. 워낙 잘 지은 집이라 고기집으로 쓰기엔 아깝고, 돌담으로 가린 것도 아쉽다는 게 삼청동에 사는 지인의 이야기다. 깔끔하고 친절하며 밑반찬도 맛있다는 평이지만, 이런 평가를 받는 만큼 부가세를 내야 한다.

◎ 옥호정 터 ^{삼청동 133-1과 2로 추측}

옥호정은 안동 김씨 세도정치의 기반을 조성했던 순조의 장인 영안부원군^{永安府院君} 풍고^{楓皐} 김조순^{金祖淳}의 집이다. 장생^{張生}의 소유였다는 옥호산서^{玉壺山墅}를 사들여, 1815년에 손을 봐 여가를 즐겼던 별서로 짐작된다. 1815년에 그려진 것으로 추측되는 '옥호정도^{玉壺亭圖}'를 보면 조선 사대부 민가의 격조와, 풍류를 즐길 수 있는 조원이 어우러진 아름다운 공간을 상상할 수 있다. 웃뜰^{上園} 바위에 새겨진 일관석^{日觀石, 해를 맞이하는 바위}만이 북악 동쪽 산중턱에 위치한 개인 소유의 집에 남아 있다. 백련사 터와 함께 옥호정 터의 과거를 상상해보려면 칠보사 뒤 골짜기나 삼청공원까지 가지 않으면 안 된다.

◎ 소연전통인형연구소 ^{삼청동 20-10, 02-722-2527}

전통인형 제작 기능보유자 소연^{素姸} 임소연 씨가 조선시대부터 1960년대까지의 생활상을 소재로 전통인형을 제작하는 과정을 구경하고 작품도 볼 수 있는 곳이다. 인형 얼굴을 만들 때는 헝겊에 풀을 먹여 다리고, 머리카락도 한 올씩 심으며, 자연 염색한 천으로 옷을 만들어 입힌다고 한다. 쇼윈도를 통해 '옛 인형 일기'라는 인형 전시를 볼 수 있어 복잡한 삼청동길에서 조용히 발길을 붙든다.

◎ 눈나무집 ^{雪木軒, 삼청동 12-5, 02-739-6742}

한자로 읽어도 우리말로 읽어도 예쁜 옥호다. 떡갈비로 유명한 집

1. 복잡한 삼청동길에서 조용히 발길을 붙드는 소연전통인형연구소. 2. 쇠 그물에 잔돌을 채워서 담을 두른 마당 넓은 단풍나무집. 3. 삼청동길 노점에서 만난 아기자기한 동물 인형들.

이었는데, 지금은 황해도와 평안도에서 야식으로 먹던 김치말이 국수와 김치말이 밥으로 더 손님을 끄는 것 같다. 차가운 물김치에 삶은 계란, 참기름, 깨소금, 김 등을 넣고 밥이나 국수를 말아 낸다. 한여름에 살얼음 낀 김치말이 국수는 더위를 가시게 하는 별미임이 분명하지만, 지하 식당만 운영하던 예전이 여러모로 더 나았다. 그때는 길 밖에까지 줄을 섰다가 차례로 불려 내려가 먹고는, 다시 좁은 계단을 가득 메운 사람들 속을 비집고 나와야 했다. 원래 가게도 운영하면서 건너편에 3층 건물을 지어 넓힌 이후엔 맛도, 양도 예전만 못한 것 같다.

◎**우물집**삼청동 4-2, 02-735-0545

11번 마을버스 종점, 삼청동 음식점이 끝나는 곳에 이르면 공기가 다르다는 걸 확연히 느낄 수 있다. 청와대를 지킨다는, 문패 없는 부대가 있고, 여기서 좌측 골짜기로 조금 들어가면 칠보사 직전에 정원이 있는 큰 한식집이 나타난다. 저녁 시간에 혼자 가서 5천 원짜리 비빔밥을 시켜도 맛깔스런 밑반찬새우젓에 볶은 호박, 오이소박이, 감자조림, 빈대떡, 열무김치, 오징어채볶음을 담뿍 담아내고, 수저를 빠뜨릴 만큼 커다란 양푼에 각종 나물, 묵, 계란 프라이를 내준다. 나는 한식집 가면 으레 비빔밥을 시키는데, 나물 반찬만큼 실속 있는 우리 음식을 알지 못하기 때문이다.

◎**칠보사**삼청동 4, 02-732-1424, cafe.naver.com/7bosa

칠보사 대웅전의 현판은 한글로 '큰 법당'이라고 씌어 있다. 여섯 개 기둥에 붙인 주련柱聯도 한글 궁체다. 이는 3대 석주昔珠 큰스님의 친필로, 스님은 청소년 포교에 평생을 애쓴 분이다. 일주문도 없이 큰 법당과 오래된 느티나무 옆으로 종각 하나와 요사채 두 동뿐인 작은 절이지만, '칠보어린이합창단'과 '칠보유치원'으로 유명하다. 1932년 성불사로 초창되었다. 동년同年 혜운 스님이 2대 주지로 부임하면서 명부전, 삼성각을 증축하고 절 이름을 삼각사라 개명하였다. 이어 1958년 칠보화 보살이 사재로 3백여 평의 대지를 구입, 칠보사라 개명하고 재단법인 선학원에 기증, 그 분원이 되었다. 법화종 소속인 칠보사 옆에는 '예수그리스도 후기성도교회'가 있다.

칠보사 뒤쪽에 있는 집들은 맑은 공기와 물과 숲의 혜택을 누리고 있는데, 규모 큰 한옥과 건축상을 받았다는 삼각지붕 세 개를 연이은 양옥이 있는가 하면, 달동네 같은 분위기도 난다. 청와대 뒤편이 되는 이곳에는 정조에게 진상했다는 우물도 있고, 제단으로 쓰이던 바위에 새겨진 고암회高巖回, 기천석祈天石, 강일암康日庵, 서월당徐月堂 같은 글씨도 찾아볼 수 있다. 삼청동의 옛 풍경을 상상하며 사람 사는 맛을 느끼려면 이 골짜기까지 들어와봐야 한다. 지척인 삼청동 음식점 거리와는 완전히 다른 모습을 연출하는 이 골짜기의 다 쓰러져가는 집 단칸방에 사는 후배가, 두 세계를 오가는 이질적인 심경을 자주 이야기해준다.

삼청동의 갤러리들 • • •

• 선아트스페이스

팔판동 61-1, 02-733-0730, www.sunarts.kr

동국대학교 미술학과에서 불교 미술을 전공한 참나 박경귀 선생이 만든 복합문화 공간이다. 박경귀 원장의 불교 회화 연구실이자 불화 작업 공간인 '선불화공방'^{zenart.kr}, 작가에게 전시 장소를 무상 대여해주는 비영리 복합문화 공간 '스페이스 선+', 어린이와 외국인, 일반인을 대상으로 불화 제작을 교육하는 '아카데미 선그림'으로 구성되어 있다.

• 한벽원 갤러리

팔판동 35-1, 02-732-3777

1991년 동양화가 월전月田 장우성張遇聖 화백의 개인 미술관이 건립되었는데, 이 미술관이 2007년 6월 이천 시립월전미술관으로 이관되면서, 월전 미술문화재단에서 운영하는 한벽원 갤러리로 바뀌었다.

• 리씨 갤러리 Lee C gallery

삼청동 35-240, 02-3210-0467, www.leecgallery.com

2006년 11월 '장욱진의 유어예' 전으로 개관한 이후 오수환, 배병우, 황주리, 오원배, 김태호 등 국내 중견 작가들의 개인전을 주로 열고 있다.

• 갤러리 영

삼청동 140, 02-720-3939, galleryyoung.com

2006년 개관 이래 원로, 중진, 청년 작가를 고루 소개하고 있다. 와노와 온마을 사이 골목으로 들어간 곳 3층 건물에 있다.

• Art Park

삼청동 125-1, 02-733-8500, www.iartpark.com

2003년 6월에 개관하였으며 큐레이터와 기획자가 작가와 건축가, 콜렉터를 위해 재미있고 새로운 전시를 기획한다.

• 삼청 갤러리

삼청동 12, 02-720-5758, www.samcheonggallery.co.kr

40평의 전시 공간에서 주로 젊은 작가 작품을 선보인다. 1, 2층엔 유럽 성주의 집안 같은 고풍스런 이탈리아 레스토랑 '풍차'가 있다.

• 갤러리 인

팔판동 141, 02-732-4677, www.galleryihn.com

1989년 동부 이촌동에서 시작하여, 1998년에 청와대 가는 길목으로 이사했다. 해외 주요 아트페어에 참가하며, 현대미술의 다양한 스펙트럼을 보여준다.

• 공근혜 갤러리

팔판동 137, 02-738-7776, www.gallerykong.com

청와대 앞길로 들어서는 호젓한 자리에 위치한 2층 양옥 갤러리로 마당을 시원하게 개방했다. 국내외 작가의 사진 작품을 자주 전시하는데 작품 감상도 좋지만, 갤러리 위치가 좋아 청와대 앞길을 산책할 때마다 들른다.

◎ 삼청동길

진보사

• 우물집

삼청갤러리 •

• 루

옥호정터 • • 눈나무집

Art Park • • 소인박물관명함
연모

온마을 • • 단풍나무집

갤러리 영 • • 한국금융연수원

삼청주민센터 • • 북창려와
번시창

• 삼청공원

구무추리공관
삼청동
족제비

• 북카페
내서재

공근혜 갤러리
• 삼청감리교회 • 수와래
리씨갤러리

갤러리인 선아트
스페이스

진선북카페

• 경복궁

• 청독 도서관

안국역 1번출구

009; 옛 지도에는 없는 길, 북촌을 가로지르다

북촌길

북촌을 동에서 서로 가로지르는 북촌길은 옛 북촌 지도에는 없던 길이다. 1980년대 중반에 길을 냈고, 워낙 길다보니 그만큼 소개할 곳도 많다.

◎ 용수산

북촌길이 시작되는, 창덕궁 담을 바라보는 삼거리 부근에는 언론에도 자주 소개되는 이름난 음식점이 많다. '용수산'은 개성 출신 최상옥 할머니가 고향의 산 이름을 따서 1980년에 문을 연 정통 개성 음식점이다. 상견례, 회갑연, 돌잔치, 외국인 접대 등에 좋은 곳으로 이름이 났다. 2007년 10월부터 KLM네덜란드항공의 서울-암스테르담 왕복 노선에 기내식을 제공한다니 음식에 대한 설명은 필요 없겠다. 조랑

북촌 1경이라 지정된 지점에서 바라본 창덕궁의 모습.

떡국 정도는 돈 걱정 안하고 먹을 수 있겠지 하는 생각에 들어갔다가 기겁한 경험이 있다.

북촌에는 삼청점^{삼청동 118-3, 02-739-5599, www.youngsusan.com}과 비원점^{원서동 148, 02-743-5999}이 있다. 비원점은 외국인이 많이 오는 곳인 만큼 한옥의 멋을 살린 인테리어로 여러 번 손을 보았고, 바로 옆의 2층 양옥과 연결해 넓혔다. 이 양옥 2층에는 간단한 식사와 커피, 와인을 즐기며 창덕궁 숲을 내려다볼 수 있는 전망 좋은 카페 '지붕 위 정원'이 있다.

◎비원손칼국수^{원서동 160, 02-744-4848}

허름한 한옥에서 주인 할머니가 24년째 손칼국수, 만두전골, 수육을 내고 있는 가게다. 칼국수는 양지 육수와 조선간장으로 맛을 낸 국물에 밀가루, 옥수수가루, 콩가루를 섞어 반죽한 국수를 넣어 끓인다. 호박과 고기 고명을 얹는데 담백하다 못해 심심한 게 안동국시를 떠올리게 한다. 부추김치와 배추김치와 곁들여 먹는다. 창덕궁이 지척이어서인지 명절에도 쉬지 않는다. 인테리어가 깔끔하면 더 자주 가고 싶은 곳이다.

◎용정^{원서동 136-3, 02-747-3000, www.yongjoung.com}

북촌 서향집에 이삿짐을 내린 후 곧바로 달려간 중국집이다. 자장면을 워낙 좋아하는 데다, 코미디언 구봉서 씨 등 유명인의 소개가 많았던 집이고, 이사하는 날은 어쩐지 자장면을 먹어야 할 것 같았다.

붉은색으로 치장한 현관에서부터 언론에 소개된 걸 자랑하고 있었고, 실내에는 유명인의 방문 사인이 붙어 있었다. 배가 고픈 탓이었는지 자장면이 꿀맛이었고, 그래서 조카들이 놀러오면 여길 데려갔다. 초등학생이었던 조카가 중학생이 될 때까지는 한 달에 한 번 꼴로 가도 맛있었다. 배달을 안 하는 집이란 점도 마음에 들었다.

그런데 지금은 내 입맛이 변한 탓인지 예전 같지 않다. 다른 요리를 얼마나 잘하는지 모르겠지만, 중국집의 기본인 자장면이 입에 당기지 않으면 다른 건 먹어보나 마나라는 것이 나의 지론이다. 동네 사람보다 외지인이 더 잘 알고 찾아오는 집으로 굴짬뽕과 고추자장이 맛있다고 한다.

◎ **LG상남도서관** 원서동 136, 02-708-3700, www.lg.or.kr

LG 구자경 명예회장이 1964년부터 1994년까지 살았던 저택을 기증하여, 1996년 4월에 개관한 과학기술 분야의 회원제 무료 이용 도서관이다. '연암문화재단'에서 운영하며 연구자나 일반인 누구나 이용할 수 있다. 오래된 양옥에 들어선 좋은 도서관이지만, 이공계와는 거리가 멀어 지척에 두고도 가보지 못했다.

◎ **주한 포르투갈대사관과 문화원** 원서동 171 원서빌딩 2층, 02-3675-2251

포르투갈은 남북한 동시 수교국으로 우리나라와는 1961년 4월에 국교를 맺었다. 1988년 8월 공관이 설립되었고, 1990년 11월에는 문화원도 개설하여 각종 자료 제공 및 어학교육 등을 병행하고 있다. '원서볼링장'이 들어선 이 건물 앞 언덕에선, 창덕궁 지붕과 담을 바라다볼 수 있어 사진 찍기 좋은 장소라는 안내판을 해놓았다. 북촌 안내 지도에 북촌 1경으로 표시된 곳이다. 그러나 어지러운 전선줄 때문에 1경으로 꼽기엔 미흡하다. 2009년 여름부터, 전선을 지하에 묻는 공사를 하고 있으니 곧 창덕궁 건물 측면과 담이 시원하게 보일 것이다.

◎ 여운형의 집^{계동 140-8}

1919년 상해 임시정부의 임시의정원 의원이었으며, 해방 직후엔 조선건국준비위원회를 조직하였으며, 근로인민당 당수로 정치 활동을 하다가 1947년 7월 19일, 혜화동 로타리 우체국 앞에서 총탄에 절명하신 몽양^{夢陽} 여운형^{呂運亨} 선생이 사시던 집이다. 선생은 가회동에 살다 이곳으로 이사 왔는데, 뒤편 휘문고보 야구장에서 공이 날아와 기왓장이 깨져도 웃으며 공을 건네주셨단다.

북촌길을 내느라 마당이 잘려나갔고 사랑방과 안방, 마루 등을 터서 '안동손칼국수'라는 허름한 음식점으로 20여 년 이상을 지나왔다. 음식 맛은 둘째 치고, 식당이라 하기에는 지나치게 살림이 많아 지저분하다는 느낌을 지울 수 없다. 이 허름한 한옥 뒤편엔 거대한 현대 빌딩이 들어서 짓누르고 있는 형국이며, 집 표지석마저 길 건너편에 세워졌다. 좌우합작의 통일 민족 국가 건설에 주력한 여운형 선생을 흠모하는 이들은, 선생의 활동 당시를 기억할 수 있는 건 비틀어진 시커먼 고목뿐이라며 안타까워한다.

여운형 선생 기념 사업회는 경기도 양평군과 함께 양평군 양서면 신원리 624번지의 여운형 생가를 복원하고, 서울 우이동의 묘소도 단장한다는 계획을 발표했으니 그나마 다행이라 하겠다.

여운형 선생의 집 바로 아래편에는 좌익계의 거물 홍증식洪增植의 집이 있었다. 이관술, 하필원, 정백 등이 모여 조선공산당 재건에 대한 대책을 토의했던 장소다. 바로 옆에는 소설《상록수》로 유명한 심훈의 큰형인 천풍天風 심우섭沈友燮의 집이 있었다. 심우섭은 일제 때 경성방송국의 제2방송과장으로 있으면서 조선어 방송을 담당하였던 문화계의 명사였다고 한다. 이 두 집터에는 각각 4층 빌딩이 들어서 옷가게, 음식점 등이 세 들어 있다.

◎ **스완스튜디오**계동 140-45, 02-764-8283

무대에 올라 긴 머리 휘날리며 기타와 드럼을 연주하고 노래하는 꿈을 꿔보지 않은 사람이 있을까. 팔다리가 짧아 스틱에 막대 묶어 연주하는 꼴을 어찌 보냐고, 막내 여동생은 나를 놀리지만, 언젠가는 실버악단에서 드럼 비트에 몸을 흔들 날이 오길 바라고 있다. 전봇대에 붙은 기타와 드럼 강습 안내문을 보고 지하 스튜디오를 찾은 적이 있다. 내가 원하는 건 재즈여서 록 위주 강습과는 맞지 않았고, 또 생각보다 레슨비가 비싸 낙담했지만, 내 집 근처에 이런 스튜디오가 있다

여운형의 집은 북촌길을 내느라 마당이 잘려나가고 사랑방과 안방, 마루 등을 터서 안동손칼국
수라는 허름한 음식점으로 20여 년 이상을 지나왔다. 아래는 그림을 그려 넣은 재동초등학교 담
장의 모습.

니 정말 신난다. 늦은 밤, 기타를 맨 키 큰 젊은이들이 우르르 몰려나오는 걸 보면 무척 부럽다.

◎ **역사문제연구소** 계동 140-44, 02-3672-4193, www.kistory.or.kr

1986년 2월에 설립된 순수 민간 연구 단체로 한국 역사 연구 및 교육, 학술지 발간, 역사 기행, 해외 학술 단체와의 교류 등을 하고 있다. 이 단체가 북촌에 자리잡지 않았다면 얼마나 서운했을까 싶을 만큼 북촌에 딱 어울리는 단체인데, 그 위상에 걸맞게 건물을 말끔히 단장할 수 있도록 지원이 있으면 좋겠다.

◎ **진단학회 터** 계동 98 **와 재동초등학교** 가회동 210

'진단학회'진단震檀은 단군의 나라, 즉 우리나라를 이른다는 일제의 식민사관에 대항하여 우리 역사와 언어, 문학과 주변국 문화를 연구하기 위해 조직된 학술단체다. 1934년 5월 7일 경성京城 장곡천정長谷川町, 현 소공동 50번지의 '푸라다이스' 다방에서 발기식을 갖고, 계동 98번지 이병도 자택현 락고재 자리. 따라서 진단학회 표지석은 락고재 앞에 있는 게 마땅하지만, 현재 재동초등학교 정문 앞에 표지석이 있어 이곳에서 함께 다룬다에 임시 사무실을 두었던 진단학회에는 고유섭, 문일평, 백낙준, 이병도, 손진태, 이희승 등이 발기인으로 참여하였다. 정치, 민속, 미술, 사상 등 각 방면의 수준 높은 연구를 실은 〈진단학보〉를 발행하다, 1940년 일제에 의해 강제 해산되었다.

1945년 8월 31일에는 사단법인 진단학회로 재출발하였다. 〈진단학보〉를 발간하고, 1963년 7월에는 《한국사》를 출간하였으며, '두계 학술상'을 제정하였다.

진단학회 인근에 들어선 재동초등학교는 1895년 9월 30일, 고종 황제의 칙령 145호로 관립 재동소학교로 출발하여 오늘에 이르렀다. 교동초등학교[1894년, 고종 31년 9월 18일 왕실 자녀에게 신교육을 시키기 위한 관립 교동소학교로 설립되었다]에 이은 우리나라 제2호 초등학교로, 정문 왼쪽에는 1995년에 세워진 100주년 기념탑이 있다.

1946년에만도 33학급이나 되었다는데 지금은 3~6학년까지는 3학급씩, 1, 2학년은 2학급뿐이라, 100년 넘는 역사를 가진 학교가 문을 닫게 될 위기에 처해 있다. 학교 근처 문방구들은 없어진 지 오래고, 정문 앞까지 술을 파는 가게들이 즐비하다. 북촌을 방문한 관광객을 위해 학교 운동장 지하에 주차장을 만들자는 끔찍한 이야기까지 나오고 있다.

재동초등학교를 지키려면 북촌을 관광지로 만들려는 생각을 버리고, 주거지로 유지하겠다는 의지가 있어야 한다는 게 뜻있는 이들의 주장이다. 그러자면 한옥을 매입, 수리하여 공방이나 게스트하우스로만 세 주지 말고, 주민에게 분양하거나 세를 주어 공동화를 막아야 한다. 아울러 북촌을 둘러보려면 자가용이 아닌 지하철과 버스를 이용한다는 의식화가 이루어져야 한다.

내가 북촌에 관심과 애정을 갖게 된 데에는 초등학교 3학년 때까지, 화성이 있는 수원에 살았던 덕분이라고 생각한다. 팔달문[八達門]을 지나 화춘옥으로 갈비를 먹으러 갔으며, 친구네 집에 가기 위해 장안문長安門 옆 성곽길을 걸었고, 화홍문華虹門을 배경으로 사진을 찍었으며, 공심돈空心墩에서 사극 영화를 찍던 글래머스타 김혜정을 훔쳐보았고, 방화수류정訪花隨柳亭을 오르내리며 놀았다. 내가 살았던 오래된 한옥, 피아노를 배우러 다녔던 나무 우거진 앞집 한옥, 한국무용을 배우러 다녔던 화성행궁은 내 기억 속에 아름다운 유년의 놀이터로 남아 있다. 성곽과 한옥이 많은 수원에서 자랐기에 지금의 북촌을 소중하게 여길 수 있는 게 아닐까.

재동초등학교는 정부 지원도 많고 최신 시설을 갖추고 있어 신문에도 자주 소개된다. 그 외에도 북촌에는 안동교회, 재동초등학교, 노트르담 수녀원 교육관에서 운영하는 유치원과 구립 가회어린이집, 율곡로 건너 운현궁 양관 숲에 있는 운현유치원 등 믿을 만한 교육시설이 많다. 북촌에는 그 흔한 모텔도 나이트클럽도 없다. 아이들의 정서와 행복과 추억을 생각한다면, 재동초등학교는 계속해서 유지되어야 한다.

재동 초등학교
정문 부근의 음식점들•••

•해장금
계동 140-41, 02-741-8435, cafe.naver.com/watershed

바다요리 전문점을 표방하는 식당답게 이름을 잘 지은 해장금海長今은 인근에서만 두 번 자

리를 옮겼다. 미국으로 요리 유학을 갔다 온 50대의 성공한 요리사로 언론에 많이 소개된 주인은 해물누룽지탕, 캘리포니아롤, 허브 알밥을 대표 음식으로 내놓는다. 첫 가게였던 2층의 좁은 공간에서 맛보았던 해물 누룽지탕의 푸짐하고 깔끔한 맛, 친절한 설명이 점차 줄어 아쉽다.

차마시는 그릇가게 오름

1. 잡초. 2. 북촌길 뒷골목에 새로 생긴 차마시는 그릇가게 오름 3. 화랑 앞에 계란을 파는 '오토바이 달구지'가
서있다. 4. 정독도서관 입구 관광 안내소. 5. 한복집 예무의 쇼윈도우.

• 전광수커피하우스 북촌점

재동 90-12, 02-745-2050, www.jeonscoffee.co.kr

이 커피숍이 처음 생겼을 때는 이런 자리에
이런 건물을 용케 리모델링하는구나, 북촌에
도 잘생긴 총각이 서빙하는 원두커피 전문점
이 생기는구나, 하며 신기하게 보기만 했다.
그러다 자기 이름 걸고 하는 집은 다 믿을 만
하다고, 한 건축가가 추천하기에 가보았다.
안타깝게도 멀건 커피를 마시는 나는 물을 잔
뜩 타서 마셔야 했다.

• 재동골마님순대

재동 46-1, 02-766-1035, www.jaedonggol.co.kr

방송을 많이 탄 집이라고 광고판이 잔뜩 붙어
있는 순대와 순댓국 전문점이다. 찹쌀, 조, 밤,
대추 등 스물세 가지 재료를 넣은 색색의 순
대가 푸짐하다는 평인데, 광고판에 질린 나는
아직 들어가볼 엄두가 나질 않는다.

• 잡초

재동 45-8, 02-3473-2824

요리할 공간이 있나 싶을 만큼 좁은 공간에
테이블과 의자 몇 개 놓고 와인과 커피를 파
는 곳이다. 막상 들어가 보면 그리 작지 않고,
천장 조명이 모던해 잠깐 쉬었다 가고 싶어진
다. 어느 날 들어가 "옆에 크고 유명한 커피숍
이 있는데 장사가 되겠어요?" 했더니 "핸드드
립은 전광수 선생님이 직접 내리시지 않는 한
맛이 다 달라요. 그래서 저희는 제일 좋은 기
계를 들여놓고 그걸로 커피를 내려드려요" 하
면서 서비스 커피까지 내주었다. 일년에 한번

씩 불우이웃돕기도 한다며, 잡지에 소개된 덕
분에 옛날 여자 친구와 재회해 잘 사귀고 있
다고 자랑하는 귀여운 청년 사장. 종일 컴퓨
터만 두드리고 있기에 걱정을 했더니 기우였
나 보다.

• 큐슈센닌

재동 45-9, 02-989-0708

일본식 도시락, 초밥, 나가사키 짬뽕, 냄비요
리 등을 내놓는 집으로 여섯 개 테이블의 작
은 식당이지만 언제나 붐빈다.

• 초원식당

재동 45-2, 02-745-5998

중부시장에서 받아온다는 반건조 명태인 코
다리에 양념을 해서 쩌낸 북어찜으로 이름을
얻은 식당이다. 자리가 좁아 편하게 오래 앉
아 맛을 음미하긴 어렵다.

• 마산해물아구찜

재동 11, 02-741-2109

낙원동 떡집 골목에 해물찜, 아구찜 가게가
많은데, 재동의 이 집이 원조란다. 외지 친구
들이 북촌 놀러올 때면 꼭 여기서 식사하자고
해서 몇 번 가보았는데, 매운 걸 못 먹는 나는
콩나물을 물에 씻어 먹다 나와야 한다.

◎**종이나무** 재동 25-2, 02-766-3397, jonginamoo.com

한지와 오래된 나무를 이용한 탁자, 장롱, 전등 같은 생활 가구와 섬유를 이용한 발, 식탁보, 병풍, 지갑 등을 만들고 또 가르치는 공방이자, 전시와 판매도 하는 갤러리다. 한옥에 특히 잘 어울리는 작품들을 구경하노라면 시간 가는 줄 모른다.

◎**HOSEVAN** 가회동 11, 02-3675-2235

1979년부터 문을 연 수제화 전문점으로 명동에 이어 북촌길에 가게를 냈다. 발 사이즈를 직접 재서 제작해주고 평생 관리해주어 40대 이상 단골이 많다고 한다. 핸드백도 진열해놓은 여성용 매장과 남성화만 진열한 매장이 북촌길에 서로 마주보고 있다. 남성화 매장 한 구석에서 작업하는 50년 장인들을 볼 수 있다.

◎**Tanello** 재동 32-2, 02-740-0523, www.studiora.com

2000년부터 고급 수제 액세서리를 만들어온 '스튜디오 라'의 판매장이다.

◎**구르메와 가회헌**

한옥과 현대 건축의 어울림을 칭찬받고 있는 북촌길을 대표하는 건축으로, 북촌 건축 기행 시 빠지지 않는 곳이다. 북촌을 찾는 블로거들이 워낙 사진을 많이 찍어 올려, 북촌에 관심 있는 이라면 단박에 알아볼 수 있다. 2층 테라스 꽃 화분이 보이는 낮에 봐도 멋있지만, 은은하게 조명을 밝힌 밤 풍광이 더 로맨틱하다.

북촌 한옥 리모델링에 많이 참여한 황두진 씨가 설계했다는데, 이전에 있던 다 쓰러져가는, 더구나 불까지 났었던 한옥이 리모델링 되는 과정을 지켜본 나로서는 완성작을 보고 감탄하지 않을 수 없었다. 이래서 한옥을 사서 고치는구나, 한옥에다 유리와 나무로 지어진 양옥을 연결해도 멋있구나! 평당 2천만 원은 들여야 제대로 된 한옥을 지을 수 있다니, 광화문의 유명한 레스토랑 겸 빵집 '나무와 벽돌'의 사장이 아니었다면 이렇게 근사한 건물을 짓지 못했을 것이다.

1층 왼쪽은 와인 바, 오른쪽은 빵집 '구르메'^{재동5-2, 02-747-1134}, 그 뒤쪽 한옥 별채는 레스토랑 '가회헌'⁰²⁻⁷⁴⁷⁻¹⁵⁹²으로 되어 있다. 2층은 테라스가 있는 레스토랑이다. 와인 바 옆 작은 삼각형 공간인 'void gallery'에서는 의자 하나, 그림 한 점을 놓는 식의 파격적인 미니 전시가 열린다.

나는 생일에 딱 한 번 가회헌에 가보았을 뿐, 비싼 가격에 놀라 이후엔 가보지 못했다. 큰 유리 화병에 꽂힌 아름다운 꽃다발을 훔쳐보며, 저기서 노상 와인을 마시는 이들은 얼마나 행복할까, 성냥팔이 소녀처럼 상상할 뿐이다. 럭셔리한 기분을 내보고 싶을 때는 구르메에 잠깐 들르기도 한다. 정독도서관에서 요가를 마치고 돌아오는 길에 빵을 사기 위해서다. 연어가 든 샌드위치와 달콤한 케이크를 사서 냉장고에 넣어두었다가, 이튿날 조간신문을 펼치고 커피와 함께 먹으

빵집 구르메의 실내 모습.

면 '나도 이만하면 싱글의 삶을 잘 즐기고 있지' 하는 착각에 빠질 수 있다.

가회헌 바로 옆엔 유명한 태국 레스토랑 '애프터 더 레인' After the Rain, 화동 117번지, 02-730-2051이 있고, 앞에는 커피숍 '투 고' To Go, 02-720-5001가 있다.

애프터 더 레인은 1층 다이닝 & 와인 바, 2층 파인 다이닝홀, 3층 프라이빗 다이닝룸으로 나뉘어져 있고, 200여 가지 와인을 구비해놓았으며, 인테리어도 멋져서 촬영 장소로 자주 쓰인다. 태국 여행 때, 태국 음식 맛에 반한 나는 이제나저제나 가볼 날을 기다리고 있다.

투 고는 '서미 갤러리'에서 운영하는 곳인데, 안이 훤히 들여다보이는 통유리가 부담스럽고, 또 소리가 왕왕 울리는 느낌이라 즐겨 가지는 않는다. 누군가는 뉴욕 소호 거리 한 모퉁이에 앉아 있는 느낌이 들어서, 와플과 우리나라 브랜드 커피 테라로사를 즐기기 위해 간다고 한다. 이른 아침부터 문을 열며, 원목 선반 위에 판매용 도자 그릇을 전시해놓았고, 무선 인터넷도 가능하다.

◎**서미 갤러리** 가회동 129-1, 02-3675-8232

2008년, 로이 리히텐슈타인의 '행복한 눈물'로 언론에 오르내렸던 갤러리다. 715만9천5백 달러에 낙찰받았다는 이 현대회화로 인해 서미 갤러리와 삼성의 관계, 삼성의 비자금 문제 등이 불거졌다. 이 갤러리는 1990년대부터 삼성, 한솔 등을 비롯해 재벌가의 미술품 구입 창구 노릇을 해온 것으로 알려졌다.

건축가 유태용이 설계한 서미 갤러리 역시 한옥과 양옥의 장점을 잘 조합한 건축으로 유명하다. 안과 밖, 방향에 따라 느낌이 다 다를 만큼 변화가 많은 공간이다. 내가 이사 오던 무렵에는 그릇전이나 큰 규모의 전시회가 더러 열려 정자 분위기의 세 칸 집과 뜨락 구경이라도 할 수 있었는데, 근래엔 전시회를 알리는 글을 볼 수 없다.

바로 옆, 축대 위 유리 건물은 서미 갤러리 홍송원 대표의 아들이 운영한다는 '제이 앤 갤러리'로 현대미술 전시가 잦았는데, 가회로의 한옥으로 이사 갔고, 현재 그 자리는 서미 갤러리에서 새로 건축하느라 땅을 파고 있다.

◎ **갤러리 올**^{안국동 1, 02-720-0054}

사단법인 한국전업미술가협회^{kpaa.asia/index.php}가 운영하는 전시 공간으로, 협회 회원뿐만 아니라 모든 전업 미술가에게 관리비 정도만 받고 전시장을 제공한다. 건물 옥상에 인체 조각상을 올려놓아 쉽게 눈에 띈다.

◎ **금박연**^{金箔宴, 화동 118-2, 02-730-2067, www.kumbak.com}

조선시대 철종 때부터 5대에 걸쳐 가업을 잇고 있는 중요무형문화재 제119호 김덕환^{金德煥} 금박장^{金箔匠}의 공방이다. 금박이란 금 덩어리를 얇게 두드려 편 것을 말하는데, 우리나라는 접착제를 이용해 대상물에 금박을 붙이는 기술도 금박이라고 한다.

김덕환 장인의 증조부 김완형^{金完亨}은 궁궐에 물품을 조달했었는데, 거기에는 궁중 대소사에 필요한 예복도 포함되었다. 중국에서 수입한 금직^{錦織, 가는 날실에 굵은 씨실을 이용해 문양을 나타낸 것} 옷이 많았는데, 교통이 불편해 행사 일자에 옷을 대기 어려웠다. 그래서 배나무에 금직 옷 문양을 조각하여 판을 제작한 후, 접착제를 발라 옷 위에 판화처럼 찍고, 접착제 묻은 부분에 금박을 입히는 기법을 쓰게 되었다고 한다.

금사^{金絲}가 아닌 금박을 의복에 이용한 예는 중국의 쇄금^{鎖金}, 일본의 인금^{印金}도 꼽히나, 접착제를 칠할 때 이외에는 어떤 도구도 쓰지 않고, 목판을 이용해 찍는 기법은 드물다고 한다. 금박장은 옷의 구성에 어울리는 문양을 선별하고 배치하는 안목에다, 금 문양판을 조각하는 목공예 기술과 아교와 금박지의 물성을 이해하고 활용할 수 있는 능력을 고루 갖추어야 한다.

요즘엔 여성 혼례복에서도 흔히 볼 수 있지만, 조선시대에는 왕실에서만 제한적으로 사용되었다는 금박 문양 옷. 전통 한복에 궁실 문양을 금박하는 '금박연' 가문은 김원순, 김경용 대까지는 궁궐에서 일을 했고, 4대인 김덕환과 그의 아내 이정자와 5대인 자식들^{금기호, 금인신, 박수영}은 궐 밖에서 전통 기법대로 금박 일을 하고 있다니 정말 대단하다. 북촌에 많은 공방이 있지만, 5대를 이어 한다는 이야기는 금박연에서 처음 들었다.

공방이 작아 원색의 한복에 금박 문양까지 찍힌 화려한 의상을 많이 볼 수는 없지만, '서울문화의 밤' 같은 행사 때는 김덕환 장인의 작업을 직접 보면서 위의 설명을 들을 수 있다. 작고 마른 몸을 구부리고 앉아 금박 작업을 하시며 강습, 전시회도 자주 여는 고령의 장인은 북촌길 임대료가 올라 곧 쫓겨날 것 같다며, 서울시가 세를 주는 한옥에 입주하고 싶지만 경쟁이 치열하다고 걱정하신다. 서촌 한옥촌이 생기면 그리로 옮겨도 되지 않느냐는 말에 "서촌은 안 돼. 북촌이어야지"라고 일갈하신다. 부디 북촌에 넓은 공방을 얻어 나 어릴 때 입었던 색동 때때옷에도 금박 붙이시는 걸 볼 수 있으면 좋겠다.

◎ 원불교 서울시민선방 화동 106-2, 02-725-8844, www.sunbang.net

북촌에는 원불교와 관련된 곳이 많다. 창덕궁길에는 은덕문화원이 있고, 북촌길에 있는 '서울시민선방'은 별궁길의 원불교 회당과 붙어 있다. 원불교에 많은 재산을 희사한 만타원滿陀圓 김명환金明煥 종사와 수산修山 이철원李徹遠 대호법 부부가 기증한 사간동 건물에서 시작하여 현재 자리로 옮겨왔다. 관심 있는 이들은 누구나 와서 수련을 할 수 있다.

선방 외부에는 '차 향기 듣는 집'聞香齋이라는 잘 지어진 이름의 찻집이 들어섰다. 둥굴레차, 오미자차, 복분자차, 대추차, 유자차 등을 마시며 한옥 분위기의 인테리어를 즐길 수 있다. 차 향기 듣는 집이 북촌길에서 특히 눈에 띄는 이유는 사시사철 잘 가꾼 꽃 화분을 내어 놓기 때문이다. 관리하기가 쉽지 않을 텐데, 보는 이의 눈을 즐겁게 해주는 보시가 분명하다.

◎**윤곤강 집터**^{화동 138-2}

시인 윤곤강^{尹崑崗}은 조선 프롤레타리아 예술가동맹 제2차 검거사
건 때 체포되어 옥고를 치렀던 시인이다. 보성고등학교 교사를 거쳐
중앙대학교와 성균관대학교 강사로 있으면서《대지》《만가》《동물시
집》《빙화》《피리》 등의 시집을 냈고, 평론집《시와 진실》을 펴냈다.

◎**연두**^{緣豆, 02-736-5001}

로스팅한 커피를 핸드드립해주는 커피점이다. 매킨토시 앰프와
탄노이 GRF 메모리 스피커를 통해 재즈를 들려주는 곳이라고 명성이
자자하다.

◎**〈동아일보〉 창간 사옥 터**^{화동 138}

조선 후기 학부대신 이용태의 사저, 기호학교^{이후 중앙학교}로 쓰이던
한옥에서 〈동아일보〉가 창간되었다. 1920년 1월 14일의 일이다. 동아
일보사가 1926년 12월 10일, 광화문 사옥을 지어 이사 간 후에는 중외
일보사가 사옥으로 썼다.

◎**李陶**^{소격동 121, 02-720-9912, www.eyoonshin.com}

도예가 이윤신의 그릇을 전시 판매하는 한옥 공간이다. 두꺼운

나무 선반에 갈색 계열의 투박한 생활 도자기를 진열해놓았다. 나뭇잎 같은 접시가 있는가 하면, 일그러지고 칠하다 만 것 같은 대접 등 정형에서 탈피한 형태, 칠, 질감이 무척 좋다.

◎ **큰기와집** 소격동 123, 02-722-9024

간장게장, 연잎밥이 유명한 집으로 놋그릇에 음식을 담아내는 반가 음식 전문점이다.

◎ **트렁크 갤러리** 소격동 128-3, 02-3210-1233, www.trunkgallery.com

사진 전문 갤러리로, 이름처럼 네모난 건물이 재미있다. 사진을 잘 찍지는 못하지만 보는 것은 워낙 좋아해서 인사동의 '갤러리 룩스'와 더불어 이곳을 자주 찾는다. 장소는 좁지만, 큰 작품도 과감하게 전시한다.

◎ **장승업 생가 터** 소격동 88-11

'갤러리 예맥' 옆의 리모델링한 한옥은 조선시대 화가 오원 장승업의 생가가 있던 곳이다. 산수화, 인물화 등에 뛰어났던 장승업은 필치가 호방하고 대담하면서도 소탈한 맛을 지녀 안견, 김홍도와 함께 조선 3대 화가로 불리며, 임권택 감독의 〈취화선〉으로 그의 천재성과 기행이 잘 알려졌다. 고려, 조선, 명, 청의 고 가구, 다기, 칠보 등의 작품을 전시한 고미술관 '오원' 吾園이 있었다가, 작은 차 박물관에서 다시 고미술상으로 바뀌었다.

◎ **밥店** 소격동 95, 02-720-7010

마당 있는 한옥에서 일본식 덮밥과 김치찜을 먹을 수 있다.

◎ **북촌칼국수** 소격동 84, 02-739-6334

2000년부터 뜨끈한 사골 국물에 쫄깃한 칼국수, 속이 꽉 찬 만두로 이름을 얻은 가게다. 깨끗하고 합리적인 가격, 주차하기 힘든 북촌에서 주차를 대행해준다는 점도 손님이 많은 요인으로 꼽힌다.

◎ 북촌길

◎**빛 갤러리** 소격동 76 지하 1층, 02-720-2250, www.vitgallery.com

1997년 기독교 갤러리로 출발하여 조형성을 겸비한 작품을 전시하고 있다.

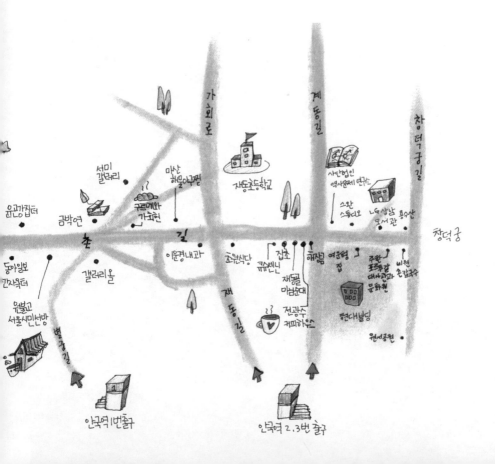

북촌밖을
서성이다

세 번 째
이 야 기

BUKCHON
TRAVEL

북촌에는 재래시장도 대형 마트도 없다. 물론 이처럼 큰 공간이 들어설 자리가 없는 작은 동네이기 때문이다. 그러나 북촌만큼 장보기 좋은 곳도 없다. 이 나라 최고이자 최대 규모의 전문 시장들이 모두 걸어서 갈 수 있는 거리에 있으니 말해 무엇 하겠나.

001; 북촌에서 장보러 다니기

낙원시장, 통인시장, 광장시장 등

북촌에는 재래시장도 대형 마트도 없다. 물론 이처럼 큰 공간이 들어설 자리가 없는 작은 동네이기 때문이다. 장 구경 좋아하고 윈도우 쇼핑으로 스트레스를 해소하는 나지만, 시장도 대형 마트도 없다는 부재감에서 기인한 심리적 불안은 있을지 몰라도, 실제 북촌에 살면서 불편을 느낀 적은 없다. 사실 북촌만큼 장보기 좋은 곳도 없다. 이 나라 최고이자 최대 규모의 전문 시장들이 모두 걸어서 갈 수 있는 거리에 있으니 말해 무엇 하겠나.

가장 가까운 재래시장은 안국역 건너 낙원상가 지하의 '낙원시장'이다. 지하의 숨 막히는 공기가 답답해 자주 가진 않지만, 종로가 전통 상권 지역임을 감안할 때 지하에서나마 끝까지 살아남아주길 바라는 마음이 간절하다. 낙원시장은 인근 음식점에 재료를 대주는 기능을 주로 하지만, 옷 수선집 같은 가게들도 있어 이용하기가 좋다.

낙원시장에선 미군 야전용 식량을 산다. 미군 부대에서 흘러나온 분유와 소시지, 초콜릿과 사탕을 먹고 자란 나는, 추억의 먹을거리 하면 흔히 '씨레이션'이라고 불리는 갈색 비닐 포장지의 미군 전투식량이 떠올라 가끔 먹어주어야 힘이 난다. 혼자 사는 이들이나 장기 배낭 여행객을 위해 우리 군의 야전 식량도 개발해 팔면 좋을 텐데. 하긴 요새는 온라인 쇼핑몰에서 살 수 있다고 들었다.

낙원시장 주변엔 강남에서도 일부러 떡을 맞추러 올 만큼 오랜 전통을 자랑하는 떡집이 많다. 모두 원조라고 내세우는 떡집촌인데, 1920년대에 '낙원병옥'이란 상호로 궁중에서 배운 떡 기술을 선보였다는, 3대를 이어온 '원조낙원떡집'이 그 많은 원조 중의 원조로 꼽힌다. 떡의 기본이요 떡 중의 떡이라 할 수 있는 담백하고 쫄깃한 절편을 워낙 좋아해서, 마을버스를 기다릴 때 가끔씩 사먹곤 한다.

서울아트시네마에 드나들 때는 번쩍이는 관악기가 즐비한 '낙원 삘딩' 낙원 상가 건물에 새겨진 준공 당시 명 의 악기 상가를 기웃거리며 긴 파마 머리에 키가 훤칠한 젊은 로커들을 훔쳐본다. '낙원 상가' 주변은 어둡고 지저분하며, 빌딩 교각이 교통 흐름을 방해하고 있어 철거 이야기가 나오고 있지만, 나는 낙원 상가가 헐리면 이 일대가 낙원스럽지 않을 것 같아 철거를 반대한다. 못나면 못난 대로 불편하면 불편한 대로 보존하고 수리해 쓰는 게 옳다. 좀 오래됐다 싶으면 일단 부수고 보는 이 나라 수도에 살면서 날로 절실해지는 소망이다.

북촌만큼 장보기 좋은 곳도 없다. 이 나라 최고이자 최대 규모의 전문 시장들이 모두 걸어
서 갈 수 있는 거리에 있으니 말해 무엇 하겠나. 사진은 낙원시장.

내가 즐겨 가는 재래시장은 청와대 앞으로 슬렁슬렁 걸어가면 되는 '통인시장'이다. 다 둘러보는 데 20여 분도 걸리지 않을 만큼 작은 규모지만, 그건 또 그것대로 재미가 있다. 재래시장의 현대화 덕분에 깔끔해진 통인시장에선, 매스컴을 제법 탄 '원조할머니집'의 간장 떡볶이를 사먹는다. 빨간 떡볶이는 매워서 먹기 싫지만, 간장 떡볶이는 담백해서 좋다.

비 오는 날에는 기름을 넉넉히 두른 두툼한 녹두 빈대떡이 생각나 '광장시장'에 간다. 홈스테이를 하는 외국인의 한국 시장 체험을 위해서도 광장시장엔 반드시 데려가곤 하는데 깔끔한 일본 여성도, 까다로운 독일 아저씨도, 유기농 과일만 찾던 홍콩 청년도, 광장시장의 북적거림과 지저분함을 탓하지 않았다. 오히려 막걸리와 소주의 맛과 저렴한 가격에 반해 저녁마다 그것을 사들고 올 정도였다. 거리 음식이 즐비한 재래시장은 어느 나라 사람에게나 흥미로운 장소가 아닌가 한다.

'남대문시장'에는 꽃과 크리스마스 장식을 사러 간다. 봄이 오면 일주일이 멀다 하고 종로 5가 역 부근 길거리 나무 시장에 들러 작은 꽃나무 화분을 사들인다. 적은 비용으로 오래, 그리고 완벽하게 행복을 지속시켜주는 건 꽃과 나무와 크리스마스 장식과 영화 말고는 없다. 적어도 내게는……

이 나라 백화점의 원조인 신세계백화점과 매출면에서 톱인 롯데백화점은 종일 컴퓨터 두드린 날 저녁에 운동 삼아 들른다. 마감 시간

1. 청와대 앞으로 슬렁슬렁 걸어가면 나타나는 통인시장. 2. 통인시장 반찬가게. 3. 죽과 녹두 빈대떡을 먹으러 가는 광장시장. 4. 종로 5가 역 부근 길거리 나무 시장의 화분들.

에 맞추어 가면 1만 원에 다섯 팩씩 주는 반찬이나 샐러드, 빵, 수산물을 싸게 살 수 있어, 일주일 먹을거리 걱정을 안 해서 좋다.

사야 할 게 많을 땐 창덕궁 앞 돈화문로에 있는 '레몬마트'나 광화문의 '서서울농협마트'에서 주문 배달을 시킨다. 번지수 찾기 힘든 꼬불꼬불한 언덕빼기에 사는 게 미안해 필요치 않은 것까지 주문하게 되지만, 땀 뻘뻘 흘리며 계단을 올라와 텅 소리 나게 짐을 내려놓는 아저씨를 보면 많이 사길 잘했다 싶다. 야채와 과일은 확성기 방송을 하며 다니는 트럭 상인 아저씨가 싸게 공급해주신다. 가끔씩이지만 시간 내기 어려울 땐 인터넷으로 장을 보기도 한다.

앞집이 훤히 들여다보이는 좁은 골목 하나 사이로 동명이 달라질 만큼, 오밀조밀 작은 동네 북촌. 알록달록 크기만 하고 천박한 간판으로 도배한 네모난 시멘트 상가 건물 한 채 없는 북촌에 사는 게 정말 좋다.

002; 북촌에서 영화 보러 다니기

씨네코드 선재, 서울아트시네마
필름포럼, 미로스페이스 등

　　영화는 동굴 같은 공간에서 여러 사람과 공감하며 보는 예술 장르로 출발했다. 그러나 영화 탄생 100년 만에 단관 대형 극장은 멀티플렉스에 밀려났고, 예의를 아는 관객 또한 핸드폰 발광, 팝콘 씹는 소리와 냄새, 뒷자리 관객의 발차기, 시도 때도 없이 웃고 떠드는 젊은 연인들의 무지에 질려 극장을 떠났다. 한 후배 감독이 "예의 없는 관객을 볼 때마다 살인 충동을 느낀다"고 했는데, 나는 그 심정을 충분히 이해한다.

　　요즘 관객들에게서는 가장 늦게 발달한 영화가 이전의 모든 예술 장르를 뛰어넘는 완벽한 경지에 도달한 데 대한 경외심을 좀처럼 찾아보기 힘들다. 한국에서 영화의 지위는 불법 다운로드하여 혼자 숨어 보는, 겨우 줄거리 확인만 하는 오락으로 전락한 지 오래다. 난 직업윤리상, 영화를 만든 이들에 대한 예의상, 영화가 내게 준 가르침과 행복 때문에라도 반드시 극장에서 영화를 본다.

이른 아침, 20여 분의 산책 끝에 도착한 쾌적하고 첨단 시설이 갖춰진 극장에는 두 서너 명의 관객밖에 없다. 어둠 속에 앉아 영화 상영을 기다릴 때의 두근거림을 세상 어떤 행복과 바꾸겠나. 기자와 평론가, 극장주를 위한 시사회에 참석해, 영화에 출연한 배우들로부터 "열심히 찍었으니 예쁘게 봐주세요"라는 인사를 받은 후, 가장 먼저 한국 영화를 관람하고 평가할 때는 자부심도 느낀다.

영상물등급위원회가 남산 국립극장에 세 들어 있던 시절, 3년간 영화 심의를 한 나는 〈이터널 선샤인Eternal Sunshine of the Spotless Mind〉이나 〈진주 귀걸이를 한 소녀Girl with a Pearl Earring〉를 보고 난 감동을 추스르지 못해, 후배 심의위원들과 남산을 거닐며 영화 이야기를 했고 "지금 우리가 가장 아름답고 여유 있는 시절을 보내고 있다"고 자축하기도 했다.

부산국제영화제와 제천음악영화제에서 내 ID 카드를 찾은 후, 하루 네 편의 영화를 볼 때의 충만감을 영화에 문외한인 사람은 결코 이해하지 못할 것이다. 바닷가를 거닐거나 혹은 계곡 텐트에서의 잠으로 영화 관람 후의 피곤을 풀 수 있어서, 부산과 제천 영화제를 즐겨 찾는다. 충무로국제영화제는 서울에서 열리는 신생 영화제이고, 고전을 많이 상영해 3회 연속으로 빠지지 않고 다녔다. 영화 한 편을 보고

MIRO SPACE

OPEN THEATER

광화문 미로스페이스의 영화 전단지 스탠드.

위는 아트선재센터 지하에 위치한 씨네코드 선재. 아담하고 쾌적하며, 독립·예술영화를 상영한다. 아래는 낙원상가 4층의 서울아트시네마. 이곳에서는 지금은 보기 힘든 고전을 주로 상영한다.

명동에서 와플에 커피를 곁들여 먹을 때의 달콤한 에너지 충전 시간의 즐거움도 빼놓을 수 없다.

영화를 잘, 많이 보려면 튼튼해야 한다. 스크린 속으로 완전히 빨려 들어갔다 나와야 하므로 많이 먹고 충분히 쉬어야 한다. 요가 수업에 빠지지 않는 것도, 걷기 모임에 나가는 것도 다 할머니가 되어서도 영화를 보기 위해서다. 각박한 현실을 잠시 잊기 위해 영화를 본다고들 하지만, 나는 영화 세계에 오래 머물기 위해 현실 세계에 잠시 발을 딛고 있는 듯한 그런 기분으로 산다.

영화 보는 게 취미고 직업이고 생의 전부인 만큼 나는 영화 보는 환경에 무척 예민하다. 그래서 되도록이면 인공 방향제를 뿌려 눈이 아프고 숨이 막히는 극장은 가지 않으려 한다. 서울에 수많은 극장이 있지만, 내가 기꺼이 찾는 영화관은 몇 되지 않는다.

북촌에 있는 영화관은 '아트선재센터' 지하의 '씨네코드 선재'가 유일하다. 서울시네마테크가 임대하여 시네마테크운동을 의욕적으로 펼치다 옛 허리우드 극장으로 옮겨간 후, 지금은 영화사 '진진'이 맡아 멀티플렉스에서 상영하지 않는 독립영화와 예술영화를 상영한다. 영화 상영관으로 지어진 곳은 아니지만 아담하고 쾌적하며, 운영 실무진이 씩씩한 여성들이어서 홍보에 적극적이고 친절하다.

아트선재센터 1층에는 카페와 아트숍, 유명한 인도 레스토랑 '달'이 있으며, 위층 전시장에서는 훌륭한 미술 전시회가 끊이질 않는다. 본관 옆에는 깔끔하게 리모델링한 한옥과 작은 마당이 있어 쉬어 가기 좋다. 감고당길 주변이 데이트하는 젊은이들로 시끄럽게 된 것은 무척 아쉽지만, 인왕산과 노송과 아트선재센터가 함께 보이는, 나의 북촌 10경 중 6경인 북촌길 언덕에 서면 여전히 마음이 설렌다.

낙원 상가 4층에는 '서울아트시네마'가 있다. 영화 문화의 다양성 보장을 위해 2002년 1월, 전국의 열다섯 개 시네마테크 단체가 연합하여 출범한 사단법인 '한국시네마테크협의회'가 운영하는 시네마테크 전용관으로, 2005년 4월 아트선재센터에서 낙원 상가 내 옛 허리우드 극장으로 옮겨왔다. 서울아트시네마는 각국 대사관 등의 도움을 받아 일반 극장에서는 볼 수 없는 고전을 주로 상영하며, 영화를 보는 것으로 그치지 않도록 토론과 연구서 출간에도 힘을 기울이고 있다. 낙원 상가 주변의 어수선함과 오래된 시설 등은 쾌적함과는 다소 거리가 있지만, 이곳이 아니면 볼 수 없는 영화 때문에 서울아트시네마는 마니아의 낙원으로 자리매김한 지 오래다.

옛 허리우드 극장 안에는, 한국시네마테크협의회에 소속되어 있는 또 다른 영화관 '필름포럼'이 있었다. 그래서 낙원 빌딩에 들어서면 두 단체가 상영하는 고전과 예술영화를 보며 종일 놀 수 있었다. 그러나 한국시네마테크협의회 소속 단체들이 모두 그러하듯, 필름포럼 역시 숙원 사업인 안정적 상영 공간을 확보하지 못해 이화여자대학교 후문으로 이사를 가고 말았다.

2005년에 개관한 필름포럼 역시 영화를 보는 공간으로 그치지 않

고, 각종 강좌를 통해 영화를 제대로 읽는 데 도움을 주고 있다. 도서
출판 한나래를 통해 '시네마 시리즈', '필름 메이킹 시리즈' 등 수준
높은 영화 서적도 많이 출간하고 있는데, 7권까지 펴낸 〈필름 컬처〉는
국내 영화 잡지 중 가장 진지하고 지적인 잡지이다. 또한 (주)이모션
필름을 통해 예술영화를 수입하고 국내 독립영화 제작도 하고 있다.

서대문의 필름포럼은 허리우드 극장에 있을 때보다 접근성은 다
소 떨어지지만, 공간이 쾌적하고 시설도 좋아 지금의 필름포럼을 좋
아하는 이들이 많다. 물론 북촌에 사는 나로서는 걸어서 다닐 수 있었
던 허리우드 시절이 더 좋았지만 말이다.

우리나라에 이렇게나마 시네마테크가 자리잡게 된 데에는 '문화
학교 서울'의 공이 크다. 사간동길에 있었던 프랑스문화원, 남산에 아
직도 있는 독일문화원에서 영어 자막 읽느라 고생했던 나는 문화학교
서울에서 우리말 자막이 달린 고전을 볼 수 있어, 불편한 교통에도 불
구하고 시간만 나면 사당동의 그곳을 찾았다. 두 문화원이 쾌적한 공
간에서 필름 상영을 한 데 반해, 문화학교 서울은 수도 없이 복제해
지글거리는 비디오를 틀었다. 그 시절의 영화광들은 그렇게라도 고전
을 볼 수 있다는 데 감사했고, 그게 밑거름이 되어 한국시네마테크협
의회가 만들어졌으며, 그때 영화 공부를 하며 책자를 만들었던 젊은
이들은 현재 예술영화 상영, 독립영화 제작, 시네마테크 운동을 이끌
고 있다.

영화 마니아 1세대를 배출한 산실이라 해도 과언이 아닌 문화학

교 서울의 재정은 사당동에 있는 '혜민국한의원' 원장 최정운 씨가 도맡았고, 이분은 지금도 한국시네마테크협의회의 이사장으로 활동 하신다. 까마득한 시절, 사진 찍기 동호회를 통해 알게 된 한의사 선생님이 영화를 위해 이토록 오랫동안 돈을 쏟아 부을 줄은 몰랐다. 문화학교 서울 출신인 조영각 서울독립영화제 집행위원장, 김성욱 서울 아트시네마 프로그래머, 곽용수 인디스토리 대표 등은 '고아 같은' 자신들을 거두며 영화 문화의 다양성에 기여한 최정운 씨에게 국가가 훈장을 주어야 하는 게 아니냐고 말한다.

북촌 재동초등학교 정문 건너편 빌딩에, 지금은 한국시네마테크 협의회에 흡수된 문화학교 서울의 간판이 여전히 걸려 있는 걸 보며, 그곳과의 인연을 떠올려보곤 한다. 어디에도 소속되지 않은 채 영화 를 보고 글을 써온 나로서는, 사당동의 문화학교 서울을 드나들던 때 가 가장 열심이었던 시절이었다. 영화도 공부하며 보지 않으면 안 되 는 예술임을 알았던 건 아마도 이 땅의 비디오 세대뿐일 것이다.

광화문 흥국생명 빌딩 지하에는 영화사 백두대간이 운영했던 '씨네큐브 광화문'이 있었지만, 2009년 9월 문을 닫았다. 대신 다른 영화사에서 지금까지의 프로그램 수준을 유지하며 씨네큐브를 운영 한다는데, 앞으로 어떻게 될지 궁금하다. 현대미술품으로 장식된 로 비, 꽃집에서부터 음식점까지 편의 시설도 충분하며, 건물 3층엔 일 본국제교류기금 서울문화센터www.jpf.or.kr, 2009년 11월, 신촌역 부근 버티고 빌딩으로 이전 한다가 있고, 건물 건너편엔 서울역사박물관이 있어 남는 시간을 보내

1. 광화문 미로스페이스의 포스터 광고탑. 2. 이화여대 ECC 건물에 들어선 아트하우스 모모의 책 전시 공간.
3. 광화문 흥국생명 빌딩 지하에는 씨네큐브 광화문이 있다. 4. 이화여대 후문에 있는 필름포럼의 상영관 내부.
5. 필름포럼에는 귀한 책이나 영사기 등을 많이 진열해놓았다.

기 좋았던 씨네큐브 광화문 시절이 무척 그리울 것이다.

백두대간이 수입한 영화라면 안심하고 본다고 할 만큼, 예술영화 상영관의 개척자로 기록될 이 영화사의 수입작은 이화여자대학교 안 ECC$^{이화 캠퍼스 콤플렉스}$ 건물에 들어선 '아트하우스 모모'에서 계속 볼 수 있다. 세계적인 건축가 도미니크 페로가 설계한 인공 계곡 형태의 대규모 지하 캠퍼스가 멋지고, 서점과 카페 등도 이용할 수 있으며, 덤으로 이화여대 캠퍼스를 산책한다거나 학교 앞 상가를 윈도우 쇼핑할 수 있는 편리함이 있다. 그러나 모모는 영화 상영관으로는 그리 좋은 편이 아니다. 무엇보다 가파른 좌석 배치가 다소의 고소공포증이 있는 내겐 무섭고 답답하게 느껴진다.

이화여대와 그 앞 상가는 여고 시절의 추억이 많은 곳이다. 내 선생님과 학교 대강당에서 열리는 공연을 보러 자주 갔고, 그때마다 그린하우스 제과점에서 샌드위치와 고로케를 먹었다. 내 선생님이 대학 입학 기념으로 정장을 맞춰주신 곳도 이대 앞 양장점이다. 그 옷의 질감과 디자인과 색상도 선명하게 기억하고 있건만, 그 많던 양장점은 다 어디로 갔을까.

흥국생명 빌딩 건너편에는 '미로스페이스'가 있다. 씨네큐브 보다는 못하지만, 상영작 수준으로 보나 단관 극장 시설로 보나 격을 지키고 있다. 120석 규모는 영화 볼 줄 아는 이들만 모였다는 연대감을 형성하기에 안성맞춤이고, 건물 내에 카페도 있으며, 인테리어에도 신경을 썼다. 더 좋은 건 서울역사박물관과 경희궁이 바로 옆에 있으며, 뒤쪽으로는 미술관과 음식점이 많아서 영화를 본 후 산책하거나 식사하기에 적합하다는 거다. 미로스페이스에서 시사회가 열리면, 나는 경복궁을 가로질러 걸어갔다 걸어오곤 한다.

'스폰지하우스 광화문'은 주변 환경으로 치자면 가장 위치가 좋다. 성공회가 인접한 호젓한 조선일보사 앞, 멋진 카페 테라스가 있는 씨스퀘어 빌딩 1층에 자리하고 있기 때문이다. 그러나 85석의 극장은 앞 사람 머리가 신경 쓰일 정도로 경사도가 낮고, 좌석도 편치 않을 뿐만 아니라, 그다지 친절한 편이 아니다. 프로그램은 나쁘지 않지만 하드웨어가 그에 미치지 못하는 아쉬운 상영관이다.

대학로에 가면 동숭아트센터 내 '하이퍼텍 나다'를 찾는다. 하이퍼텍 나다는 좌석에 영화배우, 감독들의 이름을 붙여놓아 좌석을 찾는 관객들에게 재미를 준다. 상영관 우측에 있는 유리창 너머로 아름다운 정원이 보이는데, 영화 상영이 시작될 때쯤이면 검은 커튼이 서서히 쳐지면서 불이 꺼진다. 이 또한 이곳을 찾게 만드는 즐거움 중 하나다. 최근 리모델링한 화장실은 디자인이 얼마나 멋진지 국내 극장 가운데 가장 럭셔리하다. 그래서 나는 일부러 손을 씻으러 가기도 한다. 동숭동의 번잡함이 몹시 싫지만, 창경궁 담을 따라 걷다가 서울대학교병원을 가로질러 가는 산책 코스는 정말 일품이라 주로 애용한다.

창덕궁과 종묘를 가르는 율곡로를 공사해 서로 연결되게 한다는 이야기가 있었는데, 무성한 플라타너스 가로수 길을 걷다보면 이 또한 학살이라는 생각이 든다. 길, 버스 노선, 간판, 문화재 관리 등 서울의 모든 행정은 처음부터 완벽하게 잘하자, 다시는 고치는 일이 없도록 하자, 후손이 보아도 아름답다고 감탄하며 보존하게 만들자, 이런 정신으로 해야 하는 게 아닐까. 지금 서울시는 오래된 건 죄다 부수고 있는데, 그렇다면 조상님이 만든 건 다 못난 것이다, 뭐 이런 발상이란 말인가? 부수는 것만 보고 자란 우리 아이들이 훗날 경복궁과 창덕궁도 밀어버리겠다고 하는 건 아닐지 걱정이 크다.

그러고 보니 내가 즐겨 찾는 영화관은 멀티플렉스가 아닌, 4대문 안 내지 4대문 인근 단관 상영관들이다. 시끄러운 게 싫고, 차를 타고 멀리 다니는 건 더더욱 싫은 나이가 되었다. 내가 북촌에 사는 한, 이 영화관들도 내가 걸어서 다닐 수 있는 지금의 자리를 지켜줬으면 참 고맙겠다.

씨네코드 선재
주소 서울 종로구 소격동 144-2번지
문의 02-730-3200
홈페이지 cafe.naver.com/artsonjearthall

서울아트시네마
주소 서울 종로구 낙원동 284-6번지 낙원 상가 4층
문의 02-741-9782
홈페이지 www.cinematheque.seoul.kr

필름포럼
주소 서울 서대문구 대신동 85-1번지
　　　하늬솔빌딩 A동지하 1층
문의 02-312-4568
홈페이지 www.filmforum.co.kr

아트하우스 모모
주소 서울 서대문구 대현동 이화여자대학교 내
문의 02-363-5333
홈페이지 cineart.co.kr

미로스페이스
주소 서울 종로구 신문로 2가 1-153번지
문의 02-3210-3357
홈페이지 www.mirospace.co.kr

스폰지하우스 광화문
주소 서울 종로구 태평로 1가 61-21번지
문의 02-2285-2095
홈페이지 www.spongehouse.com

하이퍼텍 나다
주소 서울 종로구 동숭동 1-5번지
문의 02-766-3390
홈페이지 cafe.naver.com/inada

003; 일본 문화를 만끽할 수 있는 곳

주한일본대사관 공보문화원

북촌에서 가장 가까운 지하철역은 3호선 안국역이다. 북촌으로 진입할 수 있는 안국역 2, 3번 출구 지하에는 정신과 육체를 책임지는 서점과 빵집이 이웃해 있다. 물론 바쁘게 지하철 계단을 오르내리면서 이런 상징을 떠올리는 건 아니고, 빵집은 늘 붐비지만 서점엔 손님이 없어 걱정이다, 라는 생각을 잠깐잠깐 할 따름이다. 혹은 구수한 빵 냄새에 이끌려, 예전에 이 빵집에서 아침 뷔페를 할 때는 아침 식사 걱정 안 해서 참 좋았는데 하거나, 여고 시절의 나를 울렸던 멜라니 사프카의 〈The Saddist Thing〉이 느닷없이 흘러나와 발을 멈추게 하는 정도다.

2009년 8월 '안국서점'이 문을 닫았다. 책이 사라진 텅 비고 컴컴한 공간을 들여다보며 나도 서점보다는 빵집을 더 많이 이용했다고 반성했다. 뒤늦은 반성이 무슨 소용일까. 책으로만은 버틸 수 없어 문구류, DVD, 심지어 떡도 팔았던 안국서점. 이제 안국역 부근, 아니 북촌에서 책을 살 수 있는 곳은 계동길 초입의 '문장사'라는 작은 서점뿐이다.

안국역 4번 출구에는, 하필 흥선대원군의 사가私家였던 '운현궁', 대원군의 큰 아들 이재면이 살았던 '영로당'永老堂과 붙어 있는 '주한일본대사관 공보문화원'이하 일본 문화원이 있다. 더 아이러니한 것은 일본문화원 건물이 창덕궁과 운현궁을 감시하기 위한 일본 헌병대 자리였다는 점이다. 이러한 역사를 생각한다면 일본문화원을 드나드는 것 자체를 꺼려야겠지만, 나는 북촌에 사는 장점과 특혜 열 가지를 꼽을 때 일본문화원을 빼놓을 수 없다. 자칭 '친일파'인 나는 일본문화원에서 열리는 각종 전시회, 특히 일본 인형 전시회나 일본의 여름 풍경전 같은 전통 세시 풍속전이 열리면 출퇴근할 때마다 들를 정도로 좋아한다. 그 외에도 각종 시연회, 음악회, 영화 상영회는 물론 도서관 자료 대출에서 일본 무용과 샤미센 수업까지 고루 애용하고 있다.

이 모든 것이 무료이거나 실비 부담이어서, 일본문화원 도서관은 일본어를 잊지 않은 어르신들로 북적이고, 각종 행사에는 자녀들에게 새로운 문화 체험을 시켜주려는 엄마와 아이들로 만원이다. 따라서 공고가 나자마자 예약을 하지 않으면 일본 장난감 만들기, 다도 체험, 오리가미 만들기 등에는 발도 들이지 못한다.

일본문화원이 아닌 다른 나라 문화원이 있었다 해도 자주 드나들기는 했을 것이다. 그러나 전생에 일본인으로 살지 않았을까 싶을 만큼 일본 문화를 동경하고, 일본 친구가 사는 교토를 그리워하며, 게이샤가 되면 좋겠다는 생각을 하는 나로서는 일본문화원이 가까이 있다는 게 운명처럼 생각된다.

게이샤가 되고 싶다는 생각은 일본 무용을 배우면서 구체화되었다. 엄격한 규율하에서 기예를 익히고 싶다는 생각을 하게 된 때문이었다. 몸을 엄히 다스리고 싶다고 할까, 나이 들면서 흐트러지는 내 삶의 태도가 몹시 싫었기 때문이다. 만일 한국에도, 특히 내가 사는 북촌에 엄격한 법도에 따라 기예를 익혀야 하는 건강한 기생 수업이 전승되고 있다면, 굳이 게이샤 수업을 운운하지 않았을지 모른다. 그러나 한국에는 이런 전통이 남아 있질 않고, 또 기생이 곧 몸 파는 여자라는 식으로 변질되고 말았지 않은가.

교토에 가면 나루세 미키오의 소박한 흑백영화나, 일본을 동경하는 서구인의 시각이 화려하게 아로새겨진 롭 마샬 감독의 2005년 작 〈게이샤의 추억Memories of Geisha〉에서 걸어나온 듯, 목까지 하얗게 분칠한 진짜 게이샤를 쉽게 볼 수 있다. 옛 목조 건물이 그대로 남아 있는 좁은 골목길을 걷는 화려한 기모노 차림의 게이샤를 본 후로, 게이샤에 대한 환상은 더욱 커졌다.

일본문화원의 무용 수업은 매년 2월 홈페이지에 모집 공고가 실리면서 시작된다. 한 달에 두 번, 일본에서 자비를 들여 오시는 하나야기 슌토 선생님께 지도를 받는다. 한 달에 두 번 수업이니 기껏해야

1. 일본 무용 수료 기념 공연 후 하나야기 슌토 선생님과 함께. 2. 일본문화원.

서너 시간, 거기다 동작도 우리 춤과는 전혀 다르며, 일본 무용은 여성의 춤과 남성의 춤을 모두 익혀야 하기 때문에 여간한 정성과 노력이 아니면 따라가기 힘들다. 그렇다 보니 20명의 신입생 중 결국 남는건 한두 명에 불과하다. 나는 8기인데, 우리 기수에서도 나와 희선 씨두 명만 해를 넘겼다. 연습 때 입는 유카타^{일본의 전통의상으로, 기모노의 일종}와 크리스마스 공연과 봄에 펼쳐지는 수료 기념 공연, 그리고 '한일 페스티벌' 등의 행사 때 입는 기모노는 빌려 입을 수 있지만 버선, 속바지 등의 소소한 물품은 개인이 장만해야 한다. 선생님께 부탁드리면 직접일본에서 사다주시는데, 일본은 워낙 물가가 비싼 데다, 환율까지 감안하면 그 비용이 만만치가 않다.

꾸준히 춤을 배우고 있는 선배들 대부분은 일본어 전공자이고 그

중에는 일본어를 가르치는 분들도 계신데, 나처럼 히라가나^{일본 문자}를
겨우 알아보는 사람도 버티고 있는 걸 보면, 일본어를 몰라도 마음만
있으면 누구나 일본 무용을 배울 수 있다. 무엇보다 내가 좋아서, 내
몸이 즐거워서 배운다는 자세가 중요하다고 생각한다. 춤을 추는 동안
에는 잡념이 없어져서 좋고, 몸의 움직임이 나를 행복하게 한다. 일본
문화에 대한 동경이 그대로인 한 일본 무용 수업을 계속 듣고 싶다.

2009년 3월부터는 3기생으로 샤미센^{일본의 대표적인 악기}에 입문했다. 이
역시 일본인 이마후지 다아미 선생님께 한 달에 두 번 수업을 듣는다.
악기 하나쯤은 익혀야 한다는 생각에 시작했지만, 음감이 둔해 좀처
럼 진전이 없다. 악기는 중고라 해도 거금 80만원이나 들였는데, 막상
받아보니 너무 낡아 보여서 실망이 이만저만이 아니었다. 줄 하나를
가는 데 10만 원이라니, 애지중지하느라 연습도 제대로 못할 지경이
다. 왜 이렇게 물가가 비싼 나라의 춤과 악기를 배우려 하는지. 내 지
갑에서 돈 나가는 꼴을 보지 못하는 나로서는 불가사의한 노릇이 아
닐 수 없다.

내 집 현관에는 2005년 정월의 일본 여행 중, '다자이텐만궁'^{太宰府}
^{天満宮, 학문의 신을 모신 다자이시의 대표적인 유적지} 근처 주민센터에서 얻어온 일본만의
디자인 감각이 물씬 풍기는 크고 아름다운 포스터가 걸려 있다. 연분
홍 매화로 뒤덮인 그림 한복판에 다자이텐만궁의 지붕만 겨우 보이게
그려넣은 이 포스터에는 세로로 가와자기 요의 시 한 편이 적혀 있다.

한국의 멋이 외형으로나마 일부 잔존해 있는 북촌에 사는 것을 자랑
스럽게 여기면서, 문화와 유적의 원형을 잘 보존하고 있는 나라 일본
이 부럽고 그리울 때면 그 시를 떠올린다.

주한일본대사관 공보문화원
주소 서울 종로구 운니동 114~8번지
문의 02-765-3011~3
홈페이지 www.kr.emb-japan.go.jp
　　　cult/cul_guide_hist.htm,

004; 조계사
주변을 산책하다

수송공원과 서머셋 팰리스의 인공 정원

인사동과 지척이고, 불교 관련 상점이 즐비한 조계사 주변에서는 이상하게 관광객들을 찾아보기 힘들다. 인사동의 수많은 인파를 분산 시키는 차원에서라도 불교 거리를 정비하고 홍보하면 좋을 텐데. 그 러려면 조계사가 좀더 눈에 띄게 그러나 차분하게 정리되어야 할 것 이다. 조계사 옆 우정총국郵征總局 자리를 정비하긴 했지만, 조계사 입구 는 언제나 서명받고 데모하고 구걸하고 장사하는 이들로 어지러워 산 문을 찾을 수 없을 정도다. 경내도 좁은데 왜 그리 내놓은 건 많은지, 기원하거나 사색할 마음이 도무지 나질 않아 몹시 아쉽다. 사실 조계 사 주변 골목엔 지금도 '수송장 여관'과 같은 오래된 숙박업소, 음식 점, 출판사 건물이 그대로 남아 있어 구한말 풍경을 상상할 수 있는

1. 조계사 후문 쪽에 있는 수송공원은 그 일대가 모두 근대사의 주요 유적지이다. 2. 서머셋 팰리스의 인공 정원. 3. 서머셋 팰리스의 스타벅스에서 노트북 두드리는 선남선녀가 부러워 거금을 주고 덜컥 넷북을 샀다.

곳이다. 그런 만큼 주변 건물과 함께 고풍스러운 거리로 가꾸면 좋겠다.

꽃도 나무도 키우지 못하는 조계사보다 그 후문 쪽 작은 숲을 자주 찾는 것도 바로 이 때문이다. 조계사 후문 쪽엔 고려말의 문신이며 학자인 목은 이색의 영정을 모신 사당을 둘러싼 '수송공원'이 있고, 레지던스 호텔 '서머셋 팰리스'엔 물이 흐르는 정원이 있다. 한뼘 공원이랄까, 작은 크기지만 도심 한복판에서 만나는 나무와 꽃은 각별하다. 수송공원이 자연을 그대로 방치해둔 쓸쓸함을 느끼게 한다면, 서머셋 팰리스 정원은 레지던스 호텔이라는 새로운 형태가 낳은 인공의 아름다움으로 위안을 준다.

수송공원 일대에는 근대사의 주요 유적지임을 알리는 표지석과 동상이 많은데, 이곳은 헌법재판소 자리 못지않은 역사의 중첩지다. 기미 독립선언서와 조선독립신문을 인쇄했던 '보성사'가 있던 곳이라 이를 알리는 기념비와 보성사 사장이었던 옥파沃波 이종일李鍾一 동상이 있다. 또한 1904년 7월에 영국인 베델과 양기탁이 창간한 〈대한매일신보〉 사옥이 있었으며, 이후 그 자리엔 중동고등학교가 들어섰다. 숙명여학교는 수송공원 인근에 있던 용동궁 터에 들어섰고, 1910년대에는 우리나라 최초의 서양화가 고희동이 이 부근에 화실을 두었으며, 동양화가 심전心田 안중식安中植은 말년에 청진동 258번지 화실을 드나들었다. 그러나 지금 수송공원은 조계사 공양간에서 흘러나오는 수증기를 쐬며 홈리스들이 벤치에서 하룻밤 묵어가는 곳이 되었다.

서머셋 팰리스 후문에 있는 정원은 사계절 어느 때 가도 좋지만, 나는 특히 가을의 정원을 좋아한다. 고층 건물에 둘러싸인 조그만 인공 정원인데도 으악새 휘날리는 벌판을 떠올리게 된다. 종로나 광화문에 나갔다 귀가할 때면 일부러 이곳에 들러 잠시 쉬었다 갈 만큼 좋아한다.

이 정원을 내다볼 수 있다는 이유만으로 서머셋 팰리스 1층의 '스타벅스'와 독일 맥주점 '베어린'에서 사람들을 만날 약속을 할 때가 종종 있다. 이곳 스타벅스에서 노트북을 펴놓고 작업하는 선남선녀가 어찌나 멋있고 부럽던지, 덜컥 거금을 주고 넷북을 샀을 정도다. 그러나 아직 스타버스에서 넷북을 펴본 적은 없고, 이름도 얼굴도 기억나지 않는 이들을 만나러 와 커피 내음만 서너 번 맡았을 뿐이다. 원래 스타벅스처럼 획일화되어 있는 분위기를 좋아하지 않아 어떤 스타벅스 지점에서도 내 돈 내고 커피 마실 일은 앞으로도 없겠지만, 이 지점만큼은 정원을 바라보며 넷북을 두드리고 싶어서라도 다시 올 것 같다.

바로 옆 베어린에서는 한겨울 프랑크푸르트 역 근처에서 퇴근한 독일인들 틈에 끼어 맛나게 먹었던 정통 독일 소시지와 맥주를 즐길 수 있다. 은은한 조명이 비추는 밤의 정원을 내다보며, 크롬바커 맥주를 마시고 소시지와 아인스바인^{독일식 족발}에 사우어 크라프트를 곁들여 먹으면, 앞에 앉은 남자가 민머리에 게슈타포같이 생겼어도 용서가 된다.

운현궁과 서울노인복지센터

개인적으로 우리나라 궁전 이름 중에 운현궁雲峴宮, 사적 제257호의 이름
이 가장 예쁘다고 생각한다. '구름재'란 뜻의 이 이름은 현대 빌딩 자
리에 있었던 '서운관'書雲觀에서 유래했다고 한다. 서운관은 고려시대
의 천문기상 담당 기관으로, 강우량降雨量을 책임지는 일이 특히 중요하
여 서운관이라 했고, 조선 세조 12년에 '관상감'觀象監으로 이름이 바뀌
었다. 그래서 현대 빌딩과 운현궁 사이에 난 고갯길을 구름재 또는 운
현이라 했다는데, 율곡로가 평탄하게 뚫린 지금으로서는 상상하기 어
려운 지형이다.

이곳 동명이 운니동雲泥洞인 것은 비만 오면 질퍽거려당시 그렇지 않은 지역
이 있었을까? 진골, 혹은 니동泥洞으로 불리다, 1914년 4월 1일 운현과 니동
의 글자를 합쳐 운니동이라 했다.

운니동 80, 85, 114번지 일대에 걸쳐 있는 운현궁은 흥선대원군 이하응李昰應 1820~1898의 사저이자 고종의 잠저潛邸, 왕위에 오르기 전 살던 집이며, 1866년에 명성황후가 왕비로 간택된 뒤 이곳에서 여흥 부대부인 민씨로부터 신부수업을 받았다. 또한 고종과 명성황후가 가례를 치른 곳이기도 하다. 의친왕의 둘째 아들 이우와 결혼했던 박영효의 손녀 박찬주 여사가 남편을 잃은 후, 운현궁에 살면서 꽃을 가꾸고 독서하며 세월을 보내기도 했다.

운현궁은 대원군의 차남 명복命福이 고종이 된 후, 우리나라 전통 가옥의 위풍에다 궁실 내전 건물에 가깝게 격을 높이며 중건을 거듭하였다. 바깥채엔 대원군의 집무실인 노안당老安堂과 아재당我在堂을 두었고, 안채엔 고종이 태어난 노락당老樂堂과 별당이, 부인 민씨의 거처인 이로당二老堂, 누정인 영화루迎和樓와 할아버지 은신군과 아버지 남연군의 사당을 신축하였다. 현재의 교동초등학교, 덕성여대평생교육원, 주한일본대사관 공보문화원, 강북 래미안 갤러리, 삼환기업 빌딩 자리까지라니, 창덕궁 바로 앞에 또 하나의 작은 궁이 있었다 해도 과언이 아닐 듯싶다.

1898년 1월, 흥선대원군이 노안당에서 임종을 맞은 이후 운현궁은 학교 부지와 기업체 사옥 터로 매각되어, 현재 2,148평에 건물 몇 채만 남았다. 대원군의 5대손 이청李淸의 소유였지만 관리가 어려워, 1991년 12월 말 서울시에 매각했고, 수리를 거쳐 1996년 10월에 전통문화공간으로 공개되었다. 운현궁의 일부로, 대원군의 큰아들 이재면이 살았던 영로당永老堂은 민속자

운현궁의 가을 풍경과 운현궁 양관 옆에 있는 운현유치원의 모습.

구한말의 한옥 형태를 전하는 안국동 윤보선가, 가회동 백인제가, 원서동 백홍범가 등이 사적과 민속자료로 지정되었지만, 후손과 매입한 이들이 생활하고 있어 개방되지 못하는 것과 대조된다.

한국 전통문화 행사 등을 연출하는 '예문관'禮文館이 운영을 맡은 운현궁에서는 고종과 명성황후 가례의 재현, 고종 황제 등극 의례의 재현에서부터 한복 패션쇼, 다도 체험 등 행사가 끊이질 않는데, 그때마다 엄청난 인파에 시달려야 한다. 중학교 교사인 여동생의 반 학생이 고종 모델로 뽑혔다고 해서 사진을 찍어주러 갔던 나는, 촬영은커녕 압사당할까 무서워 도망갔을 정도다. 어느 명승지나 마찬가지로 운현궁 역시 행사가 없을 때, 입장료 내고 들어가 홀로 조용히 관람하는 게 좋다.

운현궁은 영화 촬영 장소로 대여하는 등 수익사업도 하지만, 그것으로는 유지에 모자란 부분이 많은지 한정식 레스토랑을 두자는 이야기가 있었다. 고성古城을 숙박업소로 활용하는 유럽의 예까지 갈 것도 없이, 인사동의 '민가다헌'閔家茶軒, 명성황후의 친척 후손인 민익두 대감 저택을 고급 레스토랑으로 꾸몄다을 보면 그것도 나쁘지 않겠다 싶지만, 그래도 왕의 잠저인데 너무한 것 같기도 하다.

양관洋館 쪽은 덕성여자대학교가 소유하고 있다. 일본군이 대원군의 장손인 영선군 이준용李埈鎔 1870~1917을 회유하려고, 1911~1912년에 일본인의 설계로 지었다. 석재를 혼용한 벽돌 2층의 프렌치 르네상스식 건물에서 이준용과 손자 이준俊鎔이 살다, 이준이 죽은 뒤 순종의 아우인 의친왕의 둘째아들 이우가 이어받았다. 미군정청에 넘어갔던 것을 1948년 11월에 덕성여자대학교가 3천 평을 인계받아 강의실 등으로 사용하다, 학교가 쌍문동으로 이전하면서 덕성여자대학교의 평생교육원으로 사용하고 있고, 옆에는 운현유치원과 운현초등학교가 있다.

나는 운현궁보다 나무가 많은 양관 쪽을 더 좋아하는데, 서양의 오래된 저택에 온 듯한 이국적인 분위기 때문이다. 구한말의 양관 사진을 보면 지금처럼 나무는 우거지지 않았지만, 언덕 위 양관이 더욱 돋보이는 모양새다. 지금도 그렇지만, 건축 당시엔 얼마나 신기하고 멋진 건물이었을까. 양관 부속 건물에는 학생들이 주로 찾는 분식점이 있어 배고프지 않아도 들어가 보고 싶어진다. 운현유치원과 운현초등학교에 다니는 아이들은 유년 시절에 뛰논 이곳을 평생 아름답게 추억할 테니, 그것만으로도 그들은 남다른 축복을 누린 것임을 알까?

운현궁 건너편의 '천도교 중앙대교당'서울시 유형문화재 제36호은 운현궁에 비해 주목받지 못하는 문화재지만, 방문해보면 역사의 무게나 건물의 아름다움이 운현궁 못지않음을 알 수 있다.

갑신정변 당시 일본공사관이 있던 자리로, 천도교의 제3세 대도주大道主 손병희가 건립 계획을 세우고, 천도교인의 대대적인 모금 운동으로 완성된 십자형 건물은 일본인이 설계하고 총감독했으며, 중국인이 시공했다. 1921년 2월 28일 완공된 4층 높이에 1천 명을 수용할 수 있는 바로크풍 건물은 당시 명동성당, 조선총독부와 함께 서울의 3대 건축으로 꼽혔단다. 고층 빌딩이 없던 시절, 얼마나 웅장하고 멋있게 보였을까.

동학운동으로 탄생한 천도교는 3·1운동을 지원하는 등 우리 근대사에 중요한 역할을 했다. 또한 여섯 차례의 중수를 거친 대교당은 단순한 종교 기관이 아닌 사회운동의 장으로도 활용되었으니, 소파 방정환 선생의 어린이 운동도 이곳에서 시작되었다. 요즘 대교당은 고미술품 경매장으로 쓰이고 있어 이를 안타깝게 여기는 이들이 많다. 지금의 무관심이 송구스럽다면, 반드시 대교당 내부까지 둘러볼 것을 권한다.

천도교 중앙대교당 바로 옆에는 '서울노인복지센터'가 있다. 탑골공원의 성역화에 따라 그곳을 즐겨 찾던 어르신들을 모시기 위해 만든 노인 전문 사회복지기관이다. 대한불교 조계종 사회복지재단에서 위탁 운영하고 있는 서울노인복지센터는 국내 노인 위탁 시설 중 최고라 할 만하다. 서울시의 '여행女享,여자가 행복한 도시 프로젝트' 배심원 자격으로 이곳 시설과 운영, 교육과정, 어르신의 활동 상황을 암행 감사하러 간 적이 있는데, 어느 한 곳 흠잡을 데가 없었다. 식사, 이발, 건강, 운동, 공부를 모두 해결할 수 있는 이런 센터가 동네마다 세워진다면 고령화 문제의 반은 해결될 거라고, 함께했던 이들과 입을 모아 칭찬했다. 60세 이상 어르신이면 누구나 이용할 수 있어, 안국역은 먼 데서도 출근하다시피 하는 어르신들로 인해 경로 우대 차표가 가장 많이 나가는 곳이 되었다. 북촌에서 가자면 율곡로만 건너면 되니, 이 시설을 이용하기 위해서라도 북촌에서 할머니 될 때까지 살아야겠다는 생각을 한다.

서울노인복지센터 부설 기관으로 서울시 어르신상담센터가 최근 문을 열었다. 사회복지사나 심리학과 교육학 등을 전공한 상담사 일곱 명이 매일 오전 아홉시부터 오후 여섯시까지 심리 문제나 치매, 황혼 이혼 등에 따른 법률 상담을 해준다. 같은 건물 1층에는 실버 북카페 삼가연정三嘉連亭이 있다. 열여섯 명의 멋쟁이 어르신들이 책과, 컴퓨터를 구비해놓은 깨끗하고 예쁜 공간에서 전통차, 커피, 쿠키 등을 파신다.

한편 낙원 상가 4층 옛 허리우드 극장의 한 관은 어르신을 위한 실버 영화관으로 운영되고 있다. 정비석 소설 원작 〈자유부인〉, 찰턴 헤스턴 주연의 〈벤허Ben-Hur〉 같은 옛 영화부터 최신 영화까지, 어르신들은 2천 원대에 볼 수가 있다.

서울시에서는 어르신이 많이 찾는 탑골, 종묘공원, 서울노인복지센터를 연결하는 실버벨트를 구상하고 있단다. '실버 용품 전문점' '실버 갤러리'를 유치하고 '추억의 운동회' '실버 영화제' 등을 열 계획이란다. 청춘기엔 전세계 도시를 떠돌며 도전하는 삶을 사는 것이

1. 바로크풍으로 지어진 천도교 중앙대교당. 2. 서울 노인복지센터 주변은 어르신들로 늘 북적거린다. 3. 운현 초등학교 아이들은 운현궁에서 뛰놀던 유년시절을 평생 아름답게 추억할 것이다.

바람직하지만, 성장기와 노년기엔 역사 유적지가 많고 문화 행사가 잦은 북촌 같은 곳에서 사는 것이 정서상 좋다고 생각한다. 실버문화 벨트마저 조성되면 북촌은 어린이뿐만 아니라 어르신들도 살기 좋은 완벽한 마을이 될 것이다.

운현궁
주소 서울 종로구 운니동 114-10번지
문의 02-766-9090
홈페이지 www.unhyungung.com

서울노인복지센터
주소 서울 종로구 경운동 90-3번지
문의 02-739-9501
홈페이지 www.seoulnoin.or.kr

◎ 북촌 지도

북촌 탐닉

1판 1쇄 발행 | 2009년 11월 20일
1판 2쇄 발행 | 2009년 11월 25일

지은이 | 옥선희
펴낸이 | 김이금
펴낸곳 | 도서출판 푸르메
편집 | 김정현
마케팅 | 김석현
약도 그림 | 윤현진
등록 | 2006년 3월 22일(제318-2006-33호)
주소 | 서울시 마포구 서교동 451-45 303호 (121-841)
전화 | 02-334-4285~6
팩스 | 02-334-4284
전자우편 | prume88@hanmail.net
종이 | 화인페이퍼
인쇄·제본 | 한영문화사

ⓒ 옥선희, 2009

ISBN 978-89-92650-24-3 03810